青天を衝け 一

目次

装丁　bookwall
帯写真提供　ＮＨＫ
帯写真撮影　操上和美

第一章　栄一、生まれる

二百六十年以上続いた江戸《えど》時代もあと数年で終わりを迎えようとしていた、文久《ぶんきゅう》四（一八六四）年二月。とある街道の木陰に、二人の若者が白い息を吐きながら身を潜めていた。

二人はともに武蔵《むさし》国は血洗島《ちあらいじま》村（現在の埼玉《さいたま》県深谷《ふかや》市）の百姓の出で、ある志を立て、ここにいる。

やがて道のほうから、馬のいななきと足音が聞こえてきた。

「お……来たど！」

「よし、行ぐで！」

二人は木陰を飛び出した。道に出ると、目指す騎馬の一行は、すでに一町《ちょう》（約百メートル）ほど先を行っている。小柄なほうの若者が、後を追って猛然と駆け出した。

「渋沢栄一《しぶさわえいいち》でございます！　私《わたくし》は、渋沢栄一でございます！」

自分の名前を叫びながら、走る、走る、走る、走る。

「……何じゃ、あれは？」

怪訝《けげん》な顔で振り向いたのは、徳川御三卿《とくがわごさんきょう》・一橋《ひとつばし》家当主の徳川慶喜《よしのぶ》その人である。

「殿への仕官を望み、参った者にございます。これがなかなかおかしろい男でして」

家臣の平岡円四郎《ひらおかえんしろう》が、澄まし顔で答えた。慶喜が「フン、そなたの仕業か」とつぶやく。それで二人の若者は、遠乗りに出た慶喜を待ち構えていたのだ。

慶喜は、背後から聞こえる声を無視して馬を走らせた。

「すでに！　今、すでに、徳川のお命は、尽きてございます！」

瞬間、慶喜の手綱を取る手にグッと力が入った。これには円四郎の顔色も変わる。

「ばか、あいつまた余計な口を！」

遅れて走っていた栄一の従兄《いとこ》・渋沢喜作《きさく》は足を速めた。急いで栄一の口を塞がねば、何を言いだすやら分からない。

「いかに取り繕おうとも、もうお命は……あぁッ」

はやる心に足が追いつかず、栄一は見事にすっ転んでしまった。

慶喜が手綱を引いてゆっくり馬を止めた。一足先に下馬した家来たちが、一斉に栄一を取り囲む。

慶喜は馬を下りて栄一のほうへ近づいていき、家来を制して栄一に歩み寄った。

「おい」

慶喜自らに声をかけられた栄一は、肩で息をしながら慌てて平伏した。

「そなた今、何と叫んだ？」

「……あなた様は、賢明なる水戸烈公《みとれっこう》の御子《おこ》。もし、もし天下に事のあったとき、あなた様がその大事なお役目を果たされたいとお思いならばどうか、どうかこの渋沢をお取り立てくださいませ！」

「……フン、面《おもて》を上げよ」

栄一は、そろりと顔を上げた。心の奥底まで見透かすような大きな切れ長の目が、栄一をじっと見下ろしている。栄一は目をそらさず、まっすぐに慶喜を見返した。天と地ほどもある身分の差は、このときばかりは頭から消えていた。

そこへようやく喜作が駆けてきた。栄一の隣に滑り込むようにして膝を突くと、平伏しながら片手で栄一の頭をわしづかみにし、ぐいっと下げさせる。

「……言いたいことは、それだけか？」

慶喜の問いかけに、栄一は喜作の手をはね上げるようにして顔を上げた。

「否！　まだ山ほどございまする！」

不意をつかれたように、慶喜が目をみはった。喜作が「ばかッ」と小声で栄一を叱る。

そばで見ていた円四郎は、たまらず小さく噴き出した。あの肝っ玉は並ではない。

慶喜は無言で踵《きびす》を返すと、再び馬にまたがった。

「……円四郎。この者たちを明日、邸《やしき》へ呼べ。これ以上、馬の邪魔をされては困る」

そう言うと、ハッと掛け声を発し馬を走らせる。円四郎は栄一と喜作に素早く笑んでみせると、

「ははっ！」と勢いよく返事をして慶喜を追っていく。

慶喜一行が去り、砂ぼこりの中に栄一と喜作だけが残された。

「……やった。やったぞ、栄一！　話を聞いてもらえるど！」

喜作が拳を振り回しながら、ぴょんぴょん跳びはねる。

栄一は力が抜けて、大の字に寝転がった。葉を落とした木々の合間に、雲一つない、吸い込まれそうな青天がのぞく。栄一は、天に向かって拳を突き上げた。

「あれが……一橋様か」

栄一、二十五歳。後に「近代日本資本主義の父」と呼ばれる不世出の傑物は、慶喜と初めて対面

したこの日から、激動の人生を歩むことになるのである。

さて、時は遡って天保《てんぽう》十五（一八四四）年。後世にその名と輝かしい功績を残す栄一も、まだ海の物とも山の物ともつかぬ、がんぜない五歳の子どもであった。

「置いてけぼりはやだー！」

栄一は、慌ただしく出かける支度をしている母のゑいの後を追い回して、「俺も行ぐ！」と言って聞かない。

「おやまぁ、またそんな剛情《ごうじょう》を言って」

「行がなくもよかんべ」九つになる栄一の姉のなかが、母を手伝いながら弟をたしなめる。

「栄一が町に出ても、小《ちっ》ちぇーべーで何《なん》も手伝えやしねぇんだから」

「やだやだ！　俺も岡部《おかべ》の町に行ぐにー！」

「ねぇ、栄一。勘弁しとくれーね。晩にはちゃあんと帰ってきますから」

ゑいは優しく息子をなだめ、それから女中たちに「お願いね。あと一時《いっとき》（約二時間）たったら、もういっぺんお蚕様に桑の葉を足すのを忘れねえでな」と指示する。

「おい。まだか。そろそろ行ぐぞ」

当主の渋沢市郎《いちろう》右《え》衛門《もん》が入ってきた。

この地の開拓者である渋沢一族は分家して多くの家を起こし、渋沢と名乗る家がいくつもあったため、家の位置によって区別をしていた。栄一と仲のよい二つ年上の従兄の喜作が住むのは「新屋《しんや》敷《しき》」、栄一の家は中ほどにあったために「中の家《なかんち》」だ。

中の家は代々農業を営んでいた。男子のいなかったこの家に婿入りした市郎右衛門は商才に長《た》けており、養蚕のほか藍玉作りの職人として、そしてそれを売る商人として、一年中忙しく暮らしていた。

「連れてげー！　置いてけぼり嫌だー！」栄一がゑいの袂《たもと》にかみついた。

「俺も行ぐにー！　俺も岡部に連れてげー！」

「おい、剛情もいいかげんにしろ！　栄一」

市郎右衛門が泣き叫ぶ栄一をゑいから引き剝がし、ひょいと抱き上げて杉の一枚板の襖《ふすま》を開け、居間の床にポーンと放り投げた。

「行ってくんべ」

商売道具を抱え、作男《さくおとこ》と女中たちに見送られて出かけていく父と母を、皆に止められながら栄一は必死に追いかけようとする。

「嫌だーッ。行ぐー。俺も行ぐにー！　俺を置いて行ぎゃあ勘弁しねーぞ！　勘弁しねーッ」

かように家人は栄一の剛情に手を焼いていたのであるが、これだけでは終わらないのが栄一なのである。

「栄一ーっ！」

ゑいが町から帰ってみると、栄一が忽然《こつぜん》といなくなっていた。

「栄一……あぁ、栄一ったらどこ行っちゃったんだい」

家じゅう総出で捜すが、母屋、土蔵、どこにも姿が見当たらない。もしや家の裏手の、小川から湧き上がった淵《ふち》に落ちたのではないかと慌てたが、それは杞憂《きゆう》に終わった。

「栄一がいなくなったって？」

そこへ、水戸へ出かけていた尾高新五郎《おだかしんごろう》が入ってきた。市郎右衛門の姉のやへが嫁にいった隣の下手計村《しもてばかむら》の「油屋《あぶらや》」の長男だ。栄一より十歳年上の従兄になる。

「新五郎！　そうなんよ、どこにもいないんよ」

「おい、いたか！」

市郎右衛門が駆け込んできた。市郎右衛門の兄で「東の家《ひがしんち》」の当主・渋沢宗助《そうすけ》とその妻のまさも一緒だ。ということは、東の家にも栄一はいなかったらしい。

「はー夜んなっちゃったし、早《はい》く見《め》っけなけりゃー」

村の名主《なぬし》でもある宗助も、名付け子のこの甥《おい》にはまことてこずらされる。

「……おい、なんでだ！　なんで誰も栄一を見張ってなかった！」

市郎右衛門がどなった。なかはもう半べそだ。

「ごめんなさい。ちっと隠れてるだけだと……」

「あんたが悪いんじゃないよ。あぁ〜、やっぱりあの子を置いていぐんじゃなかった。あの子はうんと寂しがりやな子で……」

「寂しがり言うより、剛情っぱりなんだいね、栄一は」まさがため息をつく。

ゑいはたくさん子を亡くしていた。成長した子のうちたった一人の男子であるから、多少過保護になるのも分からなくはない。からっ風の強い日に、風邪をひかせまいと羽織を持って栄一を捜すゐいの姿は、村人たちから「羽織のおゐい」と呼ばれているほどだ。

「栄一のやつ、人さらいにでも遭ったんじゃねえだんべか」

「はーよしない、縁起でもねぇこと」

まさが宗助をにらんだ。だがゐいの目には、すでに涙が浮かんでいる。

「嫌だ、栄一……あぁ……」

「ゐい、泣くんじゃねぇ！」

そう言う市郎右衛門の顔も青ざめている。宗助とまさ、新五郎は心配しながらも帰っていった。市郎右衛門たちは夜中じゅう周辺を捜し回ったが、栄一は見つからなかった。


翌早朝、泣き疲れて土間で眠ってしまったなかを抱き上げて布団の上に寝かせると、ゐいは桑の葉を抱えて二階に上がり、薄暗い蚕部屋に入った。

一体、栄一はどこへ消えたのか。神隠し？　まさか本当にかどわかされて……。

力なくしゃがみ込んだそのとき、どこからかすーすーと息が聞こえてきた。身を起こして目で探すと、蚕棚の陰に青い着物の裾が見える。あの着物は……ゐいは慌てて歩み寄った。

「……お、お前さん！　お前さん！」

疲れ切って土間に座り込んでいた市郎右衛門は、ゐいの悲鳴にハッと顔を上げた。

「どうした！」

驚いて二階に駆け上がる。目を覚ましたなかも後に続いた。部屋の奥で、ゐいが手招きしている。何事かと大股で近づき、蚕棚の裏をのぞき込んだ市郎右衛門は、思わず深い安堵《あんど》の息を漏らした。

栄一がすやすやと寝息を立て、ぐっすり眠り込んでいる。ゑいが「栄一？　栄一！」と名前を呼びながら抱き上げると、まぶたがゆっくり開いた。

「……ん？　おぉ、かっさま」

「栄一！　あぁ、よかったよ～」涙声で栄一をぎゅうっと抱き締める。

「かっさま、痛《いて》えよ、苦しいって。えへへ」

「あんた、ずっとここで寝てたんかい？」なかが尋ねる。

「うむ。ここで隠れといて、たまげさせてやるべーと思ったんだ。そしたら、お蚕さんたちがサーサーサーサーって桑の葉を食っててなぁ、外からは、もずん声がチキチキチキチキチキと……」

「ばかもん！」

市郎右衛門がゑいから栄一を引き離し、ゴツンと一発、げんこつを見舞った。

「あ、いってえ！」

「どんだけ皆が心配したと思ってんだ！」

「そんなん、とっさまが俺を置いていぐからいげねんだんべ。置いていぐなと言うのに置いていぐんだから、どんなことになってもかまわねーってゆーことだんべ！」

目をくりくりさせ、負けじと減らず口をたたく。市郎右衛門の顔がみるみる真っ赤になる。

「ふざけんな！　こっちー来い！」

市郎右衛門は栄一の耳を引っ張って階下へ下りていった。

「いて、いてて、ふざけてはおりません。勘弁しとくれ～」

「あれまぁ、まったくもう、あの子の剛情っぱりにはあきれたもんだぃね」

さすがにゑいもかばいきれず、奥の間で市郎右衛門のお説教が始まった。

「お前は我慢が足んねぇー！　よく聞け。『人の一生は重荷を負うて遠き道を行くがごとし。急ぐべからず。不自由を常と思えば不足なし。心に望み起こらば困窮したるときを思い出すべし。堪忍は無事長久《ぶじちょうきゅう》のもとい。怒りは敵と思え』……」

「どうしてなん？　どうして『怒り』は敵なん？」

「口を挟むな！　東照大権現様《とうしょうだいごんげん》のお教えなんだ」

「『東照大権現様』って……」

たまらず市郎右衛門が栄一の口を塞ぐ。ちなみに東照大権現とは、江戸幕府を開いた徳川家康《いえやす》のことだ。

正座させられてたっぷり叱られた栄一は、足がすっかりしびれてしまった。

「いててて……」

おかしな格好で這《は》ってくる栄一を見て、片づけをしていたゑいが手を止めた。

「まぁまぁ、足に畳の跡がきれいにうつって」

「そんでもなぁ、かっさま。俺はちっとんべぇうれしかったよ」とニッと笑う。

「みんな、俺を置いていがなきゃよかったと思ったんべ？　ほれ、見たことかだ」

「まぁ、何てぇことを」

「俺も岡部が見たかったんだよ。それに、目が覚めたらかっさまがいて、ぎゅっとしてくれた。こんなうれしいこたあねぇ」

「何がうれしいだい。かっさまは寿命が縮まったよ」

「寿命？　命って縮むんか。そんなん困る」

「そうだんべ。思い浮かべてみな。とっさまの気持ち、かっさまの気持ち、お前を心配してくれたねえさまやおじさま、おばさまや、働き手みんなの気持ちを」

「そんなにたくさん思い浮かべるのは大変だに」

「思い浮かべんの。人は生まれてきたそのときから一人でないんだよ。いろんなもんとつながってんだよ。人だけじゃないだかんね。物だって何だって一緒に生きてんだから」

　蚕にもず、藍の葉や神社の石ころまで、栄一は「いろんなもん」を思い浮かべてみる。

「あんたは、あんた一人がうれしくて、周りがみんな悲しんでいて、それで本当にうれしいかい？」

「……う〜ん」

「かっさまはね、ひな鳥が枝から落っこちて死んでたら悲しくなる。親鳥が運んできた餌を一生懸命ついばんでいるのを見るとうれしくなる。道端にたんぽぽが咲いてんのを見《め》っけたらうれしくなるし、岡部のお役人がそれを気付かずに踏みつけていくのを見たら悲しくなる」

「おぉ、かっさま。それは俺もだよ！」栄一の顔がパッと明るくなった。

「俺も同《おんな》じだで。うれしくなるし、悲しくなる」

「そうだよ。あんたは自分で思っているよりいろんなものとつながってんだ。それをここの――」

とゑいは自分の胸に手を当て、「奥底だって分かってんだよ。一人じゃないことを」

「おお、ここか」栄一も自分の胸を触ってみる。

「そうだよ。ここに聞きな。それが本当に正しいか、正しくないか。いいかい？　あんたがうれしいだけじゃなくて、みぃんながうれしいのが一番なんだで。分かったいね」

「うん。かっさま。ごめんよ。死なねーどくれ」

「死にませんて。あんたが心配で死ねません」

「かっさま。ぎゅっとしとくれ」

はいはい、と笑いながら栄一を包み込むように抱き締める。栄一は満足そうに、その胸に顔をうずめるのだった。

その夜、市郎右衛門が研究部屋で藍の発酵状態を確かめていると、とっさま、と声がした。振り向くと、栄一がやけに神妙な顔で正座している。何事かと思えば、「おやすみなさいまし」と手をついて深々と頭を下げるのである。

「……おう、おやすみ」市郎右衛門は目元を緩めてくすりと笑った。


ここ武蔵国の北にある血洗島――「血を洗う島」というこの地名には、「赤城《あかぎ》山の神が傷口をこの川で洗った」とか、「利根《とね》川がよく氾濫し、そのたびに土が洗い流された」など、いろいろな由来が言い伝えられている。

土質が稲作に向かないため、麦や野菜を育てる畑作や、蚕から生糸を取る養蚕が主に行われていた。またこの地の大事な収入源となっていたのが、衣類を青い色に染めるための「藍作り」である。

藍作りは藍の葉を育てるだけでなく、それを藍玉に加工するなど非常に手間のかかる仕事であるが、赤城おろしと呼ばれるこの土地特有の冷たい風が美しい青色を生み出す。

よい藍玉は人気があり、値も高く売れたので、この辺りの領主である岡部藩安部《あんべ》家の家計を賄うほどに儲《もう》けるようになった。そのため渋沢一族は、百姓でありながら名字帯刀が許されていたのである。持ち前の勤勉さで財を築いた市郎右衛門は、村一番の資産家である兄の宗助と共に村のまとめ役も務めていた。

そしてその息子の栄一は、体は大きなほうではなかったが、幼い頃から人一倍よく食べ、人一倍よく眠り、そして人一倍、おしゃべりだった。

「おー蚕、お蚕。桑の葉食って、ほーいほい。たーんと食ったら、ぴっちらほい」

歌を歌ったかと思えば、出入りの藍商人が後ろ手に閉めた障子戸が半分ほど開いているのを見て、

「あ、また閉めねーで行ったたい。ほら、かっさま。障子が開いてるだんべ。あの人は前に来たときもああだった」と要らぬ口を出す。

「しー!」ゑいが慌てて人さし指を口に当てても、おしゃべりは止まらない。

「中途半端だがね。開けておくなら開けておけばよし、閉めるつもりがあるなら、きちんと閉めればいいんだに」

「しーってば。もう言うな言うな」

ゑいは急いで栄一の口を塞ぎ、障子の隙間から気まずそうに顔を出している藍商人に「すみません。もうお気になさらず」と、こちらはさらに気まずい顔で謝る。そして藍商人がきちんと戸を閉めて帰っていくと、栄一は「うむ。よし」などと一人前にうなずくのである。

「何がよし、だよ」

困った子だ、お客様に誠に気の毒でと、ゑいは畑作業をしながら市郎右衛門にため息をつく。

「よくしゃべるところはお前に似たんだぞ」

「はぁ、何をおっしゃいますやら。あの剛情っぱりなところも、細かいことを口うるさくガミガミ言うところも、誰かさんそっくりだいねぇ」

「何《なん》か言《ゆ》ったか」

それを見た作男や女中たちは、またいつもの夫婦げんかだとくすくす笑うのだった。


東の家の宗助は尾高家を訪ね、新五郎から水戸城外で行われた追鳥狩《おいとりがり》の話を聞いていた。

「そうか。水戸様の追鳥狩はそのように立派であったか」

「はい。まっさか胸が震えました。あの大筒《おおづつ》の響き……」

その日、千波ヶ原《せんばがはら》の通りは多くの百姓や商人、旅人でにぎわっていた。新五郎がやって来ると、ほら貝の音に続き、太鼓の音が響き始めた。「おお」「始まったぞ」と人々が口々に言いながら通りを走っていく。新五郎も急いでついていくと、鎧兜《よろいかぶと》を着けたたくさんの武士や馬、そして黒々と光る大砲が見えてきた。

中央で指揮を執るのは、徳川御三家《ごさんけ》の水戸藩主・徳川斉昭《なりあき》である。

「放てーッ」

掛け声と共に、大砲が一斉に火を噴いた。ずらりと整列した小銃の一隊、駆け回る馬の群れ、武士たちが振るう槍《やり》や太刀の鋭いきらめき――。

見物人たちをかき分けて前に出た新五郎は、勇ましいその光景に目を奪われた。

「すんげー。こんな立派な兵や武器をそろえるとは、水戸様はまっさかすばらしいお方だ」

このころ、オランダなど限られた国としかつきあいのなかった日本に、多くの外国船が国交を求めて訪れるようになっていた。太平洋沿岸に領地を持つ斉昭は、いち早く「日本を外国から守る」と立ち上がり、このように軍事訓練を始めたのである。

「見ろ！　あれは七郎麻呂《しちろうまろ》様じゃないか」

見物人の声に視線をやると、斉昭の傍らに、立派な武具を身に着けた息子たちの姿が見えた。その中でも、ひときわ利発そうな少年が七郎麻呂らしい。「七郎麻呂様はまだ八つだってさ。それがもう追鳥狩のお供とは、水戸様もご熱心なことよ」

そんな民の声が聞こえたわけではなかろうが、斉昭が息子たちに言った。

「どうじゃ。そなたらも父をまねて、やってみるか」

真っ先に立ち上がったのは、七郎麻呂である。父から軍配を受け取ると、まっすぐに構えて「放てーッ」と幼い声を張り上げた。武士たちが一斉に大砲を撃つ。

ものすごい爆音に、新五郎は思わず耳を塞いだ。七郎麻呂と同年だという異母兄の五郎麻呂《ごろうまろ》は耳を押さえて縮こまっているが、七郎麻呂は堂々と前を向いて立っている。

さすが水戸様の御子だと、新五郎は感心したものだ。

「……一方、道中では『水戸様があれほど国を守ることをお考えなのに、江戸の公方《くぼう》様は何もせず、太平の眠りに就いたままだ』という不平も耳にしました」

「はぁ、公方様のう」と宗助が腕を組む。

「水戸様はすばらしい！　私もこれからは水戸の教えを学び、自分なりに日《ひ》の本《もと》のことを考えたいんです」

「そうか。おぬしは学問をよう好む。よし、水戸の学者がこの辺りを出入りするときには、わしからも声をかけべー」

宗助自身、剣や書に優れた文化人であり、子弟の教育にも熱心だ。

「まことですか。ありがとうございます」

父親を亡くした新五郎にとっては、まこと心強い伯父であった。

その様子を、栄一と喜作が表からそっとのぞいていた。

「新五郎あにぃは、とっさまたちの人気者《もん》だなぁ」

十歳年上の従兄は、栄一の憧れの存在だ。すると喜作がしたり顔で答えた。

「とっさまたちだけじゃない。おなごにも人気がある」

「まことか！」

「長七郎《ちょうしちろう》もだで。長七郎も俺よりおなごに人気がある。あいつ相撲も剣も強《つえ》ーからな〜」

長七郎は、喜作と同い年の新五郎の弟である。

「そうかぁ。尾高の兄弟はいいなぁ。何が俺たちと違うんだがな？」

「俺はともかく、お前は寂しがりだし、甘ったれだし、相撲も弱《よえ》ーし、足も遅《おせ》ぇんだからしかたねーだんべ」

「なぬ？　体当たりなら負けねえ」栄一は、力だけなら勝てる自信がある。

「それに、そもそもおしゃべりな男はおなごに好かれねぇだに。男は黙っているのがいいんだかんな」

「まことか！」

喜作が年上ぶって話すのを、栄一はいちいち真に受ける。

「そうだに。そうに決まってるだんべ。あ、お千代《ちよ》！」

新五郎と長七郎の妹で、栄一より一歳下の千代がいつの間にか二人のそばに来ていた。

「お千代。お千代もおしゃべりな男は嫌なん？」

要らぬことを栄一が聞くので、喜作は「おい！」と栄一をにらみつけ、「な、何でもない！　男同士の話だかんな」と千代に慌てて言う。

「そうなん？」あれがなぜ男の会話なのか、栄一にはさっぱり分からない。

「そうなんだ。お、俺は強《つえ》ー男になりてえ！」

「強《つえ》ー？　強《つえ》ーって何《なん》なん？　金太郎《きんたろう》か」

「金太郎よりもっとだで。お代官とか、お侍とかな」

「お侍か！」

「そうだ。いつか、お侍になって公方様に仕えて立派な男になって……そんで、器量よしの嫁をもらうんだに」

「おお、嫁かぁ」

何となく千代を見ると、千代も栄一を見てニコニコしている。

「お千代。お前はあまりしゃべらねぇなぁ。俺と反対だ」

へぇ、とまたニコニコ笑う千代がかわいくて、栄一もニコニコ顔になる。

「よぉし、お千代。来《き》ない！」

喜作がいきなり千代を抱っこして走りだした。

「え？　どご行ぐん？　待てー」

栄一も喜作を追って走りだす。そこへ、新五郎と長七郎が家から出てきた。

「何やってんだがな、あいつら」

長七郎は小ばかにするが、新五郎は年の離れた三人がただいとおしく、笑まずにはいられないのだった。


さてそのころ、武蔵国からおよそ三十八里《り》（約百五十キロメートル）離れた水戸城では——。

「……何じゃこれは」

七郎麻呂は、立ったまま自分の寝床を見下ろした。枕の両側にかみそりの刃が立っているのだ。

「殿の命《めい》でございます。七郎君はいずれいずこの御家《おいえ》の主《あるじ》となる身。いざというときにお寝相が悪くては恥。このとおり刃《やいば》を向けておりますゆえ、うっかり寝返りなどをされると、たちまちおつむにけがをなさいますぞ」

廊下に控えた傅役《もりやく》の井上甚三郎《いのうえじんさぶろう》が答える。七郎麻呂はフンと鼻を鳴らすと、構わず寝床に寝転がった。

「余がけがをすればそなたの罪。どうせ眠りに就いた頃に取り除くのであろう」

図星だったと見えて、甚三郎が口ごもる。

「……殿は七郎君に武芸のみならず、もっと学問に励むことをお望みです。明日こそは四書五経《ししょごきょう》の読書を……」

「うるさい。下がれ」

甚三郎を下がらせると、七郎麻呂はかみそりに挟まれたまま、じっと天井を見つめた。

気性の激しい斉昭は教育やしつけにも人一倍厳しく、七郎麻呂は水戸で育てられた。

「よいか、七郎麻呂。長命の秘訣《ひけつ》は毎日黒豆を百粒ずつ食べ、牛乳を飲むを一生続けること」

水戸藩の質実剛健の伝統にのっとり、七郎麻呂の膳も質素なものである。

「湯茶は飲むな」斉昭は侍従の用意した湯を捨て、「水菓子（果物）のような水ものも極力控えよ。当主たるもの、常に乾いておらねばならぬ」と断固たる口調で命じる。

「湿る、ぬれるは万病のもと。とにかくカラカラ、カサカサに乾いておらねばならぬ。当主になったその日から風呂には入るな。武芸稽古で汗を流したあとも煙草《たばこ》などで乾きを紛らわせろ」

「ははっ」

「それから、学問をおろそかにするはもってのほか」

七郎麻呂の人さし指にお灸《きゅう》をすえ、次に拒めば座敷牢《ざしきろう》に閉じ込めるゆえ覚悟しておけと容赦ない。特に目をかけている七郎麻呂には、五歳の頃から藩校の弘道館《こうどうかん》で英才教育を施していた。

「そなたには人の上に立つ器量がある。そなたは私の息子であるばかりでなく、母は有栖川宮《ありすがわのみや》様の姫。武芸に優れ、そのうえその面構えじゃ。いずれはこの父よりさらに多くの者の上に立ち、その命運を担うことになるかもしれぬ」

「父上よりも多くの？」

「さよう。それゆえじゃ。それゆえそなたに父の持つすべてを授けておくのじゃ。もう太平の世は終わった。そなたは主君として強靭《きょうじん》な心身を持ち、ぬるま湯に浸かった家臣らの士風を奮起させねばならぬ」

じりじりと燃えるお灸の熱さに堪えながら、七郎麻呂は「ははっ」と父に低頭する。

「とにかくぬれるな。常に乾いておれ。目の病は口に含んだ水で洗えば防げる。また、こうして肛門を中指にて打つと、一生痔《じ》を患うことがない……」

そのとき、襖の向こうから重臣の一人・武田耕雲斎《たけだこううんさい》の切迫した声がした。

「殿、一大事でございます」

「何事じゃ！　七郎麻呂にわが秘伝の灌水《かんすい》の法を伝授しておるのだぞ！」

「公儀より使いが参り、即刻江戸へ上れとのこと」

「何？」

大砲を連発したことや寺院の弾圧などの罪で、斉昭は幕府から隠居・謹慎を命じられるという青天の霹靂《へきれき》が起きた。斉昭だけでなく、腹心の藤田東湖《ふじたとうこ》ら家臣も重い処罰を受けたのである。

水戸藩駒込《こまごめ》邸に蟄居《ちっきょ》中の斉昭を、老中《ろうじゅう》の阿部正弘《あべまさひろ》がお忍びで訪ねてきた。弱冠二十六歳の備後《びんご》国福山《ふくやま》藩七代藩主である。

「追鳥狩のみならず、寺からも公儀に訴えがあったのです。梵鐘《ぼんしょう》や仏像を召し上げ、大筒を作るとは何事かと」

うなだれて座っていた斉昭が、抗議するように目を上げた。

「すべて日の本を守りたいがためのこと。また日の本は神の国。それを寺坊主らが威張りくさるは……」

「『水戸に謀反の企てあり』との密告もありましたぞ」

「謀反？　何をばかな。私がこれだけ国を案じておることが、なぜ上様に分かっていただけぬのか」

　上様とは、第十二代将軍・徳川家慶《いえよし》である。

「これは内密にしていただきたいのですが」と阿部は小声になった。「それがしが水戸様のみにお話しすること」

　斉昭がごくりと唾をのむ。

「上様宛てに、オランダから知らせが入ったのです」

「オラン……」と大声で言いかけて、斉昭は慌てて自分の口を塞いだ。

　幕府は第三代将軍・徳川家光《いえみつ》の頃から、貿易相手国オランダに『オランダ風説書《ふうせつがき》』を提出させ、海外の情報を得ていた。その風説書にあるとおり、エゲレス（英国）が清《しん》国を攻め激しい戦が起きた。あれだけ隆盛を誇った清国も西洋の兵器に太刀打ちできず、ついにエゲレスと和親を結んだ。

　そこで、オランダはこう言ってきた。「今こそ丁寧に忠告する。美しい日本の地を、清国のように戦で荒らしたくなければ、異国を退けるはもうやめたらどうか」と――。

「何？　日の本を開けと!?　して、上様は？」

「外国交通禁止は、わが国太平のため代々の公方様が二百年もの間お守りになったこと。それを破るなどもってのほかと」

「そうじゃ、そのとおり！」斉昭は思わず立ち上がった。

「ここ日の本は神の国、天子様の国であるぞ！」

「しかし上様も閣老《かくろう》も西洋の武力を恐れてもおります。それがしは……今こそ国を守るため力をお貸しいただきたいと、水戸様にそう申しに参ったのです」

「私の力を!?」

表立って政に参加することができなくなった斉昭は、この若き老中・阿部正弘と親交を深め、頻繁に文を交わすようになった。

弘化《こうか》二（一八四五）年、幕府の最高権力者である老中首座となった阿部は、海岸線の防御を固めるため海防掛《かいぼうがかり》を設置するなど対処したが、外国の手は確実に日本に迫っていた。


そして、弘化三（一八四六）年閏《うるう》五月――。

「もう、強すぎるんだよ、長七郎」

倒された喜作が悔しそうに文句を言う。村の少年たちが夢中になっている戦ごっこで、剣のうまい長七郎に勝てる者は一人もいない。

「参ったか。これが神道無念流《しんどうむねんりゅう》だ」

「よ〜し。負けるもんか〜」

栄一が長七郎に体当たりしようと向かっていく。そのとき、村人が叫びながら走ってきた。

「てーっ、岡部のお代官様だ。お代官様が通るどー」

「え？　おい、おしめーだ」長七郎が皆に声をかける。

すぐに「脇へ寄れぃ、脇へ寄れぃ」と声が聞こえてきた。道端によけた百姓たちが、風になぎ倒された麦のように地べたに這いつくばった。

気付かずに「負けるもんか〜」とむしゃぶりついてくる栄一を、長七郎が衿《えり》をつかんで土下座させ自らも土下座する。その前を、この地域一帯を治めている岡部藩の質素な行列がぞろぞろと通っていく。

「ふん、たるんどるな。よう励め」

百姓たちを見下ろして偉そうに肩をそびやかしているのは、代官の利根吉春《とねよしはる》だ。

長七郎に頭を押さえられながらも、栄一はそっと目を上げた。行列の最後を粗末な籠が担がれていく。やがて行列が去ると、百姓たちもそれぞれ仕事に戻っていった。

「最後の籠、ありゃ何だんべ？」

栄一の疑問に、長七郎が答える。

「きっと罪人だんべ。御陣屋《ごじんや》の牢に入れられるに」

「牢に入れられて、どうなるん？」

「それは……鞭《むち》打ちか、打ち首か」

打ち首と聞いて、喜作がひえっと首をすくめた。

「なんで？　なんで打ち首になるん？」

きりがない栄一の質問に、長七郎もとうとうつきあいきれなくなったらしい。

「そんなん分かるか。さぁ、そろそろ帰《けえ》るべー」

いつの間にか空は茜《あかね》色に染まり、子どもたちはおのおの自分の家に帰っていく。しかし栄一はまだ、道の向こうに消えた籠が気になっていた。


六歳になった栄一は、姉のなかと一緒に市郎右衛門から読み書きを教わるようになっていた。

「人の初め、性本善《せいもとぜん》、性相近《あいちか》し、習い相遠し」

『三字経《さんじきょう》』を、なかよりもしっかりと大きな声で読む。『三字経』は伝統的な初学者向けの学習書で、子どもたちに漢字三文字で生き方の知恵や教えを説いたものである。

「上《かみ》は君を致し、下《しも》は民を沢《うるお》し、名声を揚げ、父母を顕《あらわ》し、前を光《て》らし、後を裕《ゆた》かにせよ」

そらんじながら遊びに行く準備をしている栄一に、通りかかったゑいが目を丸くした。

「あれまぁ、栄一。はぁ、覚《おべ》ーちゃったんかい？」

「へぇ、かっさま。『君を致す』とは、卵ん黄身だけ食べるという意味じゃねーんだで」

そらそうだ、と市郎右衛門が入ってきた。

「『君を致す』とは、上が正しいよい政をし、皆に幸せをもたらすということ」

「皆に幸せを？　上とは、金太郎ですか。お代官様ですか。公方様か」

「公方様でも、親でも師匠でも、人の上に立つ者は皆、上だ。上に立つ者は下の者への責任がある」

「ふむ。責任とは何だい？」

「そうだな。大事なものを守る務めだ」

「ふむ。大事なもの……」

「何なん、栄一が先に『三字経』を覚えてしまうなんて」

ゑいを手伝って桑の葉を運んでいたなかは口をとがらせているが、ゑいは「あぁ、立派だいねぇ。この栄一がねぇ」と感心しきりである。

「そら、とっさまのげんこつがおっかねーから、一所懸命に覚えただけだい。行ってくんべ」

一礼すると、栄一はさささと風を食らったように出ていった。

「まぁ、またあんなそんぶりを」

せっかく褒めてやったのに、中身はあんまり変わらないようである。

そこへ宗助が荒い息で駆け込んできた。

「おい、えれーことだに。陣屋から罪人が逃げて、この辺りをうろついてるっちゅーで」

町中では、岡部の役人たちが総出で罪人を捜しているという。


武蔵国と上野《こうずけ》国を結ぶ利根川とその支流の身馴《みなれ》川に挟まれたこの地は、川遊びする場所に事欠かない。この日も栄一は、長七郎たちと河原の石を川に投げ込んで遊んでいた。そこへ、喜作が息を切らして走ってきた。

「おーい、えれーことだ。罪人が逃げたっちゅーでー」

「え？　嫌だ。急いで帰《けえ》らねえと」

千代たちと川に笹舟《ささぶね》を浮かべて遊んでいた年長のなかが真っ先に立ち上がった。しかし栄一は、恐怖より好奇心が先に立つ。

「なんで？　罪人ってどんな悪《わり》ぃことしたん？」

「そら、悪《わり》ぃことだよ。よっぽどの盗人《ぬすっと》とか」と喜作が言う。

「いや、人殺しだんべ。あのように送られてくるからには、よほどの悪いことをしたに違《ちげ》ーねー」

恐ろしげな口ぶりで脅かす長七郎に、すかさず喜作が悪乗りする。

「人殺しかい！　あぁ、おっかねー。きっと鬼みてーな男に決まってるだんべ」

「鬼!?」からかわれていることに気付かない栄一は、目の玉が飛び出さんばかりだ。

「よし、俺たちでひっ捕めーてやんべ！」

跳ねるように駆けていく長七郎と喜作に、なかが大声でどなる。

「何ばか言ってるん！　早く帰《けえ》んな！」

「鬼みてーってどんなんなん？　どんな姿……」

栄一の頭の中はもう恐ろしい罪人のことでいっぱいだ。そのとき、あっ、と千代の声がした。見ると、千代の赤い髪飾りが川に流されている。

「あ〜ぁ、危ねぇから、諦めな。さあ、帰《けえ》るよ」

なかが言い終わる前に、千代はもう川に入っていた。大声で止めるなかの声にも振り返らず、流れていく髪飾りを危なっかしい足取りで追いかけていく。

途中、流れの速いところで足を取られたらしく、千代の小さな体がふらついた。

「お千代！」

栄一はざぶんと水しぶきを上げて川に入っていき、千代を支えた。

「だめだで。危ねーことしちゃー」

「すんません。でも……あれは、死んだとうさまが買ってくれた、たった一つのもので……」

「……そうか」

いつもニコニコしている千代が泣きそうになっている。栄一はかわいそうでしかたがない。

「そうだ！　川下のほうに行ぎゃあ流れてきてるかもしんねえに。ねえさま、ちっと見てくるかんな」

言うが早いか、川下へすっ飛んでいく。

「栄一、すぐ戻るんだよ！　千代も分かったね」

「へぇ！」大きく返事をして、千代は栄一を追いかけた。

二人は浅瀬で髪飾りを捜したが、見つけたと思ったらボロ布の切れっ端や下駄《げた》の鼻緒だったりで、ぬか喜びするたび落胆が大きくなる。

「お千代は、一人で捜せます。栄一さんはもう……」

「俺は、お千代が大事だ」栄一は大真面目に言った。

「だからお千代を幸せにしてぇ。俺が年も上だから、上に立って、きっとお千代を守って……おっと」

いいところを見せようと力みすぎたか、足が滑って尻餅をついた。

「いてて。あ〜あ。俺が転んじゃ台なしだい」

てれ笑いしていると、ふと視線の先の岩窪《いわくぼ》に赤いものが見えた。

「あ……あった！」

今度こそ、千代の髪飾りだ。また流される前に慌てて立ち上がり、転ばぬよう慎重に川の中を歩いていく。岩に引っかかっている髪飾りに手を伸ばそうとしたとき、大きな毛むくじゃらの手がにゅっと出てきて、栄一より先に髪飾りを拾い上げた。

立っていたのは、ぼさぼさ頭と髭面《ひげづら》の、薄汚い着物を着た大男だ。

「お、お、鬼？」栄一は仰天した。そこへ「おい、いたぞ！」「捕らえよ！　急ぎ捕らえよ！」と役人たちが走ってきた。男は栄一をよけ、大股で千代に近づいていく。

「や、やめろ！　お千代に近づくな！」

青ざめて叫ぶ栄一を無視して千代の前まで来た男は、恐怖で固まっている千代の手を取り、赤い髪飾りをそっと握らせた。そしてそのまま、抵抗することなくお縄になった。

「子どもが何をしておる。さっさと帰れ！」

栄一たちをどなりつけると、役人たちは男を連れて去っていった。

「……あれは、逃げた鬼かい？」

「いいえ。いいお方です」千代はそう言うと髪飾りを握りしめ、「あぁ、お礼も言えねぇで……」と申し訳なさそうにしている。

何やら狐《きつね》につままれたような心持ちで、栄一は男たちの去ったほうを見つめた。


このころ、幕府は国の外だけではなく、内側にも大きな心配事を抱えていた。

現在の将軍である家慶の実子・家祥《いえさち》には子がなく、家祥に次ぐ将軍候補も次々と亡くなってしまった。将軍に最も近い家柄と言える一橋家でも後継ぎのないまま当主・慶壽《よしひさ》が二十五歳の若さでこの世を去っていた。

そこで阿部正弘は、斉昭の子・七郎麻呂を一橋家の世継ぎに推挙した。

「斉昭の子じゃと？　まさか。一橋の後継を水戸から選ぶことなどありえぬ」

家慶は難色を示したが、阿部は粘り強く説得した。

「水戸から選ぶわけではございません。武芸に秀で、英邁《えいまい》と専らご評判の七郎麻呂様を選びたいのでございます」

家慶の許しを得た阿部は、斉昭に相談するため、すぐに水戸藩駒込邸を訪ねた。

「七郎を、一橋家の世継ぎにとな⁉」

「御子息・七郎麻呂様を御三卿・一橋家にぜひにとのこと、こうして内慮お伺いに来た次第」

「まぁ、一橋家とは、なんと誉れなこと……」

妻の吉子《よしこ》は喜色を浮かべたが、斉昭はなぜか何も答えない。急に立ち上がって部屋をぐるぐる歩き回り、阿部に背を向けたとたん笑み崩れた。

「御前様《ごぜん》？」吉子が怪訝そうに眉をひそめる。

斉昭は再び顔を引き締め、厳しい表情で振り返った。

「お断りいたす！　私は常々、七郎だけは養子に出さず手元に置くと所望しておる。七郎は水戸育ちの田舎者。一橋家相続など、同家の方々にも赤面の至り」

「しかし……七郎麻呂様に限るとは、上様のおぼし召し」

「何？　上様の御尊慮と申すか！」

「さよう。上様はほかの御子息ではなく、七郎麻呂様でなければと仰せなのでございます」

「……なるほど。相分かった。一橋家を空けおくわけにいかず、上様がわが愚息でも役立つとおっしゃるのならば、この斉昭……そのお話、お受けいたす！」

斉昭はしかつめらしく承諾すると、庭に出ていって大きく両拳を突き上げた。

「快なりー！」

その声に驚いた吉子も庭に出てきた。

「吉子。聞いたか。これほど愉快なことはない。一橋家に入れば、わが息子は水戸から初めて出る征夷大将軍《せいいたいしょうぐん》になるやもしれぬのだぞ！」

「ええ、ええ」と吉子がそんな夫を見てほほえむ。

客間の阿部もまた、斉昭の真意を知ってホッと胸をなで下ろした。

弘化四（一八四七）年秋、十一歳の七郎麻呂は、家老《かろう》の中根長十郎《なかねちょうじゅうろう》ら一橋家の家臣が出迎える中、駕籠《かご》を降り立った。

「これが一橋邸であるか……」

十八歳の若さで剃髪《ていはつ》した亡き慶壽の妻・直子《つねこ》は温かく七郎麻呂を迎えた。

「徳信院《とくしんいん》でございます。どうぞこの私を本当の母と思い、何事もお話しくださいますよう」

翌日には、江戸城の白書院《しろしょいん》で七郎麻呂は初めて家慶に目通りした。

顔を上げた七郎麻呂を、家慶はしげしげと見つめて言った。

「……ほう。そなたは初之丞《はつのじょう》によう似ておる」

初之丞とは、十四で亡くなった家慶の息子である。

一橋家に入った七郎麻呂は同年十二月、従三位《じゅさんみ》、左近衛権中将《さこんえごんのちゅうじょう》兼刑部卿《ぎょうぶきょう》に叙任され、元服して将軍・家慶の『慶』の字を賜り、徳川慶喜となった。


年が明け、弘化五（一八四八）年となった。

「あ〜、罪人の顔を見てみたかったいなー」

皆で遊んでいると、長七郎が思い出したように言った。

「なぁ、長七郎、岡部の御陣屋に忍び込んで、のぞいてきてみねーか」

陣屋のある岡部村は、血洗島村から一里（約四キロメートル）ほどの距離だ。喜作と長七郎はともに十歳、危険なことほど楽しいわんぱく盛りである。

「おう、行ぐべえ、行ぐべえ！　今すぐ行ぐべぇ！」

「岡部？　鬼は岡部にいるんか。俺も行ぐ！」

栄一はワクワクした。しかし喜作は「お前は足が遅《おせ》ーからだめだ」と仲間に入れてくれない。少年時代の二歳の差は大きいのだ。

「そうそう。お役人がいっぺえうろついてるんだから」

長七郎もはなから連れていく気はないらしい。だがそんなことで諦める栄一ではない。

「そんなら夜はどうだい？　今夜は満月だから、盗人みてーに、月明かりで忍び込むんは」

それはいい、今夜行ってみようと長七郎と喜作の間ですぐに話がまとまった。

「親も眠った丑三《うしみ》つ時《どき》に、こっそりこの木の下に集まるんべー」

喜作の提案に、「よし、そうすんべー！」と栄一が力強く賛成する。

「は？　だからお前は……」

「俺が言《ゆ》ったんだかんな。俺も連れていがなけりゃなんねーだんべ！　俺も行ぐ！　連れてげったら連れてげ！」

栄一の剛情は太った芋の株みたいにやっかいだ。喜作は観念して白旗を揚げた。

「あぁ、分かったよもう！　しかたのねえやつだ」

表からコツコツ音がする。ゑいのそばでぐっすり眠っていた栄一はハッと目を覚ました。

市郎右衛門とゑい、なかを起こさないよう寝床を抜け出し、こっそり部屋を出ていこうとして、ふとゑいの言葉を思い出した。そっと自分の胸に手を当て、正しいか正しくないか聞いてみる。

「……よし」

きちんと戸を閉めて外に出ると、栄一は喜作と一緒に待ち合わせ場所へ走った。

すでにひこばえの木の下で待っていた長七郎と合流し、お化けが出そうな月明かりの道を、三人の少年たちは冒険に胸躍らせながら岡部に向かった。

陣屋の表門は暗く、人けもなくひっそりとしていた。

「これが岡部の御陣屋か」

もの珍しそうにきょろきょろする栄一を、「シーッ、静かにしろい」と喜作が小声で叱る。

「でかしたぞ、門番もいねーや」

「裏に低い塀があった。あそこから忍び込むんだ」

長七郎も喜作も器用に塀を乗り越えたが、栄一だけうまく上れずバタバタしている。

「おーい、俺も入れてくれ」

「シーッ。何やってんだいな」

二人が栄一を引っ張り上げ、勢い余って転がり込んだ栄一は尻をしたたか打ちつけた。

「いててて。おぉ、ここが岡部の……」

「シーッ。よし、行ぐべー」

喜作が言ったときだ。「ん？　何の音じゃ？」と暗闇の向こうから声がした。

「しまった！　見張りの役人だ。隠れろ！」

長七郎と喜作は腰をかがめて脱兎《だっと》のごとく逃げ出した。栄一も慌ててついていく。

「くせ者かもしれぬ。探せ！」

前方に役人の明かりが小さく見え、三人は慌てて別の方向に走った。

「どうすべー。これじゃあ俺たちが罪人になっちまうにー。鞭打ちは嫌だかんな……」

「逃げ道を探すんべー。俺はこっちー行ぐ。お前らはそっちだ」

喜作と長七郎は顔を見合わせ、別々の道を走っていった。栄一もよろよろと違うほうへ向かったが、息が切れて建物の陰にしゃがみ込んだ。

「そこに誰かおるのか！」

栄一のほうに明かりが照らされた。必死に体を縮めて身を隠し、「チ、チ、チキチキチキチキチキチキ」ともずの鳴きまねをする。役人はまんまとだまされて立ち去った。

「はぁ……どうすんべ……」

真ん丸の月が、まるで栄一を笑っているように見える。そのとき、どこからか小さな声が聞こえてきた。耳を澄ますと、意味不明の呪文のような言葉である。

声のするほうを見上げると、格子のついた小さな窓があった。

「何だい？　お念仏かい？」

「……そこに誰かおるのか？」

しゃがれた男の声。きっと千代の髪飾りを拾ってくれた、あの罪人だ。

「……だ、誰もおらん」うっかり返事をして、栄一は慌てて自分の口を塞いだ。「あ、だけど……髪飾りを、ありがとう」

千代の代わりに礼を言うと、ちょっと驚いたような「おぉ」という声が返ってきた。

「なんで、逃げてたん?」

栄一の率直な質問に、男は苦笑交じりに答えた。

「牢の戸が開いておってな。少しこの地を見物して、そっと戻ろうと思ったのだ。海でも見えはせぬかと……」

「岡部に海はねーぞ」

「そうだな。何にもないとこだな、ここは」

「それは失礼な話だに。からっ風があるだんべ」

「ふふ……これから、この国はどうなるのだろうなぁ」

「この国とは、岡部か？　武蔵国か？」

「ばかを言え。日の本だ」

「ひのもと?」

「私は長崎《ながさき》で生まれた。出島《でじま》で砲術を学び、シーボルトやスチュルレルにナポレオンの話を聞き、ゲベール銃やモルチール砲を取り寄せ、肥後《ひご》や薩摩《さつま》、ひいては江戸でもオンテレーレン（指導）した。このままでは、この国は終わる」

何を言っているのかさっぱりだが、この国が終わるのは絶対だめだ。

「どうして?　どうして、日の本は終わるんだ？　どうしたら助けられる?」

「私にも分からぬ。皆がそれぞれ、自分の胸に聞き動いていくしかないのだ」

「おぉ、ここか」と栄一は自分の胸に手を当てる。

「そう。誰かが守らなくては、この国は……」

男の声が恐ろしいほど真剣で、栄一は思わず口をつぐんだ。

「おい、栄一か？」喜作が走ってきた。「ここにいたんか。長七郎が出口を見つけた。急げ」

「お、おう」と立ち上がる。しかし何となく牢の中が気になって見上げていると、喜作が「何してんだ？」といらだった。

「お、鬼が、お化けでも見たんか？　早《はい》く来《こ》ー！」

「は？　お化けでも見たんか？」

喜作が先に走っていく。栄一も喜作を追って走りだしたが、ふと足を止めた。

「……お、俺が、守ってやんべぇ、この国を」

振り返ってぽつりとつぶやき、また走りだす。牢の中の男が笑ったことには、気付かなかった。


まだ暗い道を、二人に少し遅れて走っていた栄一が急に立ち止まった。

「見てみない！　夜明けだで！」

遠くの東の空が少しだけ明るんでいる。風にはためく布に染まった美しい藍のような、しかし人の手では決して作り出せぬ空の色に三人はしばし見とれた。

「急げ！　夜が明けてしまわねーうちに戻るんべー！」

喜作の号令で、「おう！」とまた元気よく走りだす。

時は江戸時代、今からたった百七十三年前。山の端に顔を出して輝きを放つ朝日のように、栄一の物語はまだ始まったばかりである。

第二章　栄一、踊る

嘉永元《かえい》（一八四八）年、九つになった栄一は少しずつ市郎右衛門から仕事を学び始めた。

この日は藍玉の荷を担ぎ、山道を歩いて紺屋《こうや》（藍染屋）回りに出かけた。

「いいか、この道を行けば上州《じょうしゅう》、あっちが信州《しんしゅう》だ」

「朝っから歩いてまだ着かぬとは、遠いにぃ」

「ばかもん！　かつて東照大権現様もこの道を進まれ、あまたの敵を打ち破ったんだ。身締めて歩かねーか！」

「東照大権現様か」

とっさまの東照大権現様は伝家の宝刀だな。よっこらしょ、と栄一は荷を担ぎ直した。

信州の浅牧《あさまき》村では、藍農家の村人たちが藍畑で草取りや追肥に精を出していた。

「いやんばいす、今年の塩梅《あんばい》はどうだいね」

市郎右衛門が大声で挨拶すると、二人の百姓が振り返った。

「おぉ、市郎右衛門さんじゃねーかえ」

顔なじみの藤兵衛《とうべえ》と勘左衛門《かんざえもん》である。自分たちの畑で作るだけではとても足りないので、こうして近隣の藍農家から藍の葉を買い入れるのだ。

市郎右衛門が早速、納屋で今年の藍葉の出来を見る。

「市郎右衛門さんはよい藍葉でねーと買ってくんねー。こっちゃー育てんのに大事《おおごと》してるだ」

藍の葉を手に取り、じっくり観察している市郎右衛門のそばで、藤兵衛たちは気が気でない。

「そうか。これはちっと肥やしが足りねぇな。ほれ、下葉が枯《あ》がってる。〆粕《しめかす》けちったな」

「ははぁ、さすが目利きだわさ」

「そっちのはいいけんども、クチトガリ（害虫）が付いてるな」

「そんだけうめえ葉だってことだぁな」勘左衛門がちゃちゃを入れる。

「へぇ、うめえ葉は虫が付くのか」

脇からのぞき込んだ栄一を「ほれっ、邪魔すんな」と叱りつけ、市郎右衛門は「甘く見ちゃあいげねぇ、しっかり虫は取れ」と勘左衛門を戒めた。

「ハハ、まぁた怒られるだらず」藤兵衛が頭をかく。「次こそはひとつ、市郎右衛門さんが気に入るような藍を作って、そーして、何としても褒められてーもんだ」

「あぁ、そうだわさ。違《ちげ》ーねー」

市郎右衛門は満足げに二人にうなずき、助言も忘れない。

「こういう年は日照り続きが少ねえ、時期をしくじんなよ。うーんと期待してるかんな」

目尻に深いしわを作って笑う父を、栄一はじっと見上げた。

血洗島村に戻った二人は、家に向かう道で畑帰りの朔兵衛《さくべえ》と権兵衛《ごんべえ》に行き合った。

「おぅ、市郎右衛門さん、信州回りの帰《けえ》りかい？」

「おう。朔兵衛どんの葉のほうがいいなあ、一番藍を心待ちにしてるから頼むで」

「市郎右衛門さんは、よい藍玉を作ってくれるかんなー」

「あぁ、俺らも働きがいがあるってもんだい」

二人に言われて、市郎右衛門の目尻のしわが一層深くなる。

「なんの、ここまで何年かかったか。もう指も足もかかあの顔までみんな真っ青《まつぁお》だい」

「かっさまの顔は青くねぇよ」

怪訝そうに口を挟む栄一を「うるせー、ものの例えだに」と叱り、市郎右衛門は機嫌よく歩いていく。朔兵衛たちに頭を下げると、栄一は慌てて父の後を追いかけた。

「とっさま、うれしそうだに」

「そうか？」

「はい。かっさまはいつも、ふんふんふんふーんと楽しげだけんど、とっさまは難しい顔をしておられます」

「ハハッ。そりゃそうだに。藍玉をうまく作るんは気を遣うし、手もかかる。村の百姓の暮らしを守るという務めもある。だからこそ、その藍玉を褒められるというんは、まるで息子が褒められるんみてーでうれしいもんだに」

「なぬ？　息子みてーにか？」

「おぅ。藍玉作りは、いいもんを作りゃあ人にうれしがられ、自らも利を得て、また村を潤すこともできる。人のためにも己のためにもなる。いい商いだに」

「ふーん。そういやぁ、かっさまもおっしゃった。みんながうれしいんが一番だって」

市郎右衛門が「うむ」とうなずく。

「……俺が褒められるんも、うれしいんかい」

「そりゃあうれしかんべ。しかし藍玉と違って、息子は俺の手じゃあ思うようにはならねー」

「ありゃ。こりゃ一本取られたに」

「ハッハッハ」

二人の楽しそうな笑い声が、外秩父《そとちちぶ》の山並みに溶け合う茜色の空に響いた。


幼少期から学問に秀でた尾高新五郎は、十七の頃から近郷の子弟を集めて私塾を開いていた。市郎右衛門の希望で、栄一も新五郎に読書を教わることになった。喜作も一緒である。

油屋という屋号の尾高家は、米穀や塩、菜種油の製造販売と藍玉の加工販売を主とした商家だったが、農業も営んでいた。養蚕農家特有の総抜気窓《そうばっきそう》と呼ばれるやぐら（越屋根）付き二階建ての栄一の家も立派だが、新五郎の曽祖父・磯五郎《いそごろう》が建てた尾高家も引けを取らない。柱や梁《はり》にくぎを使わないはめ込み式の構造で、けやきの一本柱がどっしりと建物を支えている。しかし今では、名主に借金するほど生活は苦しくなっていた。

階段を上がり、襖の戸を開けた栄一と喜作は目をみはった。八畳ほどの新五郎の部屋に、所狭しと本が積み上げられている。

「うわぁ！　なっから本があるにぃ！」

栄一が思わず声を上げたとき、小脇に本を抱えた新五郎が戻ってきた。

「おう、入れ、入れ。ちっとんべ散らかってるけんどなぁ」

栄一と喜作は、新五郎の後についてワクワクしながら部屋に足を踏み入れた。

「あにぃは学問が好きと聞いてたけんど、ほんとだなぁ」喜作が感嘆する。

「うむ。この本は何なん？」

栄一は、ふと目についた本を指さした。『回天詩史《かいてんしし》』と書いてある。

「あぁ、これは水戸学の本だ」新五郎が水戸藩の儒臣・藤田東湖の本を開いて見せてやる。

「『苟《いやしく》も大義を明らかにして人心を正さば、皇道《こうどう》なんぞ興起《こうき》せざるを患《うれ》えん』とある。水戸の御本はわが国を守る気概に満ちておる」

「わが国とは……日の本のことかい？」

「ん？　日の本とよう分かったなぁ」

「ふぅむ。日の本を守るんか」

本を手にした栄一の真剣なまなざしに、新五郎は少しばかり驚いた。

栄一は自宅から七、八町（約八百メートル）離れた尾高の家に通い、一時（約二時間）ほど学んで帰るのが日課となった。

新五郎の教え方は独特で、当時よくあった文章を暗唱させるという方法ではなく、とにかくたくさんの本を読ませ、読書に親しませるというやり方であった。理解はおのおのに任せ、意味を問われれば丁寧に教えた。

皆が帰ったあと、部屋を片づける兄たちを手伝っていた千代は、『論語《ろんご》』の本をうっとりと見つめた。半時、いや四半時でもいいから、千代も栄一たちのように学んでみたかった。

「お千代、どうした？」長七郎に声をかけられ、千代は慌てて本を片づけた。

血洗島村の鎮守社の諏訪《すわ》神社は、栄一の家からすぐ南にある。古来より武将の崇敬《すうけい》が厚く、古くは源平《げんぺい》時代に岡部六弥太忠澄《ろくやたただずみ》が戦勝祈願したと言われていて、七月の祭りに奉納される伝統の獅子舞は村人たちの何よりの楽しみであった。

この日、栄一たちが境内で遊んでいると、宗助ら大人衆が獅子舞の装具を運んできた。

「おぉ、獅子だ！」

雄獅子《おじし》、雌獅子《めじし》、法眼《ほうがん》の獅子に子どもたちが一斉に群がる。カシラは獅子ではなく、利根川沿岸では一般的な角を持つ竜頭《りゅうず》である。

「藍の刈り入れが終わったら祭りだに。今年一年の五穀豊穣《ごこくほうじょう》と悪疫退散を願う村の大事な祭りだから、皆、身締めて踊るんだでー」

「なぁ、宗助おぃちゃん、俺の獅子舞を見とくれ」

栄一が踊りだすと、喜作やほかの子たちも、俺も俺もと踊りだした。お諏訪様の獅子奉納は十歳前後の少年が務めるので、栄一たちの張り切りようは大変なものだ。

「去年は俺も栄一も棒持ちだったが、今年はきっと獅子を舞うんだい」

喜作が意気込む。獅子舞の役者は三人の獅子のほか、棒使い二人（木太刀と六尺）、笛三人、花笠《はながさ》二人と梵天《ぼんでん》がいるが、花形はもちろん獅子である。

「そうよ。俺はなっから稽古してるんだかんな」と栄一。

「へぇ、楽しそう」千代にはもう一つ、祭りの楽しみがあった。妹の擦り切れた着物に気付いた新五郎が、やへに頼んで新しい着物を作ってくれることになっているのだ。

「俺は獅子舞より『三国志《さんごくし》』だで。とおーッ」

「くっ、おのれ、曹操《そうそう》め！」

長七郎と喜作が棒切れで打ち合いを始めた。二人は今、読本《よみほん》の『三国志』に夢中なのだ。

「お千代は……獅子が好きなん？」

栄一が聞くと、「へぇ、好きなんよ」とほほえむ。栄一はますますやる気になった。

「そうか！　よぉし！　獅子は村を悪者から守るに！　こうして、こうして……」

軽快な足さばきで舞ってみせると、千代は大喜びで小さい手をたたく。

「ほう、栄一、よう腰が入っておるじゃねぇか」

宗助に褒められ、栄一は得意満面だ。と、家のほうからなかの声が聞こえてきた。

「栄一〜！　お代官様がおいでになる日だでー。手伝って」

「おう、そうよそうよ。お前らも来《こ》ー」宗助が喜作と千代を手招きする。

血洗島の渋沢家には、岡部藩の代官たちが時々やって来た。

そんなときは宗助や市郎右衛門など男の衆が総出でもてなすのが常で、酒や食べ物を用意するまさやゑいたち女衆はてんてこまいであった。そのため、子どもたちも野菜を運んだり洗ったり、手伝いに駆り出されるのである。

やがて代官の利根と役人が数人、中の家にやって来た。客間の上座に大威張りで座り、心尽くしの料理と酒が運ばれてくると、まさに鯨飲馬食《げいいんばしょく》といった体《てい》である。

「めでたいことに、このたび、岡部の若殿様の御乗り出しが決まった」

目元を赤くした利根が上機嫌で言い、酒を注いでいた市郎右衛門の手が止まった。

領主の安部摂津守《せっつのかみ》は、三河《みかわ》国に本藩がある小さな譜代大名である。

「ほう。それはそれは誠におめでとうございます」宗助が慇懃《いんぎん》に答える。

「ついては道を整えねばならぬ。六月吉日の前後十日、この村より人足を百人と御用金二千両を用意するようにとのお申し付けだ」

「へぇ、もちろん喜んで。おい、酒がねーぞ」

まさが「へぇ、ただいま」と慌てて出ていく。

「……恐れながら、お代官様」市郎右衛門は平伏し、意を決して切り出した。

「そのころと申しますと、この村は一年のうちいちばん人手の足りぬ時期で、毎年ほかの村から人手を借りるほど。御用金のほうは何とか用立てます。何とぞいま少し、人足の数を減らしてはいただけませんでしょうか」

利根の酔眼が市郎右衛門を見据えた。「そうか。そのほう……不服と申すか」

「いいえ、不服などもってのほか。ただ、六月はお蚕様も繭になり、藍の刈り取りもいちばん忙しい時期にて、どうかこの地の百姓のために、百を八十、いいえ、九十にでも減らしてはいただけませぬかと……」

「たわけおって！」利根はいきなり立ち上がると、市郎右衛門に杯《さかずき》の酒をぶちまけた。

「そのほう、百姓の分際で口が過ぎるぞ！」

「は、ははっ」頭から酒を浴びた市郎右衛門が、畳に額を押しつけて平伏する。

「いいか！　御上《おかみ》が百人出せと言ったら出すのだ！」

弟の気持ちはよく分かっているが、宗助も「ははっ！　承知いたしました」と平身低頭した。

ゑいを手伝って料理を運んできた栄一は、襖の隙間からその様子を見ていた。

「何なん？　なんでとっさまが……」

「シー。あんたはあっちー行ってな。いいかい。ここは大人の居所なんだから、決して、決して入んじゃないよ、分かったいね？」

ゑいはくどいほど念を押して栄一を奥に押しやり、「失礼いたします」と一人で入っていった。

「おぉ、来た来た、お代官様、これはこの村の名物でございます。どうぞ、どうぞお召し上がりください」

宗助になだめられた利根は再び腰を下ろしたが、市郎右衛門は平伏したままだ。

「……承服できん」

栄一はぶつぶつ言いながら勝手口に戻ってきた。「承服できっこねーに！」

野菜の泥を落としていた喜作と千代が、栄一の声に手を止めて振り返った。

「なんでとっさまが、村のみんなに慕われてるとっさまが、あんなに頭を低くしなけりゃなんねんだ！」

それだけじゃない。地方の農家にも紺屋にも、市郎右衛門は一目置かれている。

「あぁ……そりゃしかたねえ。いっくら働いても稼いでも、この渋沢の家は百姓だかんな」

喜作にあっさり受け流され、「えぇ～、そんなあ」と栄一は情けない声を上げた。

「だからよ、俺はいつかうんとこさ偉くなって、お武家様のカブを買ってやるんだ」

「お武家様のカブ？　これかい」と栄一が腰籠に入っていた蕪《かぶ》を指さす。

むろん野菜ではなく、カブはカブでも御家人《ごけにん》の〝株〟のことで、このころ、生活に困窮した御家人が、表向きは養子縁組みの形で、その家格を農民や町人などに売り渡していたのである。

「うん、分からん。でもそのお武家様のカブってぇのを買えば、百姓でも商人でもお武家様になれるんだとよ。俺はいつかそのカブ買って、お武家様になりてえんだ」

「へぇ。俺はお武家様は嫌《きれ》えだ」

「かっこいいぞ」と喜作が大根を持って中段に構える。「なにを！」それなら栄一は、牛蒡《ごぼう》で高波の構えだ。そんな二人を見て、千代がおかしそうに笑う。

「なぁにお野菜で遊んでんだい。ほら、手伝いな」

なかが忙しそうに入ってきて、栄一たちを叱った。けれど客間から戻ってきたゑいは、栄一が無邪気に遊ぶ姿に少しホッとしたのだった。


「明後日は白書院にて旗本衆の武技御上覧、十五日、二十八日は月次《つきなみ》御拝賀にて御登城が……」

慶喜の側用人《そばようにん》となった中根長十郎が公務を説明するのを、慶喜はつまらなそうに遮った。

「登城と言うても、すぐそこじゃないか。つまり一橋とは、将軍家の居候というわけか」

家来に結ってもらったばかりの髷《まげ》が崩れるのもお構いなしに、ごろんと寝転がる。

「と、殿！　ま、髷が……」

「退屈じゃ。これならば水戸で弓の稽古をしたり、東湖の説教を聞いているほうがよほど幸せであった」

傍若無人な言いぐさに中根は言葉を失っているが、慶喜は気にも留めない。

「……お父上も、どうしておるだろうのう」

ふと、父のことが脳裏をよぎった。幕府に隠居させられた斉昭は、水戸藩駒込邸で失意の日々を送っている。意気消沈して食事も喉を通らないのではあるまいか……。

畳に転がったまま考えていると、「殿、上様がこちらにおなりとのこと！」と家臣が知らせてきた。慶喜は跳ね起きて支度を整えると、表御殿に平伏して家慶を迎えた。

「どうじゃ。この邸《やしき》の住み心地は」

「ははっ。家の者もよく仕え、水戸に比べ気候も穏やかにて誠に暮らしやすく存じます」

中根が、嘘《うそ》つきめ……という目で慶喜を見る。

「そうか。そなた謡は好きか？　今日はわしがそなたに教えてやろう」

家慶はこうしてしばしば一橋邸を訪れ、慶喜を実の息子のようにかわいがった。

同じ頃、水戸藩駒込邸では、斉昭が文を握りしめ男泣きに泣いていた。

「御前様、どうなされました？　その文は……」

荷物を抱えて部屋に入ってきた吉子は目を丸くした。

「水戸におる東湖からじゃ。この私が天子様を尊《たっと》び、武威を奮い、異国の汚れた塵《ちり》をはらい清めようとしている、と……かようにこの文に書いてくれたのじゃ……くぅ、うぅ……」

水戸の薄暗い蟄居屋敷で文をしたためている東湖を思うと、さらに泣けてくる。

「水戸の領民たちも、今なお殿の復帰を願い、嘆願を続けております」

そばに控えていた武田耕雲斎もまた、主君を励ます。

「今に見ていろ。私は必ず政の場に舞い戻ってみせる」

意気消沈どころか斉昭は気概を満々とみなぎらせた。

「殿、一橋家より、かようなものが届いてございます」

吉子が抱えていた荷物は、季節の野菜や新鮮な魚などの食べ物であった。

「これは……私の好物ばかりじゃ。七郎め」息子の心遣いにまた涙がにじむ。

『珍味忝《かたじけな》く拝受致し候《そうろう》。尚《なお》、近頃文武にお励みになられ候ゆえ上様のお褒めを賜りたるよし、当家まで誉《ほまれ》なることにて忝く存じ候。この上、心身を養い一段とお励みなさるべく候』

心に捲土重来《けんどじゅうらい》を期して、斉昭は慶喜に文を書き送った。

「頼むぞ。そなたが頼りじゃ、七郎。いや、一橋殿」


祭りが近づいてくると、村の子どもたちはひこばえの木の下に集まり、それぞれ獅子の舞いを競い合った。負けず嫌いの栄一と喜作は、特に上達が著しい。

大人たちはしばし農作業の手を休め、そんな子どもたちの姿をほほえましく眺めている。なかと一緒に桑の葉を抱えて通りかかったゑいも、「あれ、楽しそうだねぇ」と目を細めた。

そこへ、宗助と市郎右衛門が連れ立ってやって来た。子どもたちがわっと駆け寄っていく。

「宗助おいちゃん、見とくれ」早速、喜作が踊ってみせる。

「うむ、威勢がよくってよかんべ」

「俺も、俺も！　とっさまも見てみない！」

栄一も踊ってみせるが、市郎右衛門はなぜか反応が薄い。代わりに宗助が言う。

「栄一、お前、まぁたなっからうまくなったなぁ。そんだが……今年は祭りはなくなった」

「……え？」

ゑいは、やっぱり、という顔だ。どうしたんだいと村人たちも寄ってきた。

「どうにかやれんもんかと考えたがのう」と宗助が小さくかぶりを振る。

市郎右衛門はすまなそうに、集まった大人と子どもたちを見渡して言った。

「人足も刈り入れもとあっちゃあ、どうしても手が足りねぇ。いろいろ掛け合ってみたがどうにもなんなかった。みんな悪いが力を貸してくれ」

利根に人足を出すよう命じられたときから、今年の祭りは無理だろうと兄弟は諦めていた。しかし、村のみんなの数少ない楽しみである。この数日、二人は仕事の合間に近隣の村を駆けずり回ったのだが……。

「お前《めえ》らもよぉく頑張った。来年になったらきっとまたできるから、まぁた頑張れ」

宗助が子どもたちの頭を一人一人なでて慰める。皆がっかりしたが、しかたがないとちりぢりに帰っていく。しかし栄一には、どうしたって承服できない。

「……俺は嫌だに。俺は獅子が舞いてぇ。祭りをしてくれ」

ゑいが栄一の前に来て、「こぉれ栄一、わがまま言うな」とたしなめた。「そうだ。黙って言うことを聞け」と宗助にも叱られる。それでも栄一は諦めきれない。

「そんじゃ、今年の五穀豊穣はどうするんだに？　悪疫退散は？　祭りで獅子を舞って、村の悪《わり》ぃもんを追い出さねえとなんねぇに！　おいちゃんも村の祭りは大事と言ったじゃねぇか！　大事と分かってんのにやんねぇのは、『義を見てせざるは、勇なきなり』だ！」

次の瞬間、市郎右衛門の藍に染まった大きな手が、栄一の頭をパーンと張った。

「何《なん》も分かってねぇ者《もん》が偉そうに言うな！」

父を見上げた栄一は、その顔にハッとした。

「はぁ、お前『義を見て』ってそりゃ『論語』かい」宗助がハハハと笑って場を和ませる。「まあ、とにかくできねえもんはできねぇ」

「みんなも悪《わり》ぃなぁ。お代官様からの申しつけだから、ちっと来てくんない」

市郎右衛門が言い、名主兄弟のもとに村の大人たちがぞろぞろと集まった。

栄一は口を真一文字に結び、拳を握りしめた。ゑいが気にして肩に触れようとしたが、その前に栄一は走り去っていった。

神社の拝殿の前でぽつんとしゃがんでいると、千代が「栄一さん？」とやって来た。

「お千代。村の祭り……なくなっちまった。獅子も舞えなくなったに」

「そうなん？」

「うむ。大人の言うことはよく分かんねえ。だけんど……とっさまも、悲しい顔をしてた」

あれ以上剛情を張らなかったのは、たたかれたからではなく、そんな父の顔を見たからだ。

「大人の世は、誠に分からぬことが多いにぃ」と千代は栄一の隣にしゃがみ込んだ。

「千代は、早《はよ》う大人になりてぇんです」

「まことか？　大人にかい？」

「へぇ。早《はよ》う大人になって、もっと、ははさまやにいさまや誰かのお役に立ちてぇなぁと」

「ふーん。偉《えれ》ぇなぁ、お千代は」栄一は素直に感心した。人一倍我慢強く、人の三倍働き者なのに、千代はもっと役に立ちたいと言う。

「俺なんか腹が立って、とっさまやみんなの気持ち考えんの忘れてた。お前に俺の獅子を見せたかったんだ」

新しい着物を着て、うれしそうにしている千代の姿も見たかった。

「……あ〜ぁ。みんながうれしいんが一番なのに、どうしてうまくいがねんだんべなぁ」

七月初旬の早朝、栄一はひっそりした家の気配に目を覚ました。市郎右衛門とゑいの布団はすでに片づいていて、家の中には、なかの姿も、使用人たちの姿も見当たらない。

家を飛び出してまだ明けきらぬ暗い道を畑に走っていくと、市郎右衛門たちは総出で藍の葉を刈っていた。藍の一番刈りだ。

「とっさま、かっさま、まだ夜だにぃ」

「ばか、今日のうちに三分の一は刈らねばなんねぇんだ。もたもたしてると質が落っこっちまう」

血洗島の、いちばん忙しい季節がやって来たのだ。

「おはよう。もうちっとしたら起こそうと思ったんだよ」ゑいが優しくほほえむ。

「ほら、あんたも手伝いな」なかの額にはもう、玉の汗が浮かんでいる。

「うん！」

早朝の仕事を終えた市郎右衛門たち男衆は、昼間は働きに出ることになった。

「今がいちばん大事《でぇじ》だ。女子《おんな》どもだけできついと思うが、頼んだからな」

「へぇ。おはよう。みんなご苦労だねぇ」

ゑいたちに見送られて、市郎右衛門を筆頭に村の男たちはぞろぞろと出かけていった。

「さぁ、うちらも忙しくなるよ！」

残った女たちの手で手際よく刈られた藍の葉が、畑にいくつも山を作っていく。畑ばかりではない、養蚕の仕事もある。栄一や喜作たちも一生懸命、作業を手伝った。

こうして男たちは昼は人足として働き、日が暮れて村に帰ると、たいまつに明かりをともして遅くまで野良仕事……そんな日が何日も続いた。

農家は藍の栽培までだが、中の家の渋沢家は藍玉の製造販売も営むので、その後も作業は続く。刈った藍の葉はその日のうちに家の庭に運び込まれ、茎葉を細かく刻んで乾燥させ、いちばん難しい「寝かす」という工程に移るまで、俵に詰めて藍寝せ部屋で保管するのだ。

俵を運んでいた栄一はふと足を止め、黙々と働く父の背を見つめた。

でっかい背中だ。栄一が「承服できねぇ」ことも、あの大きな背中が全部背負い込んでくれる。その重みで、いつか潰れてしまうんじゃなかろうか……。

と、藍の葉を刻んでいる女たちのほうから、ゑいの鼻歌が聞こえてきた。

「まぁたかっさまが歌ってる」なかがちゃかすと、「いいじゃないの。苦しいときほど楽しまねぇと」とゑいは明るく笑い、作業の手を休めずにまた歌いだす。女中たちも笑顔になって一緒に歌いだした。なかや喜作や、手伝いの子どもたちも元気いっぱい歌っている。

皆の歌声を背中で聞きながら、市郎右衛門はふっとほほえんだ。荷物は重いが、ゑいのたくましさに救われ、皆の頑張りに助けられる。決して一人ではない。

栄一は胸に手を当てて考え込んでいた。「どうしたい?」と寄ってきた喜作に耳打ちする。

「……どう思う?　できっかなぁ」

「よし、やってみんべ。村の仲間集めんべぇ」

栄一と同じ気持ちだったのだろう、喜作はすぐに乗ってきた。

夕闇が漂い始めた土間に、不意に太鼓と笛の音が聞こえてきた。忙しく作業していたゑいたちは、何事かと家の外に出た。すると神社のほうから、腹に太鼓をくくりつけた獅子舞がやって来るではないか。村の子どもたちによる笛や棒使い、花笠の一団までいる。

ゑいたちがあっけにとられていると、雄獅子の獅子頭から栄一が、雌獅子の獅子頭から喜作がひょっこり顔を出した。「やだ、栄一!?」なかが目を丸くする。

「そうよ！　悪疫退散！」

今日で人足の仕事を終え、疲れきって村に帰ってきた男衆が、やはり太鼓や笛の音を聞きつけて急ぎ足でやって来た。

「何やってんだ、栄一、お前……」

市郎右衛門からお目玉を食う前に栄一は慌てて獅子頭をかぶり、また元気に踊りだす。

最初は驚いていた男たちもやがて笑顔になり、「いいぞ、雄獅子！」「行げ、行げぃ！」と喝采が起こった。村の女たちもあちこちから集まってきて、手拍子が始まる。

「まったく、あいつ……」

あきれている市郎右衛門に、ゑいが優しく笑って言った。

「まったくあの子らも疲れてるだんべに、よっぽどみんなに喜んでほしかったんだねぇ」

「ヘッ。獅子を舞って疲れを吹っ飛ばせってか……、よぉし、そんなら俺だって！」

市郎右衛門がパパッと尻はしょりして、獅子の前に躍り出た。

「おぉ！」「うわぁ、とっさま、上手！」栄一となかが歓声を上げる。

「当たり前《めぇ》だ。俺だって昔は毎年踊ってたんだい」

隠居獅子の市郎右衛門につられて、血の騒いだ男たちが次々と獅子舞の輪に入っていく。

「よっしゃ、負けねぇぞ！」と力強く舞う喜作。

「おう！　悪疫退散だにぃ！」

皆がうれしいと、栄一もうれしい。栄一は寒い日に「煮ぼうと」を食べたみたいに、胸の奥がじんわり温かくなるのを感じた。

しばらくすると、宗助とまさが泡を食って中の家に駆け込んできた。

「おい、誰かが、神社から獅子頭持ち出したってぇ……」

「あらまぁ！　なんてことだんべか！」

庭に集まった村人たちが、獅子舞を見ながらにぎやかに飲んだり食べたりしている。大人も子どもたちの獅子舞に交じって、市郎右衛門までが汗みずくで踊っているではないか。

「義兄《にい》さん、義姉《ねえ》さん、こっちこっち！」二人に気付いたゑいが、奥から手招きする。

「よし、うちからも酒持ってこい。皆の衆、今日までお疲れさんだったなぁ」

宗助の大盤ぶるまいに、村人たちはまた「わぁ」と盛り上がった。

そこへ、新五郎が長七郎と千代を連れてやって来た。栄一と喜作の獅子舞に兄たちが感心している横で、二人を見ようと千代が一生懸命、背伸びする。

「あ、獅子がそっちー逃げていったで！」

栄一と喜作の獅子が、太鼓をたたきながら千代のほうにやって来た。

新しい着物を着ている千代の周りを、二人頭の獅子が時に優雅に、時に勇ましく舞う。千代はニコニコと、本当にうれしそうだ。

舞いを終えて獅子頭を取った栄一と喜作は、誇らしげに笑った。


時は流れて、嘉永五（一八五二）年――。

「うわあああッ」

道場の隅に追い詰められたとき、「そこまで！」と声がかかった。

栄一は十三歳。熱心に剣術の稽古を続けているが、腕前はとても長七郎に及ばない。

「二人ともよい勢いだに」新五郎は名を惇忠《じゅんちゅう》と改め、弟たちの指導をしていた。

「水戸様は、太平の世はすでに終わったと仰せだ。これからは百姓といえども剣の心得は欠かせねぇ」

「はい！　ありがとうございました！」

戻ってくる栄一を、喜作がニヤニヤしながら待ち受けた。

「はっは～、完敗だんべ、栄一」

「くう、長七郎のやつ、めたくそ打ち込みやがって」

「あぁ、尾高のあにぃでさえ、『剣ではもう長七郎にはかなわん』と言ってるにー」

「あいつ、また背も伸びたなあ」

汗を拭っている長七郎を、小柄な栄一は羨ましそうに見やった。

「なんの、背ぇなら俺も負けねぇ」喜作が胸を張る。「剣の腕も、長七郎のほかにはここじゃあ誰にも負けねぇ」

「なんの！　俺だって。よし、一本勝負だ」

「おうよ。望むところだ！」

二人とも気合いを入れて立ち上がり、竹刀を交える。

栄一と喜作はともに剣を学び、そして読書を続けていた。冬は積雪にからっ風、夏の酷暑や雷雨の中も、栄一は草履履きで『論語』を吟じながら、自宅から惇忠の家まで毎日通った。今ではすっかり読書のとりこで、経書《けいしょ》や史書ばかりでなく、軍談《ぐんだん》や伝記など手当たりしだいに読みあさっている。

陽明学《ようめい》の「知行合一《ちこうごういつ》」を基本方針に掲げる惇忠の下、栄一たちが本を音読していると、尾高家の末っ子で六歳になる平九郎《へいくろう》が部屋にとことこ入ってきて、長七郎の膝に座った。

「おお、平九郎も興味があるんか？」

「お前にもそろそろ文字を教えてやってもいい時分かもしれねぇな」と惇忠がほほえむ。

栄一はふと、襖の隙間から羨ましそうにのぞいている千代に気付いた。

「おぅ、お千代」

栄一に声をかけられた千代は慌てて頭を下げ、静かに去っていった。

「お、ちっと開いてるだんべ」

栄一は相変わらずの几帳面《きちょうめん》さで、少し開いていた襖をきちんと閉めにいく。

「おい、平九郎。お前《めえ》のねっさまはいつ見てもまっさか器量よしだいなぁ」

喜作が平九郎に膝で擦り寄り、ニヤニヤしながら言った。長七郎が「はぁ、お前《めえ》、俺の妹に何言ってんだいな」と眉根を寄せる。

喜作の言葉に何やら胸がざわついて、栄一は千代の去ったほうに視線をやった。

そう、栄一も、いわゆる「お年頃」になりつつあったのである。


ゑいが栄一の着替えを手伝っていると、姉のなかが汚れた着物を手にぶうぶう文句を言った。

「本に夢中になって溝に落っこちるって。ほれ、見な、一張羅がこんなんなって」

「すまねぇ、ねぇさま、かっさま。この本がまっさかおもしろくってたまらなくってなあ」

太平の世を飛び出し、シャム（現在のタイ）に渡って王様になった山田長政《やまだながまさ》の伝記である。

「はぁ、何言ってんだい。シャムだか南無阿弥陀仏の殿様だか知らねぇけど、こんなでっかい体になっても、いつまでも中身は子どもだに。ほぉれ、さっさと着物を洗ってきな」

なかに裸の背中をバシバシたたかれ、栄一はふんどし姿のまま冷たい川の水で着物を洗った。

「読書は悪《わり》ぃことじゃねぇ。しかし朝夕、寝るも食うも忘れて仕事をおろそかにするとはもってのほか」

夕餉《ゆうげ》を食べながら、市郎右衛門にも小言を食らう。

「すまん。気をつける。だから春は江戸見物に……」

「ばかもん！」たちどころに市郎右衛門の雷が落ちた。

「江戸どころか、このまんまじゃお前にこの中の家を任せるわけにはいがねぇ」

「へ？　いや、この家を継ぐんは俺だに？」

「なぁに、お前が継がなくても、そのうちなかに婿でも取らせりゃいい」

男たちと離れて食事を取っていたゑいとなかが、顔を見合わせてふふふと笑う。

「いいや、とっさま。俺に継がせてくれ。頼む。そう思って今まで家業を学んできたんだに」

栄一は神妙に頭を下げた。

「いいか、栄一。藍の葉というのは、手間暇かけたらその分だけいい青が出せるんだ。手ぇ抜くやつに決してその青は出せねぇ」

「分かった。分かったに。もう決して手は抜かねぇ」

「……よし。食え！」

「へぇ！」栄一は大きく返事をすると、豪快に飯をかき込んだ。


江戸城では、能舞台で慶喜が華麗に舞う『知章《ともあきら》』を、家慶が誇らしげに鑑賞していた。

「私の子は、男は家祥を除いて皆死んだ。清水《しみず》家も当主がおらず、この一橋もそう……ひ弱な者が多く、後継ぎはどれも育たなかった。家祥もあの様子では、後を継いだとて子を残せるかどうか」

数日前に慶喜が登城した折、家慶はそう言って嘆息した。二十八にもなるというのに、家祥は乳母の歌橋《うたはし》たちと喜々として芋料理を作っていると聞く。

「このままでは東照神君のご苦心もかいなく、じきに栄えある血筋を絶えさせてしまうのではないかと。慶喜……水戸の壮健な体を持つそなたが一橋に入ったこと、徳川にとって何よりと思うておる」

「ははっ。ありがたき幸せに存じ上げ奉ります」

十六歳になった慶喜は、目元涼やかな凛々《りり》しい青年武士に成長していた。

同じく江戸城の羽目《はめ》の間では、勘定方《かんじょうかた》の川路聖謨《かわじとしあきら》と老中首座の阿部正弘が密談を交わしていた。

「上様は、今では御実子よりも一橋様を御寵愛《ちょうあい》の様子。今日は鷹狩《たかが》り、今日は謡と連れ回し、大奥ではお世継ぎを差し置き、一橋様がお世継ぎになるのではと専らの噂《うわさ》」

川路は豊後国日田《ぶんごひた》の生まれで、御家人出身ながらその才覚で旗本となった逸材である。

「私も、いずれは一橋様を将軍にと思うておる」阿部はあっさり答えた。

「え!?」

「この先もし外夷《がいい》が国を揺るがせば、そのときには人心をまとめる強い将軍がおらねばならぬ。一橋様はその素養をお持ちだ。しかし、今はまだ早い。まだ水戸の斉昭公を嫌う者が城内に多く……」

そのとき、「伊勢守《いせのかみ》様！　長崎奉行より使いが」と家来が飛んできた。

「長崎だと!?　すぐに持て！」

使者が持ってきた書状を慌てて開くと、オランダ語の『別段風説書』と大量の訳文が入っていた。

「急ぎ知らせの要を知りたい。申せ」阿部が使者に命じる。

「はっ。一つ、英国で博覧会が開催、一つ、英仏両国間で海の中にテレグラフが敷かれる。一つ、サンフランシスコで大火事……」

「そのようなことはよい！　わが国じゃ。日の本に関することは何か書いておらぬのか！」

「わが国との条約締結を求め、メリケンが艦隊を派遣。来年には到着の見込み。艦隊の総大将の名は、ペルリ」

「……ペルリ？」

妙な名前のアメリカ東インド艦隊司令長官は、帝《みかど》のいる京ではなく、将軍のいる江戸に向けて艦隊を進めていた。日本にとって、いよいよ運命の時が近づいていたのである。

「まことか？　かっさま」栄一はパッと顔を輝かせた。

「あぁ、とっさまが言ってましたよ。春になったら商いの用のついでに、一度江戸に連れてってやんべーって」

「やったー！　江戸に行ぐべー！」

荷物を運んできたなかが、「まーた栄一ったら、でっかい声出して」と顔をしかめる。

「そりゃそうだ、ねぇさま！　江戸は東照大権現様の作った日本一の町だ。何があるんか、どんな者《もん》がおるんか、あぁ、思い浮かべるだけで胸ん中がぐるぐるする」

暴れだしそうなこの気持ちを、何と表現したらいいのか。シャムに渡った山田長政も、日本を飛び出すときはこんな気分だったのではあるまいか。

「喜作に知らせてやるに！」栄一は外に駆け出していった。

「はぁ、あんなに喜ぶなんてねぇ」ゑいはあきれながらも笑っている。

「江戸だ〜、江戸、江戸〜」

冷たいからっ風がびゅうと吹きつけてくるが、栄一は意気揚々と顔を上げて風に向かう。

畑で百姓たちと種まきの話をしていた市郎右衛門は、背後の道を跳びはねるように走っていく息子をほほえんで見送った。

第三章　栄一、仕事はじめ

寝床に寝かせた藍に水師《みずし》が水をかけ、作男たちが鍬《くわ》で天地を切り返す。

藍の染料「すくも」作りが始まった。刈り取った藍の葉を、水を打ちながらよく混ぜて発酵させ、すくもと呼ばれる染料に加工するのだ。九月から十二月初旬まで続く重労働である。

藍寝せ部屋は発酵の熱で息もできないほどもうもうと湯気が立ち上り、ふんどし姿で作業する者たちは体じゅう汗びっしょりだ。

「もたもたしてっと、藍が風邪ひいちまうぞ！」

水の量やすくもの発酵の温度など、細かく指示を出す市郎右衛門も玉の汗を浮かべている。すくも作りは五感が頼りだ。気温や湿度の変化にも留意しなくてはならない。

「くう。こりゃ相変わらずのにおいだにー」

鍬を振るっていた栄一が顔をしかめた。アンモニア臭で鼻がもげそうだ。

「へぇ、飛んできた虫も死ぬにー」まだ十二歳の作男・伝蔵《でんぞう》が鼻をつまむ。

「くう〜。しびれるなぁ〜」

市郎右衛門が、「手を動かせ、手を！」とどなった。この熱気の中でよくどなれるもんだと思いながら、栄一は「よいっしょう」と気合いを入れて鍬を振り上げた。

発酵させて約百日、藍染めの命であるすくもが出来上がる。見た目は堆肥のようで、においもほとんどしない。このすくもを丸めたものが藍玉である。

市郎右衛門が完成したすくもの出来を確かめるのを、栄一は興味深く見守った。

まず指でつまみ取ったすくもに手のひらで水を加え、竹べらで練り合わせる。それを粘土状になるまで親指で繰り返し練る。その過程で、市郎右衛門は感触や粘りを注意深く観察した。

そして粘土状になったそれを、手板紙《ていたがみ》と呼ばれる加賀《かが》半紙に判のように押しつけて日ざしにかざす。そこに浮かび上がった藍の色相や濃度で、染料としての質を判断するのだ。

さらに市郎右衛門は、実際に染めてみるため、すくもに灰汁《あく》とふすま（小麦の表皮部分）を混ぜて発酵させ、染液を作ることもした。目で見て、においを嗅ぎ、ときにはなめてみる。

市郎右衛門が甕《かめ》の染液につけた糸を栄一が水で洗うと、手妻《てづま》のようにパッと青い色になった。

「おぉ、青だ。きれーだなぁー」

「色がよいのは当然として、その色が長く出なけりゃあ、いい藍とは言えねぇ」

こっちはどうだと、別の甕の染液につけた糸を水で洗うと、また違う青い色になった。

藍の色がよく染まるよう、市郎右衛門はこうして試行錯誤を繰り返すのだった。

「うちのとっさまは、この武州《ぶしゅう》で作る武州藍を阿波《あわ》の藍に負けねえ品にしてぇと思ってる」

竹刀を肩に担いで青空の下を道場へ向かいながら、栄一は喜作に言った。

「へぇ～、阿波でも藍を作ってるんかい？」

「知らねんかい。阿波藍はどこの藍より格上だに。値も高く売れる。とっさまは武州の藍も負けちゃーなんねえって種を掛け合わせたり、肥やしの塩梅《あんべー》を見たり苦心している」

「うちのとっさまは、中の家の市郎右衛門はまるで『伊曽保物語《いそほ》』の蟻《あり》みてーに勤勉だ、と言っておった」

伊曽保物語とは、『イソップ物語』のことである。

「蟻か。言い得て妙だなあ」栄一は大笑いした。

先ほどまで子どもたちの音読する声があふれていた部屋で惇忠が本を読んでいると、針仕事をしていた千代がおずおずと入ってきた。

「にいさま、先ほど講じていらした『論語』ですが……里仁《りじん》篇……二十四章目かね。『子曰《しのたまわ》く、君子は言《げん》に訥《とつ》にして行いに敏《びん》ならんことを欲す』というのが、どういうことを言ってるんか教えてもらえないでしょうか。にいさまのお話は、耳にするだけで胸にしみて……」

「お千代。今は忙しいんだ。それにおなごのお前がそんなことを知ってどうする」

惇忠は眉根を寄せて遮り、本を手に立ち上がった。

「……おなごとて人だに」

絞り出すような、しかしきっぱりとした千代の声に惇忠が足を止める。

「千代も、人として、もののことわりをちっとでも知っておきたいと思っただけです。それを、『知ってどうする』などとおっしゃるんは、にいさまの言葉とも思えねえ」

そこへ、やへと長七郎が通りかかった。

「これ、にいさまに向かって失礼を言うんじゃあないよ！」

「そうだ、お千代。いつものお前らしくもねぇ」

「あ……申し訳ありません」千代がしゅんとして頭を下げる。

「いや、かあさま。千代の申すことはもっともです」

眉間のしわは消え、惇忠はいつもどおりの寛容なまなざしを妹に向けた。

「つまらねーことを言って悪かった。おなごとて人の道を知り、役に立ちたいと思うんは何の不思議もない。これからは暇を見つけ、お前にもためになる言葉を教えよう」

「あ……ありがとうございます」

「いいや。ちなみに今の『君子は言に訥にして行いに敏ならんことを欲す』とは、ペラペラよくしゃべるより、何も言わず素早く行うほうが君子にふさわしいという、孔子《こうし》様の教えだ」

「ハハ、つまり栄一みたいじゃいげねぇってことだいな」と長七郎が笑う。

「いいえ、にいさま。栄一さんはよくしゃべりますが、その分、行いも本当に早《はよ》うございます」

千代は本心からそう思っているふうだ。長七郎はふーんと妹を見やった。

「そうだいなぁ。実のところ孔子様もよくしゃべり、よく動くお方だったそうだで」

惇忠が教えてやると、千代は「へぇ～」とうれしそうにうなずいている。惇忠はそんな妹をほほえましく見ていたが、手に持った本――「阿片《あへん》戦争」の経緯を詳細につづった『清英近世談《しんえいきんせいだん》』の重みに、われ知らず再び眉根を寄せているのだった。


さて、生まれてまだ七十年ほどの若きアメリカ合衆国は西へ西へと自国の領土を拡大し、イギリスが阿片戦争に勝利した六年後の一八四八年、メキシコとの戦い（米墨《べいぼく》戦争）に勝利して西海岸を手に入れ、ゴールドラッシュに沸いた。そろそろわが国もアジアに進出したい。そこでアメリカは、まだ西欧諸国の手が伸びていなかった東アジアに狙いを定めた。

太平洋航路なら、アメリカは中国との貿易でイギリスを出し抜くことができる。そのために必要なのが〝黄金の国ジパング〟、すなわち日本である。だが日本は国を閉じ、外国との通商を拒否していた。もめているヨーロッパ諸国に先駆け、アメリカが日本を開国させたい。そこで米墨戦争の英雄であるマシュー・ペリーがアメリカ東インド艦隊の司令長官に任命されることになった。

一八五三年四月（嘉永六年二月）、ペリーは軍艦を率い、諸事情により大西洋から喜望峰《きぼうほう》、インド、シンガポールを経由して香港《ホンコン》に到着した。

「軍艦を貸せ？」ペリーは目をつり上げた。

「そうだ。ここ中国は『太平天国《たいへいてんごく》の乱』の渦中。艦隊の一部はとどまり、こっちを手伝ってほしい」

停泊中の船にやって来た米国駐清公使のマーシャルは、大規模な反乱に手を焼いていた。

「ばかな！　わがアメリカは日本に使節を送ることにもう何度も失敗している。二度目の使節のビドルなんか浦賀《うらが》に着くなり小役人にばかにされ、『二度と来るな』と屈辱的な文書をたたきつけられ追い払われたのだ。『アメリカ艦を力ずくで追い返した』と得意げに吹聴している日本に、今こそ文明国アメリカのパワーを見せつけるのだ！　ビドルは帆船だったが、私は最新鋭の蒸気船による大艦隊で向かう！」

ペリーは「日本を最新鋭の軍艦十隻で開国させる」と豪語したが、故障やさまざまなトラブルに見舞われ、結局、四隻で向かうことになった。

十四歳になった栄一は、その年の三月、紺屋の御用聞きに行く市郎右衛門について江戸に行くことになった。念願の江戸である。あまりに張り切り過ぎて、利根川の船着き場から乗った小船から落っこちそうになったほどだ。

初めて見る江戸の町に、栄一は度肝《どぎも》を抜かれた。大通りを、見たこともないほどたくさんの人々が行き交っている。老若男女の町人、行商人もいれば武士もいる。多いのは人ばかりではない。屋台に米屋に酒屋、呉服屋、書物所などがひしめき合うように建ち並んでいる。

血洗島村とは大違いだ。秩父より高そうな火の見やぐらをぽかんと見上げていると、樽《たる》を積んだ大八車が大きな音を立てて通り過ぎていった。

「……とっさま。江戸は今日が祭りか？」

「何を言う。江戸ではこれが常だ」

「へえ～、お武家様もおるが誰も頭を下げてねえに」

「江戸にはお武家様がいっぺえおる。一人一人に頭を下げたら切りがねえ」

「へぇ～。酒屋にちょうちん屋に……あ、あれは？」

「あぁ、あの立派な藍のれんは越後《えちご》屋呉服店だい」

「はっはぁ、とっさま、俺はうれしい」栄一は胸がワクワクした。

「この町は商いで出来てる。物を作る者《もん》も、運ぶ者《もん》も、売る者《もん》も、それを買っている者《もん》も、皆が皆つながって生き生きとしておる。見ない！　お武家様などまるで脇役だ！」

「こら、お前……」

「こんな誉れはねぇ。とっさま、この江戸の町はとっさまのような商い人が作ってるんだな！」

そのとき、「おっと、聞き捨てならねぇなぁ、そこの小僧」と背後で声がした。振り返ると、浪人だろうか、目つきの鋭い着流し姿の武士である。

「聞こえたぜ、田舎っぺえの声がよ。『この江戸の町は商人《あきんど》が作ってる』とか何とか抜かしやがって」

面倒に巻き込まれてはたまらない。「……おい、逃げるぞ」市郎右衛門が小声で栄一に言い、二人は一目散《いちもくさん》に逃げ出した。

「おい、こら待て！　待たねえか小僧！」

追いかけようとした武士の袖を、連れの女がつかんで引き止めた。

「おい、何をしやがんでぇ！」

「お前さんこそ何してんだい。ほんとのことじゃないか。商人ばかりが景気よくて、お前さんみたいなお武家様がすっからかん。おかげさまで一緒になったあたしまでこんななりになっちまってさ。あ〜ぁ、いつになったらまたきれいなおべべが着られるようになるのやら」

着物の衿元をちょぃと引き上げ、あだっぽくしなを作る。

「……違《ちげ》ぇねぇ。違《ちげ》ぇねぇなぁ、ハッハッハ」男は豪快に笑い、また歩きだした。

この武士と栄一はいずれまた出会うことになるのだが、それはまだ先の話である。

市郎右衛門と栄一は、紺屋が多く集まる神田紺屋町《かんだこんやちょう》にやって来た。

町内には晒《さら》しに利用される藍染川《あいぞめがわ》という水路が流れており、水路沿いにずらりと干された藍の反物が壮大にはためいている。

「おぉ！　あれは藍か」

「あぁ、藍で染めた反物を、ああして洗って干すのだ」

「へえ～、同じ藍染めでも、青の色は千差万別だいね」

「そうだ。そうして染められた反物が町に売られ、人々は好みの色のもんを買ってゆく」

江戸に着いてから、「へぇ～」を何回言ったかしれない。紺屋の店の中ものも珍しく、市郎右衛門が店主に持参した色見本の手板を見せている間、栄一はあちこちのぞいて回った。

「ほほう、こりゃあいい色だねぇ」

「へぇ、去年は武州のいい藍葉がなっから豊作だったんでねぇ。決して色持ちも阿波藍に負けねぇ」

「確かに品はいいよ。しかし、それでも大店《おおだな》は阿波藍しか買わねぇときてるからなあ」

「……へぇ。これからは武州藍もどうかひとつ」

あんまり手応えはないようだ。店を出て小路を歩きながら、栄一が「売れたんかい？」と聞くと、

「うるさい。分かったような口をたたくな」と渋い顔で叱られた。

「ふ～ん、また子ども扱いして……あ」栄一は急に立ち止まった。

「江戸のお城だ。あそこに公方様がおられるんだいねぇ」

栄一の目の先で威容を誇っている江戸城では、その公方様——徳川家慶が病に伏せっていた。

「それは……私がやったヤマガラではないか」

床《とこ》で家慶が目を覚ますと、鳥籠を飾っている慶喜の姿が目に入った。

「はい。涼しい声でよく鳴きますゆえ、お届けに参りました。今年はすでに暑さ厳しい。どうかご自愛を」

家慶はようよう身を起こして、ふふ、と笑った。慶喜の顔を見ると気分がいい。

「世の中には、この私より、そなたの父のほうが優れた君主だと陰口をたたく者もおった。それゆえ、私は斉昭が嫌いであった。しかし今こうしてそなたを見ていると……悪い男ではなかったのかもしれぬと思えてくるから不思議じゃ……」

家慶はうっ、とうめいて胸を押さえた。慶喜が慌てて横になる家慶を支える。

「上様、どうか今は万事ご案じなくお休みなさりますよう」

慶喜はそう言いながら、嫌な予感がじわじわと胸に広がるのを感じていた。

下田《しもだ》港沖に四隻の「黒船」が現れたのは、それから三か月後のことである。

最初に四隻の船を発見したのは、小舟に乗って魚を獲《と》っていた漁民たちである。

「また異国の船か？　急いで代官所に知らせねえと」

「ん？　見ろ、船だ」

「いや、あの船、煙が出てるぞ……火事だ。黒い船が火事を出して走ってる！」

江戸の町も大騒動になった。通りに半鐘が打ち鳴らされ、「黒船だ」「戦になるぞ」と叫び声を上げながら、家財道具を荷車に積んだ者、風呂敷や荷物を抱えた者、赤ん坊を抱き幼子の手を引いた者たちが逃げ惑う。

嘉永六年六月三日の夕刻、総員九百八十八名によるペリー艦隊は浦賀沖に投錨《とうびょう》した。最新鋭の蒸気船二隻、帆船二隻はいずれも大砲を備え、威嚇するように砲口を沿岸へ向けている。

浦賀奉行与力《よりき》・中島三郎助《なかじまさぶろうすけ》は通詞《つうじ》の堀達之助《ほりたつのすけ》を連れ、旗艦サスケハナに小さな帆船でこぎ寄って退去を通告した。しかし船上からは、「わが提督は最高位の役人にしか会わない」という取りつく島もない返事が、通訳のおぼつかない日本語で返ってきた。

これを受け、六月七日、江戸城の羽目の間に御目見《おめみえ》以上の主要な幕吏が集まった。

「黒船は大小四隻。多数の大筒を装備しており、うち二隻は黒い煙を上げ、波をかきたて、ことのほか速く走るとのこと」

勘定奉行と海防掛を兼任する川路聖謨の報告に、阿部正弘は青ざめた。

「なんという軍艦じゃ。まさか浦賀に来るとは」

「総大将のペルリは、将軍にメリケン大統領の国書を渡したいと申しております」

「……国書のみ受け取るべきか」阿部が難しい顔で腕を組む。

すると、奉行の一人から外国書翰《しょかん》を受け取るなど前例がないとの声が上がった。

「いえ、弘化三年の先例がございます。臨機の処置として国書の受領のみならばよろしきように心得ます」

川路の意見は、奉行たちの猛反対に遭った。

「ならぬならぬ！　そもそも異国との応接は長崎のみと決まっておるではないか」

「かねがね上様も、メリケンなどという由緒のない国は神風が海の藻くずと消し去ると……」

なんという見識の狭さ。この者たちは世界の動きの速さを知らぬのだろうか。阿部が「このたびの船は今までの異国船とは違いまする！」と声を張り上げたときだ。

「伊勢守様！　し、知らせが入り、大筒七十四門が献上されるとのこと！」

「何？　大筒が？　……水戸の御老公か！」

大量の弾薬と大砲が続々と運び込まれ、人々は歓声を上げてそれを迎えているという。

家慶を見舞いがてら、阿部は慶喜にそのことを伝えた。

「黒船におびえていた江戸の庶民は、『さすがは水戸様』と、狂喜乱舞しておりまする」

「父のやりそうなことです。しかし寺の鐘で作ったあのように旧式の大筒が役に立つのかどうか」

「……斉昭と協議すべし」

眠っているとばかり思っていた家慶が、薄目を開けて二人を見ている。

「上様？　上様、今何と……」

「この国難、水戸の斉昭に力を借りるのじゃ……慶喜、徳川を……頼む」

家慶の遺言ともとれる言葉に、慶喜は言葉を失った。


結局、幕府は「国書の受け取りのみはやむなし」との結論を出し、突貫工事で作られた久里浜《くりはま》の応接所で国書を受領することになった。

六月九日、海兵隊と水兵の陸戦隊三百名を引き連れて応接所にやって来たペリーを見て、警備の幕府の兵たちは「大きいな」「大仏のようじゃ」などとささやき合った。

会見の場に臨んだのは、浦賀奉行の戸田氏栄《とだうじよし》、井戸弘道《いどひろみち》である。アメリカの主な要求は日本と親しく国交を結び、食料や燃料を調達するための港を開いてほしいということだったが、幕府は「将軍が病気で返事ができない」と返答した。

「……分かった。では返事を聞きに、来年また来よう。私は必ず戻ってくる」

来航から九日後に、ペリーの艦隊はようやく日本を離れた。

同じ日、川路はとある長屋に、人を訪ねた。

「するってぇと、ペルリはまた来るんで？」

平岡円四郎、三十三歳。もともとは旗本・岡本《おかもと》家の出で、同じく旗本・平岡文次郎《ぶんじろう》の養子になり家督を相続した。こんな長屋でくすぶっているが、幕府直轄の教学施設である昌平坂《しょうへいざか》学問所時代から、その聡明さは知れ渡っていた。

「そうだ。われわれはそれまでに策を練らねばならぬ。オランダ国に軍艦を発注し、洋式船の造船所に……あぁ、どれだけ勘定が入り用になるか分からぬ」

「はっはぁ、太平の世もいよいよおしめえってことになりますかぁ」

のんきな顔でうそぶく円四郎に、川路はむかっぱらが立った。とんだ才能の無駄遣いだ。

「……お前《めえ》もいつまでもこんなところでくすぶっていねぇで、ここらで持って生まれた腕を生かせるよう、性根を据えやがれ、こんちくしょう」

「ははっ、勘定奉行様！」円四郎は去っていく川路に、大仰《おおぎょう》に頭を下げた。

その十日後の六月二十二日、第十二代征夷大将軍・徳川家慶がこの世を去った。

幕府は急遽《きゅうきょ》、将軍の後継ぎである徳川家祥のもと大評定を行った。次にペリーが来たときに開国の返事をするか、それとも撃退するか……大名や幕府有司まで登城を命じ、広く意見を求めた。

日本語に訳された米大統領国書の写しを、慶喜ら大名たちが回し見する。

病弱で人前に慣れない家祥は、どうしてよいか分からず心細そうにしている。そばに座した阿部は家祥に優しくうなずくと、皆に向かって言った。

「われらはおのおの方による闊達《かったつ》な意見を求めておる。遠慮は一切無用のことにて、忌憚《きたん》なき意見を書面にて提出するように」

幕府が譜代でも親藩《しんぱん》でもない者にまで意見を求めるのは、江戸開府以来初めてのことである。この場に、慶喜を熱い視線で見つめている者がいた。越前《えちぜん》国福井《ふくい》藩十六代藩主の松平慶永《まつだいらよしなが》である。

家慶の遺言どおり、幕府は隠居していた水戸藩の前藩主・徳川斉昭を、海防参与《さんよ》という大役に任命した。

「快なり！」幕府から知らせを受け取った斉昭は、天に拳を突き上げて叫んだ。

「御老公ぉ！」

駒込邸に飛んできた藤田東湖の手をしっかと握りしめる。実に十年ぶりの再会である。

「東湖！　よう来た！　よう耐えたのう！」

「ははっ。御老公こそよくお耐えになりました。これを御覧くだされ。今、江戸市中に出回っておる錦絵でございます」

そこには、諸葛孔明《しょかつこうめい》風の斉昭の顔が描かれていた。

「江戸庶民は、この国難に御公儀から大役にて迎えられた御老公を、三顧《さんこ》の礼にて迎えられた『三国志』の諸葛孔明に見立てておるのです。やはり人心は御老公を必要としていたのでございます」

「あぁ……万感胸に迫る。これも七郎のおかげよ。ようやく時が来たのだ！」

項羽《こうう》は生き返らなかったが、わが身は健在である。斉昭は感涙して錦絵を握りしめた。

「メリケンなぞ追い返すのみ！」

臥薪嘗胆《がしんしょうたん》の日々の反動か、斉昭は以前にも増して勢いがいい。困ったのは阿部や、川路、岩瀬《いわせ》忠震《ただなり》ら海防掛である。

「先日の浦賀の応対は実に愚かで、神聖なるわが国の威厳を一朝にして落沈せしむるものにほかならぬ！」

東湖が「そのとおり！」と大きくうなずく。

「しかし、もしすべてを否と返し、メリケンに戦端を切られれば、今の防備ではエゲレスに打ち負かされた清国の二の舞になりまする」

「さよう。出島をオランダと分け合うのはいかがか？」

岩瀬と川路の現実的な意見を、斉昭は「手ぬるいわ！」のひと言で一蹴した。

「交易と申しおることもすべて異人の企みぞ！」

口角泡を飛ばして断ずる斉昭に、東湖が阿吽《あうん》の呼吸で続ける。

「そのとおり！　イスパニアがルソン、オランダがジャワを手に入れるも、その初めは皆交易より入り込んで、その国の虚を突いて一戦に及び、奪い取ったるもの」

「さよう。戦になれば、異人などすべて斬り殺せばよい！」

「そのとおり！」

この主従、もはや手がつけられない。川路と岩瀬は顔を見合わせた。

「……御老公、お気持ちは分かるが、長崎よりヲロシャ船も通商を求め入港との知らせが入った」

「何？　ヲロシャもと申すか？」

阿部はうなずき、川路に言った。

「いずれの策を取るにせよ、急務なるは海防。メリケン艦が戻る前に、急ぎ海岸沿いに台場を作らねば」

「しかし、もうすでに金がありませぬ」

「金など京や大坂《おおさか》の商人どもに出させればよい！」斉昭が当然のごとく言う。

阿部は至急、岡部の陣屋に早馬を走らせた。黒船が来航したときから、その脳裏には一人の男が浮かんでいた。


「てぇーっ、一大事だ！　黒船来たり！　黒船来たり！」

数日後、栄一が道場で長七郎と手合わせしているところへ、喜作が瓦版を手に駆け込んできた。

「何？」「黒船!?」道場仲間たちがわっと喜作の周りに集まってくる。

「そうだに。浦賀にまっさかでけぇ船が来た！　千石船《せんごくぶね》が何十艘《そう》行っても周りが囲めねーほどの大船だで」

利根川の船着き場の中瀬河岸《なかぜかし》に大勢の人が集まって、瓦版が売られていたという。

「てぇーっ、そーんなにでっけーんか」栄一は目を丸くした。

「そうだで。はしごを掛けても登れねーほど。しかも火事のような黒い煙を吐き、こがずとも自然に走るんだと」

「こがずに走る？　そりゃ妖術《ようじゅつ》か」と長七郎。

「お前《めえ》、春には江戸におったのに見られずに惜しいことをしたなあ。船の大将は欽差《きんさ》大臣提督海軍統帥『まつちうせぺるり』という髭むしゃの大男。人相書きも出てたど……ほれ」

喜作が栄一に瓦版の似顔絵を見せる。顔の真ん中に高く突き出た鼻、赤く充血したつり目、とても人間とは思えぬ恐ろしげな形相である。

「おぉ、こりゃ天狗《てんぐ》か？　お、長七郎、どこに行ぐん？」

長七郎は喜作の手から瓦版を奪い取り、惇忠に知らせてくると言って走っていった。

「これが黒船だで。恐らく、この丸き部分はすべて大筒」

長七郎に瓦版を見せられた惇忠は、しばし絶句した。

そこには黒船が詳細な筆致で描かれており、長さや幅、帆柱や大筒の数、乗組員の人数なども記されていた。黒船の巨軀《きょく》を取り巻いている日本の帆船が、まるで蟻の群れのように小さく見える。

「……水戸様が案じていたとおり、日の本は太平の夢をむさぼっていることなどできなかったんだ」

「日の本も、この本の清国のようになんのか」と長七郎が『清英近世談』に目をやる。

「それはならねぇ。今こそ人心を一つにして戦わねぇと」

平九郎と遊んでやりながら兄たちの話を聞いていた千代は、不安そうに顔を曇らせた。

「そんでもよう、そんなでっけぇ船が来たり、そんな髭むしゃの唐人《とうじん》が陸へ上がったら、どうなっちまうんだんべ」

喜作と肩を並べて帰りながらのんきに想像してみるが、栄一の頭には何も思い浮かばない。

「そりゃお前《めえ》、俺がこの剣でメーンとやっつけてやるで」と喜作が竹刀を振る。

「ハハッ。お前《めえ》の剣なんか、まっちのぺるりが天狗の鼻でポーンだい。……ん？」

道の真ん中で、宗助とまさをはじめ、村の大人たちが集まって何やら騒いでいる。聞けば、岡部の陣屋に捕らえられていた罪人が、罪を赦《ゆる》されて江戸に呼び出されるらしい。

「長崎でいち早く私財を投じて洋式の大筒を作ったり、兵隊の調練をしていた偉《えれ》ぇお方だったそうだ」

宗助が言ったそのとき、「脇へ寄れぃ、脇へ寄れぃ」と声が聞こえてきた。岡部の役人の一行だ。皆、道端に座って頭を垂れ、行列が通り過ぎるのを待つ。喜作が少し顔を上げ、「あれかぁ。立派だいなぁ」と小声でささやいた。栄一も上目使いに盗み見てみる。

一行の中に、馬に乗って堂々と前方を見据えている武士がいた。ほかの小役人と格が違うのは、その怜悧《れいり》な顔つきからしても一目瞭然だ。

「あぁ。何年か前に来だときは、罪人の籠だったんになぁ」

宗助の言葉で、栄一の脳裏に記憶が竜巻のようによみがえった。子どもの頃、喜作たちと忍び込んだ岡部の陣屋で、格子のついた小さな窓越しに交わした話が――。

「あ！　あなたは！」

栄一の大声に武士が馬を止めた。喜作が「何してんだ！」と小声で栄一を叱りつける。

「あ……いや……確か、前に、このままではこの国が終わると……」

「はぁ？　小僧、何のまねじゃ！」

もはや頭を下げることも忘れている栄一に、怒った岡部の役人たちが詰め寄ってくる。

「おい、栄一！　頭下げねーか」宗助が慌てて言った。まさはあきれ果て、「また余計なことを……」と、針と糸さえあれば栄一の口を縫い付けんばかりだ。

「いや、『誰かが国を守らねば』って……」

そのとき、馬上の武士がハッとした。「待て、待ってくれ！」と叫ぶやいなや馬から下りてきて、栄一の顔をじっと見つめる。

「そうか……お前か」

見上げてくる曇りのない目に、武士はふっと笑んだ。

あれは何年前のことだったか。狭い牢の中で、月明かりを頼りにオランダ語の砲術書を読んでいたとき、外で不意に少年の声がした。話し相手のいない牢獄生活に飽いていたせいで、田舎の子どもに理解できるはずのない難しい話をした。すると思いがけず、「どうして、日の本は終わっちまうんだ？　どうしたら助けられるんだい？」と真摯《しんし》な声が返ってきた。

そして去り際に少年が言い残した、「俺が守ってやんべぇ、この国を」という勇ましい言葉――暗い牢の中に、希望の光がさし込んできたような気がしたものだ。

「私はあの夜、お前の言葉に力をもらった。そして、どうにか今日まで生き延びた。私はこの先、残された時をすべてこの日の本のために尽くし、励みたいと思っている。お前も……」

武士はその場にしゃがみ込むと、栄一の肩に手を載せ、力強い目で言った。

「お前も励めよ。必ず励め。……頼んだぞ」

栄一がうなずくと武士は笑顔で立ち上がり、再び馬に乗ってあっという間に去っていった。

「お前《めえ》、なんであのお方と……」

喜作や宗助たちは狐につままれたような顔をしている。栄一は曖昧に返事をすると、武士の去った道の先をしばらく見つめていた。

幕府の保守派によって冤罪《えんざい》を被り投獄されていた長崎の砲術家・高島秋帆《たかしましゅうはん》は、こうして十年十か月ぶりに釈放された。秋帆はこの後すぐに江戸幕府に召し抱えられ、品川《しながわ》の台場や大砲、小銃の製造に携わることになる。


この出来事を報告しようと市郎右衛門を探していると、父は農民たちと藍畑にいた。藍の葉を手に取り、何事か話しているようだ。

「とっさま、俺、今……ん？」

見間違いだろうか。近寄ってみると、やはり葉が虫食いだらけである。

「ここら一帯、全部やられっちまったぁ〜」

朔兵衛と権兵衛は頭を抱えている。市郎右衛門の表情も、かつてないほど険しい。

「うちの畑のもだ。今年はいい出来だったんに、今年のこの村の藍ははぁもうおしめぇだ」

「くぅ……なんてこったぁ」権兵衛が泣きながら土をたたく。

「泣いてる暇はねぇぞ！　とにかく急いで無事な分の藍葉を刈り取れ。少しでも早く残ったのを刈り取って集めるんだ。栄一、お前も早く来《こ》ー！」

「あぁ！」えらいことになった。

家じゅう総出で藍の葉を刈りながら、栄一はふと市郎右衛門に尋ねた。

「でも、村で無事な分を全部集めたところで量は知れてるんだいね。どうするんだい」

「信州や上州で買ってくるしかねぇが……今から行ってどんだけ買えるもんか」

「だったら、俺も行ぐべ。二人がかりで買えば……」

「ばかもん！　目ぇ利く者《もん》がいい藍葉を買ってきねえと意味がねぇ。子どもの使いでできることじゃねぇ！」

「……子どもの使いって」栄一は不服である。市郎右衛門には到底及ばないが、よい藍の葉を見分けるくらいの目は持っているつもりだ。

市郎右衛門は家に帰ると、すぐさまゑいに手伝わせて旅支度を始めた。

「とりあえず上州へ行ぐ。残った葉は一枚残らず刈り取っとけ」

「そんでもとっさま、信州の買い付けは……」

栄一が言い終わる前に、「上州から戻り、俺が行ぐ」と市郎右衛門はにべもない。

「でも、信州の藍葉が先に買われっちまったら……」栄一はしつこく粘る。

「すぐに戻って俺が行ぐ。くれぐれもかっさまの言うことをよく聞き、力になるんだで」

栄一となかに言い置いて、慌ただしく雨の中を出ていった。

「ふん、子どもと思ってあのようにこまごまと……あ〜あ。親に当てにされねぇんは寂しいもんだに」

ぶつぶつ言う栄一に、「当てにされてねぇことは、ないと思うけどねぇ」とゑいが首をかしげる。

「……え？」

なぜか武士が去り際に言った、「頼んだぞ」という声が聞こえた気がした。

「当てにされても困るのです」

水戸藩駒込邸では、父親の期待を一身に背負うという、栄一とは真逆の立場にいる慶喜が、斉昭と東湖にきっぱり言い放った。

「私にはこの先、将軍になるという望みはございませぬ」

「何？　将軍になる望みがないだと？」斉昭の顔にみるみる血が上る。

「刑部卿様。越前守《えちぜんのかみ》様はあなた様に新しき公方様のお世継ぎとなり、後の将軍になってほしいと仰せでございます」

東湖が福井藩主・松平慶永の真意を伝えた。

年若いこの藩主は斉昭の薫陶を受けた一人で、薩摩藩主の島津斉彬《しまづなりあきら》、伊予《いよ》国宇和島《うわじま》藩主の伊達宗城《だてむねなり》らとともに、後に「幕末の四賢侯《しけんこう》」とたたえられる名君である。

「越前も薩摩も宇和島も、そなたが次の世継ぎとなることこそ、この国難に立ち向かうすべと考えておる。伊勢守も……そしてむろん、この父もじゃ。よいか。今こそ天子様に忠実なる英邁な将軍が立ち、日の本三千万の精神を凝結一致ならしめることこそ……」

「いいえ。父上は私を傀儡《かいらい》とし、御自分が将軍になられたいのでありましょう」

歯に衣着せぬ息子の物言いに、斉昭は顔色を失った。

「越前や薩摩とてきっと同じこと。私は公方様から、将軍とは徳川の飾り物であることを学びました」

「何をおっしゃる、刑部卿様！　殿はあなた様を……」東湖の顔色も変わっている。

「もし違うと仰せならば、父上、恐れ多くも将軍養君《ようくん》のお話がございましても、御辞退がかないますようお力添えください」

理路整然と詰め寄られ、斉昭は返す言葉がない。

「それからペルリの国書への意見書ですが……一橋の家の者が和漢の故事を引用し、かように立派な建議を起草してくれましたものの……」

慶喜は建議書を取り出すと、いきなりそれを引き破った。

「何をする！」

「私のような若輩者に、どうしてかくのごとき文言が書けましょう。私は嘘偽りを好みませぬ。ぜひ水戸よりもっと直言の臣を送っていただけるようお願い申し上げます」

斉昭に深々と頭を下げると、慶喜は藩邸を引き揚げていった。

「慶喜のやつは才気がとばしりすぎる！」

まだ慶喜が七郎麻呂と呼ばれていた頃、斉昭が水戸で軍事訓練をしたときに、武田耕雲斎が同じことを言っていた。

「品のよい兄君たちに比べ、七郎君は才気がとばしっておられますな」

「えぇ。いずれ天晴《あっぱれ》名将となられることでしょう。しかし……育て方を間違えれば、手に余ることになるやもしれませぬ。なんせあの剛情な気性ゆえ」

さすが東湖はそう答えたものだ。

「……一橋御家中で人望がいまひとつなのもそのためであろう。上に立つ者は人望が何より大事だというのに」

「そのとおりです。先を思えば英気は内に秘め置き、ただただ立派でありがたきお方だと下々の評判になるように致したいもの」

「あぁ、私は……何としてでも七郎を将軍にしたい。誰か、あやつをそばで支える直言の臣はおらぬのか！」

「……そういえば」東湖はふと思い出した。あの男なら、まさに適任ではないか……。


市郎右衛門が出かけた日から、ずっと雨が降り続いている。この雨では、市郎右衛門はいつ戻れるか分からない。栄一は決心して、ゑいに頭を下げた。

「え？　あんたが藍葉を買いに行ぐって？」

「そうだ、かっさま。頑張って刈ったが、まだまだ量が足りねぇ。いい藍葉をいっぺぇ買ってくることができなかったら、今年の藍玉が作れねぇに」

「とっさまが戻って行ぐと言ってたいね」

「そんでも早く行がねぇことには、ほかに買われっちまうだんべ」

「行ったところで、あんたみてぇな子どもに誰が売ってくれるんだいね」

三つになる妹のていを背負ったなかが、横から口を挟んできた。

「それもそうだいねぇ」

「頼む、かっさま。俺にもきっと藍のよしあしは分かる」

「またそんなはったり言って」

あきれ顔のなかに、栄一は「はったりじゃあねぇ」と真剣な口調で言い返した。

「小せぇ頃からとっさまの買い付けをこの目で見てきた。藍を買ってるときのとっさまはまっさかかっこよくて、俺もいつかああなりてぇってずっと思って、そばで見てきたんだ。俺はとっさまの役に立ちてぇんだ。とっさまのために、この村のために励んでみてぇんだに」

「無理よ。まだそんな大金持ったこともないくせに」

「そうだいねぇ。まだ無理だいねぇ」と言いながら、ゑいは立ち上がって戸棚に向かった。

「第一そんなことしたら、とっさまにどれだけ叱られるか……」

しかし戸棚の中から金子の入った小袋を出して栄一の手に握らせると、ゑいは自分の胸に手を当てて言った。

「かっさまの胸ん中が、あんたを行がせてみろ、行がせてみろって言ってるに。行っといで。決して無駄にしたらいげねぇよ」

「……はい！」栄一は笑顔で小袋を握りしめた。


栄一は藍染めの胴巻きに金子を入れて腹に巻きつけ、何事かぶつぶつつぶやきながら山道を信州に向かった。

浅牧村では、藍農家の村人たちが藍の葉を刈っていた。栄一はいったん立ち止まって大きく息を吸うと、市郎右衛門をまねて声を張り上げた。

「いやんばいす、藍を買いに来たーい！」

「おぉ、藍を買いに？　ん？」

「なんでぇ、市郎右衛門さんとこの坊主じゃねぇか！」

振り返ったのは、顔見知りの藤兵衛と勘左衛門である。

「まいど。血洗島ん中の家から藍を買いに来たにー。どうだね。いい藍は採れたかね」

「はぁ？　何言ってんだ。子どもに売る藍はねぇ」

「岡部の藍は虫に食われちまったんだってなぁ。おあいにくさまだ。あっち行け、あっち」

藤兵衛たちは笑いながら作業に戻った。まだ前髪のある栄一のような子どもに藍の見分けなどできるはずがないと侮っているのだ。栄一はかまわず畑に入っていき、収穫した藍の葉を手に取った。

「ふむ。こっちはいいが、これは肥やしが少ねぇな、肥やしが少ねぇうえに、こりゃ茎の切り方も悪《わり》ぃときてる。ちっとんべ鎌ぁ見してみろ……ほれ、やっぱしそうだ。百姓の鎌はお武家の刀と同じ。きっちり手入れしねぇと」

「な、何を……」勘左衛門は焦って鎌の刃を見た。最近、手入れを怠っていたのだ。

「ふむ。よぉし、ここはいいか、ほかを回るべー」

さっさと切り上げようとする栄一を、「ちっと、ちっと待ってくれや」と藤兵衛が引き止め、別の葉を指して「こっちはどうだ？　こっちはきっちりしてるだらず」と聞いてくる。

栄一はひそかにほくそ笑んだ。「……どぉれ、ちっとんべぇ見してみろ」

大した目利きをする妙な子どもが来ているというので、自分の畑の藍葉を見てもらおうと、小さな納屋の周りに藍農家の人たちが続々とやって来た。

栄一は「ふむ、こらいかん。こら下葉が枯《あ》がってる」「こりゃ肥やしが本当の〆粕でねぇな」と的確に言い当てたうえ、「これは〆粕よりほかの肥やしをやったほうがいい」などと大人顔負けの指導までする。村人たちはすっかり感心してしまった。

「こいつは本物の目利きだ。ごまかしてもだめだぜ」

こうして栄一は、この村だけで都合二十一軒の藍をことごとく買い集めることができた。

「一橋家ですと？」

そのころ、平岡円四郎の長屋に再び川路の姿があった。

「さよう。御三卿・一橋家を御相続なされた刑部卿様の小姓におぬしを欲しいと、お父上の水戸の御老公が、かの高名な懐刀・藤田東湖殿を通じての仰せだ。おぬしも元をただせば昌平黌《しょうへいこう》きっての俊才。見かけより学があるにもかかわらず、その勝手気ままな気性ゆえ働きどころに恵まれなかった。これで世話になったおぬしのお父上にも申し訳が立つ……」

「そんなもなぁ、お断りだ！」この俺が小姓だと？「いや、きっぱりお断り申し上げます。それがしはわが父同様あくまで役方《やくかた》として身を立てようと、あれこれ学んでいる最中。それを、御三卿なんてお偉方の近習《きんじゅう》なんざ、真っ平ごめんのありがた迷惑でございますんで！」

威勢のいい江戸っ子言葉で円四郎は啖呵《たんか》を切った。しかし川路は眉一つ動かさない。

「わしもそう申し上げた。かように無礼で粗野な男に小姓など務まるものかと」

欠けた茶碗《ちゃわん》に白湯《さゆ》を入れて運んできた妻のやすが、ほらごらんというようにくすっと笑う。

こういう短気がいけないのだ。円四郎は暴言を反省し、居ずまいを正した。

「しかしそれを御承知でなお、水戸の御老公はおぬしがよいと仰せじゃ。刑部卿様は御性質清らかにして聡明無比、まさに主君にふさわしきお方。一度、拝謁いたしてみるがよい」

「……そんなぁ」円四郎は情けない声を上げた。

家に帰ってきた市郎右衛門は、庭先に積んである大量の藍葉を見てあぜんとした。

「すまねー、とっさま！」栄一は手をついて謝った。

「すみません。私が行ってくれと言って渡したんだよ」

栄一をかばって頭を下げるゑいを、「違うに。栄一がまた剛情を言ったからよ」となかがかばう。

「それでも、浅牧村と、日沢《ひざわ》村辺りの出来のいい藍葉はおおかた買い取ってきた……つもりだけんど。とっさま、どうか見とくれ」

市郎右衛門はちぎったりかじったりしながら藍の葉を丁寧に見て、「……いくらで買った？」と聞いてきた。栄一が値段を言うと、「こっち高く買い過ぎだ」と少し口を曲げた。

「そんでもまぁ、その分でいい肥やし買って、来年いい藍を作ってくれりゃそれでよかんべ」

「え？」

「よくやった。悪くねぇ。うん、よし！　明日からは立代《たつしろ》村と青沢《あおざわ》村を一緒に回るんだいな」

よくやった？　めったに褒められることのない栄一はぽかんとした。一緒に回るって？

「おい！　聞いてんのか」

「はい……はい！　ハハ、やった！　やったーッ」

じっとしていられず、栄一は満面の笑みで外に飛び出していった。

「やった！　やってやったぞーッ！」

「何だ何だ、どうしたんだんべか？」

通りかかった喜作が駆け寄ってきて、二人一緒に走りだす。

雨上がりの血洗島村の空は、洗い流したようにさっぱりと晴れ渡っていた。

第四章　栄一、怒る

農作業に加え、商売のおもしろさが分かってきた栄一は日々真面目に働いていた。

夕刻、荷を背負って家に向かっていると、惇忠と行き合った。

「おう、栄一。もう一人で藍の買い付けに行っているのか？」

「あにぃ！　そうよ。今はこうして商いの修業中だに。ここんところ読書に伺えず申し訳ねえ」

栄一にとって惇忠は、いまや兄とも師とも言える存在である。

「大丈夫、大丈夫。結構なことだがな。お前のかあさまも『とっさまの機嫌がよい』と喜んでおられた。そうだ、浜田弥兵衛《はまだやひょうえ》の本を手に入れたぞ。暇が出来たら読みに来い」

仕事に打ち込んでいるからといって、読書への興味が薄れたわけではない。その夜は早速尾高の家に行き、喜作と競うように弥兵衛の本を読んだ。

「はっはぁ～、ごろつきの異人をとっちめるとはのう」栄一は感嘆した。

「な？　弥兵衛は強《つえ》ーだんべ」と喜作が握り拳を作る。

「当時のオランダ人の間でも『江戸のヤヒョウエ』と恐れられていたそうだで」

惇忠が話してくれるさまざまな逸話を聞くのも、栄一たちの楽しみの一つであった。

「つまり、二百年の昔から日本男児《にっぽんだんじ》の気概は決して異国に劣らねえってことだに。ましてや生まれて百年に満たねえペルリのメリケンなどなんぼのもんだ」

気勢を上げる喜作に、「そうだいな。こっちがひっぺ返してやらぁ」と栄一も同調する。

そんな二人を見て、惇忠の妻のきせが「まぁまぁ、勇ましいこと」と笑った。

喜作は先に帰ったが、栄一は部屋に残り、薄明かりの中でむさぼるように本を読み続けた。

「まだいたんか」と惇忠が顔を出した。「そろそろ戻らねえと叱られるに」

「うーむ。しかし承服できん」栄一は本を開いたままうなった。

「浜田弥兵衛はタイオワン、山田長政はシャム、かつてはこれほど多くの者《もん》が海の向こうにおって、そこで商いまでしていた。なのに……なんで今、この日の本は、国を閉ざしているんだいなぁ」

「……よい質問だ、栄一」惇忠は表情を一変させ、栄一の前に座り込んだ。

「私が思うに、東照大権現様は日の本の神を守ったのだ。今から三百年ほど前、戦で荒れ果てた日の本に大勢の異人が入ってきた。やつらは伴天連《ばてれん》だ。やつらは異国の神を広め、日の本を魂から乗っ取ろうとした」

「魂を乗っ取る？」

「そうだ。しかし東照大権現様がこの国を守り、日の本古来の神を守り、太平の世を築いてくださった。異国と交わるのは悪いことでねぇ。ただ水戸の本にもあるように、日の本が古来持つ誇りや尊厳は、決して奪われてはならねぇのだ」

「まことよなあ。弥兵衛や長政のように、日本男児として誇り高くおらねばなあ」

「そういうことだ。弥兵衛のタイオワンがどこにあるか知っておるか？　よし、今、地図を見せてやろう」

「まことか？　やった〜」

惇忠の影響で栄一の好奇心はどこまでも広がり、時を忘れて語り合うこともしばしばであった。

「にいさま、朝飯《あさはん》が……」

そっと部屋に入ってきた千代は、何かにつまずいて転びそうになった。足元を見れば、本を持ったままぐっすり眠り込んでいる栄一である。

「栄一さん？　おやまぁ、寒《さみ》ぃだんべに。こんなところで寝てしまって……」

近くにあった羽織をかぶせてやる。と、栄一がかすかに笑った。何だろうと顔を寄せ、楽しそうな寝顔をまじまじと見ていると、突然、目がパッと開いた。

「へ？　ヒッ！　キャッ！」「うわあああ！」二人は同時に素っ頓狂な声を上げた。

「……ん？　なんだお千代か。なんでお千代が？　ここはどこだ？　あ、あにぃの……」

「へぇ、あの、寝ていらしたから……」

「そうか！　しまったなあ。つい話が楽しくて、おてんとう様の昇るまで寝過ごしてしまった」

「笑っておられました」千代はくすっとした。「今、寝ながら……こう、ニコリと。何か、よい夢でも見ていらしたんかねぇ」

「夢？　そうだ。見ておったぞ！　とっさまと船で異国に行く夢だ。俺は異人相手に堂々と商いをし、とっさまに『ようやった』と褒めてもらった。とっさまは笑っておられた。俺もうれしかった」

「それはそれは、よい夢でございましたねぇ」千代がほのぼのと笑む。

「うむ！」千代が笑うと、栄一もうれしい。

ふと目が合い、二人は何となく見つめ合う格好になった。相変わらず体は細っこいが、喜作がいつも言うように、千代はなっから器量よしだ。きらきら輝く瞳や、娘らしく丸みを帯びた頬や赤い唇や……部屋に千代と二人きりだと気付いた栄一は、急に気恥ずかしくなって目をそらした。

千代も慌てて目をそらせる。これまで二人きりだったことなど、いくらでもあるのに……。

「お、お千代。お前……」やはり気になって、また目を戻したときだ。

「朝から楽しそうだなぁ」

驚いて振り返ると、長七郎と平九郎が戸口でニヤニヤしている。

「た、楽しいなどとは何も！　失礼いたします。ほら、おいで平九郎」

千代は慌てて平九郎の手を引き、逃げるように階下に下りていった。

「……夢の話をしておっただけだに。しかし……お千代の顔をあれほど間近に見たのは初めてだ」

「朝稽古をしておったら、畑では、もうお前の親父《おやじ》様が働いておったぞ」

「しまった！　こりゃ叱られる。お邪魔した！」

栄一は転がるように部屋を飛び出した。


「おぉ、いい青だ……」栄一はうれしそうに言った。

青みが美しく、発酵がよい。このすくもなら、藍分を多く含んで長く染められるだろう。

「そうか、よく売れたかい」

藍寝せ部屋の奥のほうで宗助の声がした。市郎右衛門と立ち話をしている。

「あぁ、もうちっと多く作れればもっと儲けにはなったんだんべが、それでも十分な値になった。一番藍はあれほど不作だったのにありがてぇことだ」

日照り続きと虫の害で一番藍はさんざんだったが、二番藍は大豊作だった。

「そうだなぁ。暮れには得意先の百姓衆を集めるか」

「あぁ、今年は大いにごちそうしなくっちゃなんねえ」

「おいちゃん、とっさま」栄一は二人に駆け寄っていき、「その寄り合いだけんど……俺に仕切らせてくんねえか？」とニッと笑った。

「台場はここところここに置く。できるかぎりペルリの艦隊を左右から挟み込むのだ」

老中首座の阿部正弘が配置図を広げて、海防掛兼目付《めつけ》の永井尚志《ながいなおゆき》と岩瀬忠震らに指示を出す。

幕府は二度目のペリー来航を控え、御殿山《ごてんやま》を切り崩した土で品川の沖を埋め立てる一大工事を始めていた。江戸湾に防備のための台場を築くのである。

阿部が直臣《じきしん》や大名、外様にまで広く意見を求めた結果、実に七百以上もの意見書が集まった。

おおかたは「通商反対」、もしくは「一度開国し、力をつけたら鎖国に戻す」というものだったが、筑前《ちくぜん》国福岡《ふくおか》藩主の黒田長溥《くろだながひろ》と、先に赦免された高島秋帆だけが「異国と交易すれば日本にも利益がある」「寛大な心で異国を受け入れてはどうか」と意見した。

江戸城では、前将軍の息子・徳川家祥改め家定《いえさだ》が第十三代征夷大将軍に就任していた。しかし家定は相変わらず人前に出ることを嫌い、まれに評定に出席したかと思えば手ずから作った芋菓子を食べたりするので、「イモ公方」などと陰口をたたかれる始末であった。

代わりに実務を仕切っていたのは阿部、そして新しく海岸防禦筋《ぼうぎょすじ》の御用掛《ごようがかり》となったわれらが御老公、水戸藩の前藩主・徳川斉昭である。

「川路、長崎までヲロシャ使節の応接に参るとか」

「おぉ、これは御老公に東湖先生。さよう。それがしの話術にてヲロシャをたぶらかし、開国の要求をかわしてこいとの仰せ」

川路聖謨はいまや勘定奉行に海防掛を兼任して大忙しである。

「フン、ヲロシャなどたたっ斬れ。陸戦に持ち込めば異人などわが国の槍剣《そうけん》の長技《ちょうぎ》で皆殺しにしてくれるわ。ハハハ」

斉昭は闊達な笑い声を上げて歩いていった。それはどうだろうかと危ぶみながら、川路は東湖に小声でささやく。

「政に復帰なされ、まるで天下人のごとき御様子。表に出たがらない公方様を差し置き、御老公のほうがよほど将軍のようだと陰で噂する者もおります」

「わが殿は、われこそが国を守るという気概に満ちておられる。それに……」一橋家のことも、と声を潜める。

「そのことですが、本当にあの男で頼りになるのやら」

不安そうにしている川路に、東湖は自信ありげににっこり笑った。

〝あの男〟こと平岡円四郎は、妻のやすに手伝わせて身支度を整えていた。

「小姓だなんて、立派なお役目じゃぁないか」

「でもお前《めえ》、一橋様といやあ一回りも年下だぜ。そんな身の回りのお世話ったってぇ」

「ならあんたも逃げんのかい？　年が明けりゃまた黒船が来るってんで、みんな江戸から逃げ出してるよ」

「はぁ？　逃げる？　何を言ってやんでい、メリケンごときで逃げ出していられっか、こんちきしょう。俺《おり》ゃお前《めえ》、御旗本《おんはたもと》のせがれだぜ」

「だったら四の五の言わず行っといで。あんたが働かなきゃ、雨漏りの屋根直すお金だってありゃしないいんだから！」

やすに思いっ切り尻をたたかれ、円四郎はしぶしぶ江戸城の一橋邸にまかりこした。

「平岡円四郎にございます」

慶喜は何も言わず、平伏する円四郎を切れ長の目でじっと見つめている。円四郎の尻がもぞもぞしてきた頃、「……平岡円四郎」と声がかかった。

「ははっ」

「私はお前に、私の諍臣《そうしん》になってほしいと願《ねご》うておる」

「諍臣ていやぁ……『諍臣は必ずその漸《ぜん》を諫《いさ》む』の諍臣でございましょうか」

「さよう。東照神君の大事にされた『貞観政要《じょうがんせいよう》』の言葉じゃ。この言葉のとおり、私に少しでも驕《おご》りや過ちがあれば、必ず諫めてほしい。私にはさような者こそなくてはならぬのじゃ。よしなに頼む」

部屋を下がった円四郎は、廊下をぶらぶら歩きながらしきりに首をひねった。

「自分を諫めてほしいなんてえなあ、こりゃ思った以上に御立派……いや、変わり者《もん》のお殿様だぜ。

「……しかし小姓たってえよ。何すりゃいいんだ」

手持ち無沙汰のままであぐらをかいて庭を眺めていると、家老の中根長十郎がやって来た。

「平岡？　何をしておる！　夕餉時であるぞ」と青筋を立てて怒る。

「ははっ！　……は？　夕餉？」

とにもかくにも慶喜の前に伺候《しこう》したものの、円四郎は蒔絵《まきえ》を施した上等の食具の前で途方に暮れた。慶喜は、小さな青銅の人形だけが載った膳の前で静かに待っている。

「何をしておる。早《はよ》う支度をせよ」

しびれを切らして円四郎を急《せ》かす中根に、「よい。そなたは下がれ」と慶喜が命じた。円四郎がちらりと慶喜を見ると、膳の上の人形と同じように微動だにしない。

「支度ったってぇ……」

円四郎は迷ったあげく、杓子《しゃくし》をわしづかみにしてお櫃《ひつ》の飯をぐるぐる混ぜ返すと、杓子に飯を載せて、家紋入りの朱塗りの椀《わん》にてんこ盛りにした。それを慶喜の前にドンと差し出す。

「へぇ、お待ち」

慶喜は、あっけにとられて目の前の山盛りの飯に見入った。

「……まことのことを申せ。まことに給仕のしかたを知らぬのか。それとも、私の小姓をするのが不服でかように不作法なことをしておるのか」

円四郎は迷った。しかし生来、ごますりも機嫌取りもできぬ性分である。

「まことを申せば、不服と思うところもございまする。それがしは下谷練塀小路《したやねりべいこうじ》の生まれで、旗本のせがれとはいえ四男坊と跡取りにはほど遠いやっかい者。平岡の養子になるも変わり者、無礼者と言われ、昌平黌でも反りが合わず、自らやめて武術に身を入れる日々。せめて己に嘘はつかずにここまで生きてまいった次第でございまする。その自分がこのように屋敷に籠もる風流なお役目なんてぇ……」

「……そうか」

「ははっ。ええと、さようでございます。しかしまた恥ずかしながら給仕のしかたも、一向に存じませぬ」

「……そうか。おのが住まいでは飯は食わぬのか？」

「あ、いや、手前の飯は女房が、いつもこのようにして、よそってくれまする」

ただし、こんな上等な椀ではない。

「……そうか。女房か」そう言うと、慶喜は手を伸ばして杓子を取った。

「よいか。杓子はこのように持つ。そして椀はこう持ち、かようにして飯をよそう」

慶喜が別の椀に飯をよそい、音を立てずに円四郎の前に置く。円四郎はその飯をまじまじと見た。

「……どうじゃ」

「ははっ、なんてぇかそのぉ……実にふわりと、美しく盛られてございまする」

「さようか……よかった」慶喜の口元が少しほころぶ。

円四郎はどきりとした。初めて主君の笑顔を見たせいもあるが、慶喜が盛った飯と同じように、実にふわりと美しかったからだ。

円四郎が山盛りの飯椀を置いた振動で位置がずれた人形を、慶喜がやおら元の場所に戻す。

よくよく見れば、蓑《みの》を着てあぐらをかいた農民の人形だ。手に持った鎌を肩に掛け、膝の上に笠《かさ》をあおむけに載せ、傍らにはわらの束が置いてある。

「これは農人形といい、米の一粒一粒は民の辛苦であるゆえ、食するごとにそれを忘れぬようにという父の教え」

慶喜は飯を一粒指に取って農人形の笠の中に置くと、目をつぶって手を合わせた。

「……よいか。給仕はかようにするものぞ」

「は、ははあ！　誠に恐れ入りましてございまする！」

平伏する円四郎に、慶喜は優しい目を向けた。

こうして円四郎は一橋家に入り、川路の心配をよそに慶喜の小姓として働き始めたのである。


その年末、中の家では近隣の村々の藍農家を集め、何年かに一度の宴会が開かれた。

十以上の村から続々とやって来る百姓衆を、席順を書いた紙を手にした栄一が入り口で案内する。

「ええと、与作《よさく》さんはそっちで、角兵衛《かくべえ》さんは……ここ。あ、朔兵衛さんはそっちだ」

「何だい。今日は席が決まってんのかい？」

「はい。あ、権兵衛さんは向こうだい」

栄一を手伝っていた喜作が、「権兵衛さーん、こっちこっち」と上座から手招きする。

「え？　おらがあんな席かい？」

「そう、今日は権兵衛さんが『大関《おおぜき》』だかんな」

栄一に背中を押された権兵衛は、「大関？」ときょとんとしている。

「おい、なんでわしの席がこっちなんだい？」

不服そうにしているのは、年長者の角兵衛だ。いつも上座と決まっているのだが、案内された席はずいぶんと下座である。

「すまねぇが、今日はそっちに座ってもらえねぇだんべか」

「何だ？　何始める気だ」

栄一に今日の仕切りを任せたものの、市郎右衛門は不安になってきた。

「いいからちっとやらしてくれ……よぉし、皆そろったにぃ」

「あぁ、今年もみんなご苦労さんだった。雨がなかなか降らなかったときはどうなることかと思ったが、みぃんな丹念に育ててくれたってなぁ」

「そうだ。紺屋もこれはよい藍玉だとたまげていた」

宗助と市郎右衛門が一同の前に立って順に挨拶すると、「そらよかったのう。市郎右衛門さんのおかげだい」「そうよそうよ」と、あちこちから声が上がった。

「いや、とっさまの腕だけじゃねぇ。この権兵衛さんの藍が、なっからいい出来だったのよ」

自分の出番とばかりに、栄一が上座に座っている権兵衛に歩み寄った。

「あんだけ張りがあって上から下まで美しい藍葉は、よほど常日頃様子見て世話しねぇと出来るもんじゃねぇだんべ。あれはどうやったんだ？」

「あぁ、市郎右衛門さんによく『けちるな』と言われてたから、今年はちっと〆粕を奮発したんだ」

「虫取りも丹念にやって、いい藍葉をいっぺえこせーてくれたにぃ。それで俺は、今日は権兵衛さんに『大関』の席に座ってもらいてーと思ったのよ」

「はぁ？　『大関』だぁ？」宗助が眉を寄せる。

「そうだ。上座から今年の藍作りの『大関』、『関脇《せきわけ》』、『小結《こむすび》』、『前頭《まえがしら》』と、こう並んで座ってもらってるんだに」

「見てくれ。栄一に頼まれて俺が番付も書いてきた！」

喜作が相撲番付をまねた手書きの番付表――名付けて『武州自慢鑑藍玉力競《ぶしゅうじまんかんあいだまちからくらべ》』を掲げると、藍農家の百姓たちはわらわらと集まってきた。

「おぉ、俺は『小結』だとよ」と朔兵衛。

「あぁ、今年はだいぶ下葉が枯《あ》がっちまってたかんなぁ」栄一が説明する。

「わしが『前頭』とは何だいな！」

皆の前で恥をかかされたと感じたのだろう、角兵衛はおかんむりである。

「そうだ、お前も喜作も勝手なことをして……」

やめさせようとした宗助を、市郎右衛門が制した。

「いや、あにぃ。権兵衛どんの藍葉がよかったのはほんとの話だ。みんな、ちっと聞いてくれ。権兵衛どんはな、こう、土寄せをして、畑の畝《うね》をいつもよりこう、高くして育てたそうだ」

藍作りのこととあって、百姓たちは市郎右衛門の話に真剣に聞き入っている。

「そしたら藍葉がまっことみずみずしくてのう。あんまり塩梅がいいんで潰すときに苦労するぐれぇだったが、すくもになったら、これがほんとにいい出来だった」

「そうだに」栄一が我慢できず横から口を出す。指をすり合わせ、「こうしたときのすくもの手触りから違ってて……」

市郎右衛門が「お前、俺がしゃべってるときぐらい黙ってねぇか！」と栄一をどやしつけ、再び一同に向き直った。

「皆の品定めをするようなまねして悪かったが、権兵衛どんのこの工夫はどっかで皆に話せたらと思ってたんだ。〆粕もけちらなかったしのう」

権兵衛がてれ笑いして、へぇと頭をかく。

「とっさま、頼む。あと一つだけしゃべらせてくれ」

どうしてこんな番付を思いついたのか、栄一はどうしても皆に話しておきたかった。

「このとっさまは、前々からこの土地で作る武州藍を日本一にしようと企んでる。もちろん俺もだ」

「おう、俺もだ」と喜作が相づちを打つ。

「だから、ここのみんなでまた来年も高め合ってよい藍を作り、武州藍を大いに盛り上げてぇと思ってるんだに。どうか来年もよろしく頼みます」

ペコリと頭を下げる栄一を、市郎右衛門は驚きの感に打たれて見つめていた。

「日本一か……おう、権兵衛、畝をどうやったんだい」

朔兵衛が口火を切ると、俺も俺もと皆が権兵衛を質問攻めにし始めた。

「よい藍はいいが、そんでもこんなくだらん番付……」

喜作の手から番付表を奪って破ろうとした宗助を、「いいや、旦那」と角兵衛が止めた。

そして宗助から番付表を受け取り、「おい、権兵衛、どこで〆粕買ったかも教えやがれ。来年こそはわしが一層よい藍を作って、番付の『大関』になってみせるんべえ」と高々と掲げた。

「よっしゃ、おらだって！」

藍農家の面々は大いに盛り上がり、今日の立て役者である栄一と喜作を取り囲んだ。

「はっはぁ、こりゃみんな頼もしいこったい」宗助も苦笑するしかない。

「……あぁ、そうだな」

成長した息子の姿に、市郎右衛門はそっと目を細めた。

宴もたけなわになった頃、ほろ酔い機嫌になった朔兵衛が、給仕をしているなかに言った。

「なかさん、あんた、縁談があるんだと」

「いやぁだ、朔兵衛さん、なんではあ知ってるん」

なかが恥ずかしそうに袖で顔を隠す。縁談の相手とはすでに一度会っていて、一緒に会ったゑい
に言わせると、優しい人柄の男だそうだ。

「お前《めえ》のねえさまも、はあ嫁入りかぁ」喜作が言った。

「うむ。あのおっかねえねえさまがなあ」

喜作も同意して、二人してうむうむとうなずき合う。いたずらをして、村じゅうをなかに熊手で
追い回されたことも一度や二度ではない。

「相手は杉沢《すぎさわ》村の商いで繁盛してる家だとさ。しかしこうして己でやってみると、商いはまっさか
おもしれぇなあ」

「そうなん？」

「うむ。どしたらここの百姓が今より儲けて、この家も儲けて、それでもって阿波に負けねぇ藍玉

を作れねぇもんかと、そればっかり考《かんげ》ーてみてるんだが」

「ふ〜ん……」喜作にはいまひとつピンと来ないのだった。


「俺は商いより、剣術がいいなあ……」

中の家を出た喜作が下手計村のほうへ歩いていると、油桶《おけ》を運んでいる千代の姿が見えた。

「お千代！　油売りの帰《けえ》りか。女子衆《おんなし》も精の出ることだなあ」駆け寄って手伝ってやる。

「あぁ、ありがとう。喜作さん」

「こんなのお安い御用だ。ちょうど長七郎んとこに行ぐべーと思っておった」

「今日は、栄一さんは？」

「栄一はえれーこと商いに夢中だ。ペルリが来てからこのごろ、御用金も増えておるからなあ」

この辺で一番の物持ちが宗助の「東の家」、その次が市郎右衛門の「中の家」で、岡部の殿様の祝い事や法会があるたび、何百両と御用金を命ぜられるのである。

「何百両？　そんなに……」千代は目を丸くした。

「……俺ん家は、そん次、三番目ぐれーだから」

「三番目？」

「しかしこの俺が精進して立派んなり、わが『新屋敷』を、東の家や中の家に負けねぇ大きな家にしてみせる！　それどころか岡部の殿様が頭を下げるような金持ちになってやる！　だから……」

さっきから話の趣旨が分からず、千代はきょとんとしている。

「だから……待ってろよ！」

喜作の顔がカーッと赤くなり、油桶を担いで勢いよく歩きだす。

何を待つのか意味が分からないまま、千代は急いで喜作の後を追いかけた。


そして年が明けた嘉永七（一八五四）年一月——。

荒天の海の中、黒船七隻が伊豆《いず》沖を通過したとの一報が江戸城に入った。

「七隻も？　次に来るのは春のはずだったではないか！」

阿部は焦った。しかし、焦ったのはペリーも同様である。ロシア、フランス、イギリスまでが急に小笠原《おがさわら》を自分の領土だと主張し始め、春を待てば日本開国の栄誉を奪われかねず、それでは何のために望んでもいなかった極東くんだりまで来たのか分からない。

江戸湾に多数の台場と砲台が出来ていることを知ったペリーは、日本は開国を拒む気かと憤った。そうはさせじと、艦隊をどんどん進めたのである。

その日、海防掛の永井が、阿部や溜詰《たまりづめ》（老中と政務上の大事に参画する役職）諸侯のいる黒書院西湖《くろしょいんさいこ》の間に慌ただしく駆け込んできた。

「浦賀を通過し、湾内に入ったと!?」阿部は目をむいた。

「ははっ。浦賀奉行が返答は浦賀でと申したものの、ペルリは天候が悪いゆえ、江戸に向かうと申しております」

「江戸に!?　う、上様は？」溜詰筆頭の近江《おうみ》国彦根《ひこね》藩主・井伊直弼《いいなおすけ》は声を上ずらせた。

「上様は、恐れてお部屋からお出ましにならぬ」

頭を抱える阿部に、下総《しもうさ》国佐倉《さくら》藩主・堀田正睦《ほったまさよし》が言った。

「伊勢守殿、もはやここまでじゃ。国を開きましょう」

「そうじゃ、そのほうが……」

開国派の堀田や井伊を吹き飛ばす勢いで、「ハッ、ありえぬわ！」と斉昭が大喝《だいかつ》した。

「長きにわたってこの日の本で前例なきことを、半年から一年で返答できるか。将軍の代替わりもあるゆえ、三年は回答不可と返答を引き延ばせ！」

海防掛顧問として幕政に参与している斉昭は強硬な攘夷《じょうい》派である。

そのとき、外から遠雷のような音が聞こえてきた。一同、驚いて廊下に出る。

「何事じゃ？　何の音じゃ？」と堀田が永井を振り返った。

「これはおおかた、メリケンの軍艦が砲を撃った音でございましょう」

「何？　戦か？　メリケンが戦を仕掛けてきおった！」

早とちりして浮き足だつ井伊を、阿部が「これは礼砲です、掃部頭《かもんのかみ》殿」と落ち着かせる。

「ワシントンとやらの生誕の祝いにて、砲を撃ちたいと先に知らせがありました」

「ケッ、何が生誕の祝いじゃ。こざかしいわ！」

斉昭は今にも打って出そうな勢いである。

「いいや、こうなれば戦になるより国を開いたほうがまし。伊勢守殿、頼む。何とぞ、何とぞ打ち払いだけは勘弁を！」

弱気になる井伊を横目に、斉昭はますます声を張り上げた。

「ならぬ！　打ち払え！　打ち払ってしまえ！」

井伊と斉昭の浅からぬ因縁は、このときにもう始まっていたのである。

阿部は迷った末、当時のどかな漁村だった横浜《よこはま》村に応接所を作り、ペリーと一か月の交渉を重ね、三月三日とうとう「日米和親条約」を締結した。

「日本の硬い牡蠣《かき》の殻を開いたのだ。私は決して日本を無理やり開いたのではない。そう……これは友好と親善の心で結ばれた、和親の条約である」

ペリーは肩の荷を下ろし、初めてホッとほほえんだ。


「二つも港を開くだと！　ふざけおって！」

阿部の報告を聞いた斉昭は、まなじりが裂けんばかりに憤った。

「いいえ、港を開くとはいえ通商は断ったのです。長崎と異なり下田と箱館《はこだて》は港を開くのみ」

「それこそやつらの意のままじゃ。一度門を開け放てば、水の低きにつくごとく夷狄《いてき》はなだれ込んでくる。なぜそれが分からぬのか！」

「しかし……」

「もうよい！　御用掛など辞めてやるわ！」

憤然と立ち去る斉昭を、阿部が慌てて追っていく。

「御老公、お待ちください！　御老公！　御老公、どうか辞任はお考え直しを！」

「許せぬ、断じて許せぬ！」頭から湯気を出してずんずん歩いていく。

たまたまその様子を見ていたのが、福井藩主・松平慶永であった。

「まことか長七郎？」惇忠は耳を疑った。

「あぁ、ペルリの勢いに負け、港を開くことになったそうだ。今、下田には黒船が……」

「なんと……」惇忠は瘧《おこり》のように体を震わせ、家を揺るがすような大声を発した。

「夷狄は打ち払わねばならねぇんだ！　清国は武力のみでエゲレスに負けたわけじゃねぇ。魂を乗っ取られたんだ。わが国とて、これでは黒船に攻められ強引に国を開かされたと同意。こんな汚辱があろうか！」

怒りのやり場がなく、拳を床にたたきつける。

「神の国を汚すとは……公儀の役人は、国賊だ」

「御公儀のお役人が……国賊？」長七郎が目をみはった。

「そうだで。『夷狄を払え』と、一人堂々と声を上げた水戸様こそ天晴神国の忠臣！」

「おぉ……そうだ、そのとおりだ！」

兄弟はいきりたった。惇忠の部屋の壁には、斉昭の錦絵が神仏さながらに祭られている。

「われら百姓とて決してこのまんまじゃあなんねぇ。水戸の教えを学び、何ができるか思案するのじゃ。東湖先生は、まずこの御本の中で……」

幕府のとった外交政策は、日本各地の「国を守らねば」と強く願う若者の心に火をつけ、水戸学の支柱たる東湖と、その主である斉昭はますます救世の英主とあがめられるようになっていく。

「よぉし、俺も……」

兄たちのところに行こうとする平九郎を、千代が「だめよ」と止めた。

「驚いたねぇ。あんなあの子を見るんは初めてだよ」

まるで人が変わったような惇忠に母も義姉《あね》も驚くばかりだったが、千代は不安でたまらなかった。

越前松平家の上屋敷に戻った慶永は、医者でもある腹心の橋本左内《はしもとさない》に肩をもんでもらいながら、怒れる老獅子のような斉昭の様子を思い出していた。

「水戸はほかの徳川と違い、頼りになるのう」

「ははっ。御老公はもちろん、それを支える東湖先生も、知識といい人柄といい申し分ないお方です」

「そうよのう。そして御老公の御子の一橋様ものう……いっそあのお方のような方が将軍であれば……私は喜んでこの身を捧げるのだがのう」

目を閉じたまま、慶永は笑みを浮かべた。

「……なるほど」

この若き俊英の頭脳は、主君の頭の中を見通してすでに動き始めていた。


閏七月二十七日、一橋家浜町《はまちょう》別邸の慶喜を、斉昭と吉子が訪ねてきた。

「母上！」

「七郎！　いえ一橋殿。まぁ、このように御立派になられて。このような立派なお邸に……」

「母上様も、お元気そうで何より」

慶喜は顔に喜色を浮かべ、涙ぐんでいる母に寄り添っている。

「ふーん。こうやって見ると、年相応だなぁ」

円四郎がほほえましく見ていると、「そなたが平岡か」といきなり背後から声をかけられた。

いつの間にか、斉昭が後ろに立っている。円四郎は慌てて平伏した。

「お⁉　は……ははっ」

「わが息子をよろしく頼むぞ」

「ははっ！」

斉昭が吉子のほうに去っていくと、今度は東湖が円四郎に歩み寄ってきた。

「一橋公は貴人の相がおありだ」ボソリと言う。

「額にこの相を持つ者は元より非凡であり、御老公よりもさらに一等上の、この先またと出で難きお人だ。一橋公が将軍におなりあそばせば……外夷に乱れ始めたこの国をきっと立て直すことができる」

「……え？」円四郎は目をしばたたかせた。

「そう思い、御老公もこの私も、秀才であり変わり者でもあるそなたをここに呼び寄せたのじゃ。心して勤めよ」

円四郎に言い含めると、東湖はスッと立ち去った。

あまりに思いがけない話である。円四郎はその場に座したまま、うつけのようにぼうっとしていた。見れば、慶喜は父と母に囲まれて静かに笑んでいる。

「……へ？　あのお方を、将軍に？」

ようやく実感が湧いてきて、長屋に戻った円四郎は、飯をよそう練習をしながらニヤニヤした。

「おかしれぇことになってきたぜ」

「何がだい。一橋様で働いてるっていうのに、いつになったらその薄ぼんやりした顔が直るんだい？」

やすは器量よしだが、口が悪いのが玉にきずだ。しかし今日の円四郎は馬の耳に風である。

「将軍か。将軍とはまいったが……へへ。いや、分からねぇことはねぇ。さすが俺の惚《ほ》れ込んだお方だぜ」

「は？　誰に惚れたって？」

「へへへっ、やす、お前《めえ》もよう、ちょっとぐれえ飯のよそい方でも学べってんだ」

「ちょいと待ちなよ。惚れたって……まさかお前さん、それで近頃ずっとうわのそらで……許さない！　あたしゃ許さないよ！」

やすはほうきをつかむと、般若《はんにゃ》の形相で円四郎を追いかけ回す。

「あいてっ！　違う！　違うってんだ。やめねぇか！」

早とちりとやきもち焼きも玉にきずのやすなのであった。


「まぁ、また御陣屋からお呼び出しですか」

野良仕事を終えた栄一が家に帰ってくると、ゑいの声が聞こえてきた。

「あぁ、明日すぐに来いとな。お前は明日も紺屋回りか」

宗助が市郎右衛門に言う。

「あぁ。しかし行がねーわけにもいがねぇだんべなー」

市郎右衛門は諦め顔だ。どうやら兄弟とも呼び出しがかかったらしい。

「いや、それなら栄一、お前が行ぎない」

土間で土を払っていた栄一に、ふと宗助が言った。

「え？　俺が岡部の御陣屋へ？」

「とっさまの名代なんて、栄一にできるんかいね」なかがまた子ども扱いする。

「あぁ、紺屋回りよりよほどたやすい」と宗助。「お代官様の話をへぇへぇと聞き、へぇへぇと頭を下げるのみのこと」

「うむ。お前もこの家の後継ぎだ。一度行ってみろい」

父の口から思いがけない言葉が出て、栄一は躍り上がった。

「お、ようやく俺を後継ぎと認めてくれた！」

「まぁ、よかったねぇ、栄一」ゑいがほほえみ、夕餉の支度に立つ。

「これで私もちっとは安心してこの家を出られるに」

「うるさいなあ。早く嫁に行《は》ぎない」

なかと栄一は憎まれ口をたたき合い、いつもの姉弟げんかが始まった。

と、宗助と一緒に来ていたまさがそっと席を立ち、かまどの火をおこしているゑいのそばへ行くと、「……あんねぇ、なかの縁談のことだけど」と声を潜めて言った。


「このたび姫様お輿入《こしい》れにつき物入りのため、そのほうどもに御用金を申し付ける。渋沢宗助は一千両、渋沢市郎右衛門は五百両」

「五百両……」栄一の口から、思わず声が漏れた。

「おめでたい御用金ゆえ、ありがたくお受けするよう」

代官の利根が、地べたに座っている宗助と栄一を見下ろして言い渡す。

「ははっ。承知いたしました」

宗助は額をこすりつけるようにして平伏し、ほれ、と隣の栄一を小声で促す。

「ははっ」栄一は型どおり平伏したが、「……私は父の名代で参りましたゆえ。御用の高は確かに伺いました。家に戻りまして父に申し伝えたうえ、またお受けにまかり出ます」

利根の顔色が変わった。むろん宗助もである。

「おぬし、御上の御用を何と心得る。これしきのことが即答できんで親の名代と申せるか！」

「名代には名代の務めがございます」全く臆さず、栄一は答えた。

「即答できずに誠に恐縮ではございますが、父に申し伝えましたうえで、お持ちいたします」

「ハッ、たわけたことを……三百両や五百両など何でもないこと。素直に殿様の御用を聞きおけば立派な大人となり、世間からも認められるようになるというもの」

そうだろうか。栄一には、理屈に合わない言いぐさのように聞こえる。

「それを父に申してからなど、ハッ、そのような手ぬるは承知せぬ。今すぐじゃ。今すぐ『承知した』と申せ！」

「はい。なれども自分はただ御用を伺い……」

「はぁ？　まだ言うか！」

「コラ、もうやめろ、栄一」

前方斜め上と左隣から怒号と叱責が飛んでくるが、栄一は平然として言い放った。

「御用を伺いに来たのみゆえ、やはり今お受けすることはできません。委細を伺ったうえ、その向きを父に申し聞き、それでよいということならばまた参ります」

「下郎め！『承知』と言え！」

利根はこめかみに青筋を立て、栄一の前まで出てきて荒々しく衿元をつかんだ。

「『承知』と言うのだ！言わぬとただではおかぬぞ！」

「ほら、言え、栄一」

今度は強要と命令だ。だが、納得できないものは納得できない。

「……『承知せぬ』とは申しておりません。家に戻りまして父にこの御用向きを伝え、また必ず参りますと申しておるのです！」

栄一は毫《ごう》もひるまず、利根を見つめ返した。


「あの、剛情っぱりが……肝を潰したぞ。わしが引きずり出したからどうにかなったものの、下手したらお手討ちだ。へぇへぇと答えろとあれほど申しておったのに」

「あにぃ。誠にすまぬことをした。わしからよぉく言い聞かせておくから」

宗助はやれやれと帰っていった。

市郎右衛門が藍寝せ部屋をのぞくと、栄一は一人で藍葉の夜切りをしていた。

「なぜすぐに払うと言わなかった？」

頭ごなしに叱ることはせず、市郎右衛門はまず理由を尋ねた。

「俺たちは……藍葉を百姓衆から籠一つ三十文で買っている。藍の百姓はその金で食っていき、俺たちはその葉を使って多くの者を雇って藍玉にし、それを一つ一両ちょっとで紺屋に売る。かっさまやねえさまの育てているお蚕さんは、ひと月寝ずに繭を採って一つかみでせいぜい一文だ。それを安易に五百両とは……」

　栄一は唇をかんだ。しかも代官は、皆が汗水たらして得た金を「ありがたく」出せと言う。

「五百両という金は、決して名代の俺が『へぇへぇ』と軽々しく返事していいような額じゃあねぇ。俺はそう思う。とっさまはどう思う？」

　市郎右衛門は黙っているが、栄一の口は坂道を転がる石のように止まらない。

「百姓は、自分たちを守ってくれるお武家様に尽くすことが道理だ。それは分かっておる。しかし今、岡部の御領主は百姓から年貢を取り立てておきながら、そのうえ人を見下し、まるで貸したもんを取り返すかのごとく、ひっきりなしに御用金を出せと命令をする。その道理は一体どこから生じたもんなんだい？　それにあのお役人は言葉といいふるまいといい、決してとっさまや惇忠あにぃみてーに知恵のある人とも思えねぇ。そんな者《もん》が人を軽く見て……」

「御上の悪口はもうやめろ！」とうとう市郎右衛門がどなり声を上げた。

「……それがすなわち、泣く子と地頭だ。道理を尽くそうがしかたのねえこと。明日行ってすぐにそのまま払ってくるがよい」

　栄一に命じ、背を向けて出ていく。戸口で一部始終を見ていたらしいゑいに、「お前さん」と心配顔で呼び止められたが、市郎右衛門は何も言わず立ち去った。

「五百両、持ってまいりました」

　金を包んだ切り餅を三方に積み上げ、その上に袱紗《ふくさ》を掛けて利根の前に差し出す。

「そうか。下がれ」

利根は満足そうだ。しかし栄一は土下座したまま、なかなか立ち上がることができなかった。

陣屋を出て、門に向かって頭を下げる。

この世は何かおかしい——栄一はこのとき、初めてそう思い始めた。

踵を返して、ずんずん歩いていく。

「……承服できん」足を踏み出すごとに、悔しさが込み上げてきた。

「承服できん！　承服できんぞ！　ばかばかしい！」

悔し涙を浮かべて立ち尽くしていると、「どうした、栄一」と声をかけられた。

「惇忠あにぃ……」

栄一の泣き顔を見て、本を抱えた惇忠が穏やかにほほえんで言った。

「話を聞こうか？」

第五章　栄一、揺れる

ひこばえの木の下で、栄一は惇忠に怒りをぶちまけた。

「ほほう。岡部の代官がそのようなことを……」

「あぁ、承服できねぇ。承服できねぇだけじゃねぇ。胸ん中がムベムベして、それが腹に下って、どうにも情けなくて治まんねぇ。俺は、いまちっとんとこであのお代官を殴りつけてくれるとこだった！」

威張りくさるしか能のないぼんくら代官に、百姓というだけで唯々諾々と従わねばならぬとは。栄一は、子どものように地団駄《じだんだ》を踏んだ。

「そうか。お前もまさに『悲憤慷慨《ひふんこうがい》』だな」

慷慨とは正義の気持ちを持つことで、世の不正に憤り、嘆くことだと惇忠が栄一に教える。

「今、この世にはお前のように『悲憤慷慨』する者が多く生まれておる。俺もそうだ」

「あにぃは、何に憤って、嘆いておられるんだい？」

「……そうだなぁ。この世だ」

「この世？」

「この世の中そのものだ。お前もこれを一度、読んでみるといい。このままではわが日の本も……

この清国のように夷狄に踏みにじられる」

惇忠は峻厳《しゅんげん》な面持ちで、日の落ちていく西の空をにらみつけた。

その夜、栄一は惇忠が貸してくれた本──『清英近世談』をむさぼるように読んだ。

「栄一、まだ読んでるん？　油がもったいねぇよ」

妹のていを連れたなかが、外から帰ってきた。

「うん……どっかに出てたんか」

「おていが、表で狐の鳴き声がしたっていうから見てきたに。何もいなかったけんどな」

「ふむ、そうか……」おざなりに返事をして、栄一はまた熱心に読み始めた。


「栄一はどうしている？」

暇さえあれば藍の研究に没頭している市郎右衛門だが、今夜は栄一のことが気になっていた。

「変わりねーですよ。陣屋から戻ったら繭を出すのを手伝ってくれて……今はまた、尾高から借りた本を夢中になって読んでいます」

ゑいに様子を聞き、少しホッとする。しかしゑいのほうは、いつか栄一が危ない目に遭うのではないかと心配でしょうがない。

「やっぱりあの剛情っぱりは困りもんだいね。御上に刃向かうなんて……私が甘やかしたんかねぇ」

「いいや。あいつの理屈にはもっともなところもある」

藍寝せ部屋で栄一が語ったことは、いちいち筋が通っていた。市郎右衛門は内心、感嘆もした。

物事を深く考え、おのずと真理を見抜くよう、惇忠が教え導いたのだろう。

「しかし理屈が通っても、もし刃向かい、治める者と治められる者の塩梅が崩れれば、何をされるか分からねぇ。かえってほかの者にも迷惑がいく。理屈だけじゃあいがねぇんだ」

それが世間というものだ。市郎右衛門は苦笑を浮かべ、作業に戻った。

「……それから、お前さん。もう一つ、ちっと困ったことがあるんです」ゑいは顔を曇らせた。


道場にやって来るなり、栄一は鼻の穴を膨らませて喜作に本を見せた。

「誠にたまげた。この本には、俺が生まれた頃の清国とエゲレスの戦のことが書いてある」

「あのなっからでかいはずの清国は、どうしてエゲレスに敗れてしまったんだい？」

「それがなぁ、いろいろあるが、まずは交易だ。エゲレスはまず阿片という、人から生気を奪うおっかねぇ毒を清国にいっぺぇ持ち込んで、清国人の魂を奪ったのだ」

「なんと！　魂が奪われんのか！」喜作は仰天した。

興奮気味に話す二人の周りに、ほかの道場仲間たちもだんだん集まってくる。

「そうよ。そしてふぬけになったところを軍艦で襲い、無理やりに国を開かせたんだ」

「てーっ、まっさか悪《わり》ぃことをするなぁ」

「ひゃあ」「おっかねぇ」皆が騒いでいると、長七郎が竹刀を手にやって来た。

「この日の本も危ないぞ。メリケンは、もう日の本に足を踏み入れてる」

「え？　メリケン人はもう入ってきてんのか！」

「なんてこった。それじゃあ、いつメリケンの連中が俺たちの魂を奪おうとするか分かんねぇに」

栄一も喜作も、頭をガツンと殴られたような衝撃を受けた。世の中はすごい勢いで動いている。

「あぁ。俺は、とうとう生きる道を見つけた」

長七郎は、皆の前で竹刀を構えた。その非凡な剣の腕前は、近隣に広く知れ渡っていた。

「なんで俺たちが剣を学ぶか。それは敵を斬るためだ」

「敵を斬る!?」栄一はたまげたが、喜作は「おぉ、そうだに！」と勇み立った。

「いざとなれば俺たちだって日本男児《にっぽんだんじ》。お武家様みてぇに戦わなくっちゃなんねぇ！」

「そうよ。今までのように手ぬるにやるんでねぇ。決して異人にこの日の本を穢《けが》されねぇために、俺たちは敵をたたっ斬るための剣術を学ぶんだ！」

目の前に見えぬ敵がいるかのように、長七郎が力強く竹刀を振り下ろす。

「たたっ斬る？　おぉ、そうか。そうよのう！」

「おうよ！　やってやんべぇ！　メリケンめ！　エゲレスめ！」

栄一たちは奮起し、一層熱心に剣術の稽古に励むようになった。

「岡部のお代官め！　メーンッ」

利根のまぬけ面に一撃食らわせてやったら、どれほど胸がスカッとすることか。

「お前《めえ》、まだお代官様のことムベムベしてんのか」喜作があきれる。

「あぁ、そりゃお前《めえ》……ん？」

ふと見ると、作男の伝蔵が窓からこっそり中をのぞいている。

「伝蔵、お前もやりてぇのか？　来《き》ない！　一緒に稽古すんべぇ」

「へ……へぇ！」仲間に入れてもらえると思っていなかった伝蔵は大喜びだ。

栄一たちが学んでいた神道無念流は、長州や水戸の志士に広く支持された流派で、桂小五郎《かつらこごろう》や藤田東湖なども門下であった。


「『俺は生きる道を見つけた』だとよ。長七郎め、粋がりおって」

帰りの道で、喜作が長七郎のまねをして竹刀を構える。

「あぁ。大《てぇ》したもんよ。それに比べて俺は……」

栄一が言いかけたとき、道の向こうから「おーい、おーい」と大きく手を振る平九郎が見えた。

荷を担いだ千代も一緒である。喜作が分かりやすく喜色満面になる。

「おう、お千代。油売りの帰《けぇ》りか」

「平九郎も手伝って、偉《えれ》ーなあ」と栄一が頭をなでる。

「いいなぁ。俺も早く剣術がしてみてーなぁ」

七つになった平九郎は、年上の従兄たちの竹刀が羨ましくてしかたない。

「剣術剣術って、何事も兄のまねばかりしたがって」

千代は眉を寄せるが、栄一には平九郎の気持ちがよく分かる。

「そりゃあ、あの長七郎とあのあにぃの弟だもんなぁ」

栄一の持っている『清英近世談』に、千代が目を留めた。「その御本は、兄の……？」

「あぁ、お借りしておった。お千代も読んだんか？」

「私？　あぁ、私は、小せぇ頃に、喜作さんのとうさまからちっと仮名を習っただけだんべぇ。そんな難しげな本は読めません」

「なんの。うちのとっさまは小せぇ頃からお千代を褒めておったぞ。覚えがよくて字も美しいと」

喜作が褒めちぎるので、千代はいいえ、と恥ずかしそうにかぶりを振った。

「それに……その御本を読むときのにいさまたちは、いつも何だかおっかねえ顔をしてて」

「……そうか」

このままでは、日の本も清国のように夷狄に踏みにじられる——近寄り難いような惇忠の横顔を、栄一は思い浮かべた。

「案ずるな。あにぃは優しい」明るく励ます喜作に、そうよ、と栄一もうなずいて続ける。

「こうして本でよく学び、村の上に立つ者として、皆や一家を守ろうとお考えなのだ」

「そうなん？　それならよかったぁ」千代は心底ホッとした顔になった。

「かあさまもおきせさんも近頃、にいさまたちの様子がおかしいと案じておりましたゆえ。なぁ、平九郎」

弟に優しくほほえみかける。千代はこのところ、ますます美しくなった。そんな千代に視線を張り付かせている二人に気付いた平九郎が、姉を守るように両手を広げて立ちはだかった。

「おい、ねえさまは嫁にいがせねーぞ。ねえさまは、俺の嫁になるんだかんな」

「ば、ばか言ってんじゃねぇ、お前《めぇ》！　弟とねえさまは夫婦《めおと》にはなれねぇんだに！」

「そ、そうだ！　うちのねえさまだってお前《めぇ》……」

喜作も栄一も、熟した柿のように顔が真っ赤になった。

「ふふふ、何をむきに。子どものざれ言だに」千代は朗らかに笑い、平九郎の前にしゃがみ込んだ。

「そうだいねぇ、平九郎。あんたは優しいから、きっとねえさまをお嫁にしてね」

「はい！」

七つの子どもに先を越されるとは、情けないあにぃたちである。

「ん？　噂をすれば、お前《めぇ》のねえさまじゃねぇか」喜作が畑のほうを指さした。

「おぉ、ねえさまだ。おーい、ねえさま」

うつむきかげんで畦《あぜ》を歩いていたなかが、栄一の声に立ち止まった。ゆっくりとこちらに向けた顔は青白く、どこかうつろな目で、ぼんやり栄一を見る。

なかは何も言わずに目線を戻すと、また畦道を歩きだした。

「どうかしたのか？　元気ねぇなぁ」喜作が首をかしげた。

「いや、今朝方は麦の汁までおかわりして、元気いっぺぇだったたんになぁ」

明日は雪かもしれんと思いながら家に帰ると、まさとゑいの話し声が聞こえてきた。

「だからやめたほうがいいんに決まってるだんべぇ」

「でもねぇ、もうお蚕様が落ち着いたら嫁入りの日取りを決めべぇって、向こうさんとも話してるしねぇ……」

「今ならまだ間に合うって。今すぐ断りな。な？」

なかの縁談について、両親と伯父夫婦がもめているようだ。

「断る？　どうしたんだい？」

栄一が訳を聞くと、縁談相手の家が憑《つ》きもの筋だという噂を、まさが耳にしたというのだ。

「オサキモチさ。杉沢村の者《もん》が言ってたんだよ、あの家にはオサキギツネが憑いてるって」

御先（尾裂）狐と言えば、栄一の好きな滝沢馬琴《たきざわばきん》の本に出てきた、美しいおなごに化けて悪さをするという尻尾の裂けた狐のことだ。

市郎右衛門は、「そんなの、ただの言い伝えじゃねえか」と渋い顔である。

「はぁそうですよ。優しくていい方ですよ。お家だって杉沢村の商家でいちばん栄えてるって」

ゑいの言葉尻を捉えて、「はぁ、やっぱりそうだで！」とまさが膝を打った。

「狐の憑いた家は栄え、代わりに周りの家がどんどん廃れると言われてるに。だからみんなに嫌われて、やがて滅びるんだよ」

「しかもお前、憑きもの筋と結ばれると、憑きものに縁のねぇ相手の家まで狐が憑いてきて、みぃんなオサキモチになっちまうってんだ。つまりこの渋沢の家まで……」

「ハハハ。狐が憑いてくるって……」

栄一は思わず笑った。宗助伯父のいかつい顔を見たら、オサキギツネも逃げ出すんじゃないか。

「栄一。さっきからうるさいよ。子どもは引っ込んでな」

まさににらまれて、栄一は首をすくめた。姉の元気がなかったのは、これが原因だったのか。

市郎右衛門に畑を見てこいと言われ、へいへいと支度を始める。ゑいはなかを心配して、「ちょっと行って見《め》っけてくる」と外に出ていった。

「しかし、俺は迷信の類いは信じねぇ。そんなことでなかの……」

「いいや。わしも金輪際反対だかんな」

常日頃は仲のよい兄弟であるが、今回ばかりは意見が対立しているようであった。

閏七月二十九日、慶喜は円四郎に髷を結ってもらいながら、父・斉昭からの文を読んでいた。

『一昨日は邸にお招きにあずかり、昨日のみならず今日までも、誠に楽しく名誉なことなりと、そなたの母とそのときの話ばかりいたし居《お》り候。なお、時勢も悪《あ》しく相成り候。またメリケン船が下田へ、エゲレス船が長崎へ来たるよしにて、年々、夷狄の毒も深く相成り候……』

一橋邸の滞在が楽しかったとしながらも、頭の中はやはり夷狄のことでいっぱいのようだ。

「……夷狄の毒か。父上がやり過ぎぬとよいが」

父の「やり過ぎ」に関するかぎり、慶喜の心配は杞憂で終わったためしがない。

「なんとぶざまな！」

江戸城の御用部屋に斉昭の大喝が響いた。

「メリケンの次はエゲレスと和親を結び、今度はヲロシャもだと！　この事態、天子様はご存じなのか？」

阿部に詰め寄る。やはり、ペルリなど追い払うべきだった。一年もたたぬというのにこのざまだ。

「むろん、それがしがお伝えいたしました。『わが国に傷のつかぬように』とお申し入れあるも、公儀に一任するとのこと」

「ならばあえて徳川三家であり、東照神君の血を引くこの斉昭が言上《ごんじょう》する。今は天子様を国の要となし奉り、日の本の精神を一致ならしめることこそ肝要。その前に安易に国を開けば、たちまち清国のように隷属国となるぞ！」

「隷属国にならぬようわれらが日々心身を労していることが、どうしてお分かりいただけぬのか！」

どんなときも斉昭のよき理解者であった阿部が、初めて声を荒らげた。

「われわれは浦賀に造船所を作り、オランダより軍艦を買い、築地《つきじ》鉄砲洲《てっぽうず》や長崎で砲術や海軍を学ばせ、異国に侮られぬよう、今必死に国を変えようとしておるのです！　万が一、今、異国より戦端を切られたとして、このままの防備で日の本が無事で済むと本気でお思いか！」

「くっ……」

後方に控えていた東湖が、「失礼ながら言上奉ります」と話に入ってきた。

「伊勢守様の御苦労は御老公も承知のこと。ただ伊勢守様のために何かできぬかと思い、励んでおるのでございます」

そのとき、「下田より急報！」と伝令が飛び込んできた。

「昨日巳《み》の刻、大地震発生。その後、大津波が湾を襲い、和親の交渉中のヲロシャ船が転覆したとのこと！」

「快なり！」斉昭は立ち上がって、割れ鐘をつくような大声を放った。

「聞いたか！　下田に神風が吹いたのじゃ！　この機に五百人のヲロシャ人を一思いに皆殺しにせよ！」

「御老公！」東湖が斉昭を制した。いくらなんでも口が過ぎる。阿部もまた、斉昭をいさめた。

「天災に遭うものを不意打ちとは、人の道を外れたこと。これを機に殺戮《さつりく》を行えばわが国に悪しき評判が立ち、ヲロシャはもちろん、異国は皆絶好の口実を得て攻め寄せることでしょう。神の国の名を穢し、無謀な戦を招き寄せるはいかがなものか」

斉昭は黙り込んだ。東湖が伝令に、応接掛《おうせつがかり》の者たちの安否を尋ねる。大目付格の筒井《つつい》政憲《まさのり》と勘定奉行の川路聖謨が、交渉全権代表として下田に派遣されていた。

「いろいろ失礼を申しました。少し疲れておるのです。また詳しきことが分かりしだい、御報告に参りまする」

阿部は一礼すると、伝令を連れてその場を立ち去った。


この大地震による津波で、下田の町は壊滅状態になった。津波に巻き込まれたロシアの最新鋭戦艦ディアナ号も大きな被害を受けたが、提督プチャーチンは、けが人の手当てのため医師を派遣するなど協力を申し出た。下田の漁民を手助けする、ロシア水兵たちの姿も見られた。

「異国人とて、国には親や友がありましょう。ましてや、かのヲロシャ人どもは、敵ながら国の使命を果たすため何か月も船に揺られやって来た、いわば忠臣。どうかお気をお鎮めください」

水戸藩駒込邸に戻って二人になると、東湖は斉昭にかき口説いた。

「夷狄の親や友のことなど知るか！」

「しかし……誰しも、掛けがえのなき者を天災で失うは耐え難きこと。また今となっては夷狄を打ち払うよりも、いかにして日の本の誇りを守るかが肝要でございます。三千万の精神を凝結一致ならしめれば必ずや富国強兵につながり、さすれば国を開いたとしても、必ずやわが国は異国に敬われることとなるでしょう」

「そんなことは分かっておる！」これ以上は聞かぬとばかりに、斉昭は立ち上がった。

「御老公の御心中は、この東湖がいちばんよく存じております。ここしばらくはどうか、どうかお心をお鎮めください」

その背を仰いで訴えたが、斉昭は無視して去っていった。

ため息をつき、疲労困憊《こんぱい》で帰宅すると、見慣れぬ履物が二足、三和土《たたき》に脱いである。

来客は、思いがけなくも慶喜であった。

「今日も客がひっきりなしだったようだな」

「はい。薩摩の西郷吉之助《さいごうきちのすけ》に越前の橋本左内……多忙でこの一年めっきり白髪も増え、一度に年を四つ五つ取ったかのごとき心地でございます。して今日は？」

「夷狄について尋ねに来た。夷狄の武器は、船にせよ大筒にせよわが国のものより数段上と聞く。そなたも知ってのとおり私は元来、武芸を好む。ぜひこれについて学んでみたい」

「すばらしきお考え。きっと御父上も喜ばれましょう」

「そうか？　夷狄嫌いの父の機嫌を損ねぬとよいが」

「御老公は孫子《そんし》の『彼を知り己を知れば百戦して殆《あや》うからず』の言葉どおり、かねてより西洋兵術を学ばれた。八つのあなた様が千波ヶ原で大筒の号令をかけられたときも、どれほど誇らしいお顔をしておられたことか」

慶喜の口元がほころぶ。水戸での忘れられぬ思い出の一つだ。

「御老公は元来、決して了見の狭いお方ではございませぬ」頑迷な攘夷派と思われがちだが、西洋式軍備をいち早く導入したのは斉昭である。藩政改革に東湖ら下士層の藩士を登用したこともそうだ。

「国を守りたいという思いが誰よりお強いだけ……伊勢守様もそれはよくご存じです。たとえ仲たがいがあろうと伊勢守様はきっとまた、御老公を頼ってまいりましょう」

「……そうか」

「ははっ」と東湖は笑んだ。

部屋の外の廊下では、慶喜の供をしてきた円四郎と東湖の四男の小四郎《こしろう》が、二人の会話に耳をそばだてていた。

「……諍臣ってぇのはよ、お前《めぇ》のおとっさんみてぇなことを言うんだろうなぁ」

あの御老公の盾となり矛となるのは、さぞや気骨《きぼね》が折れることだろう。

小四郎はきょとんとしていたが、円四郎は深く感じ入った。


「これがよい。安らかに政が図れるように」

さまざまな候補が書かれた半紙の中から、阿部が一枚を手に取った。

幕府は、黒船の来航や内裏炎上、地震などの災害を八百万《やおよろず》の神々が日本に与えた警告と考え、年号を嘉永から「安政《あんせい》」に改めた。しかし年が明けても人々の動揺は収まらず、米を買い占めたり、各地でさまざまな迷信が流行《はや》るようになった。鯰絵《なまずえ》やアマビエの絵が出回ったのもこの安政期の頃である。


そして安政二（一八五五）年――。

五月から十月まで続く、桑の葉の収穫が始まった。

栄一が伝蔵と畑で作業していると、喜作が「てーっ」と叫びながら走ってきた。

「大変《てぇへん》だ！　大変《てぇへん》だで、栄一」

「どうした、喜作」

「下田の商人の話じゃ、夷狄はすでに町を出歩いてる。メリケン人だけでねぇ、ヲロシャやほかの国やいろんな異人がもういっぺえぇうろついてて、ひそかに交易をしてる者までおるとよ」

「え？　交易を？」

そのとき、背後でバキッと大きな音がした。振り返ると、憤怒《ふんぬ》の形相の長七郎が道で仁王立ちになっている。震える手に折れた竹刀を持って――。

「弱腰な役人どものせいだで！　国を穢しおって！　見てろ、今に俺がたたっ斬ってやる！」

長七郎は荷を背負い、ぃええぇぃッと奇声を発して憤然と去っていった。

「役人どもが……国を穢した……」長七郎の言葉が、栄一の胸に突き刺さった。

惇忠は言った。「この世」に悲憤慷慨していると。

「この世……」

胸のムベムベを取り除く方法が何なのか、しかし今はまだ見えそうで見えなかった。

栄一が農作業の道具を担いで帰ってくると、家の中から親戚一同がぞろぞろと出てきた。

「みぃんな、ご苦労さんだったな」

「はぁ、これで一安心だよ」

宗助とまさが満足そうに帰っていく。栄一は、頭を下げて皆を見送っているゑいに歩み寄った。

「どうしたんだ、かっさま」

「……みぃんなが不承知でねぇ……なかの縁談、お断りすることになったんだ」

そんな――。急いで中に入ると、なかは親戚に出した湯飲みなどの後片づけをしていた。

「……大丈夫か？　ねえさま」

「大丈夫、大丈夫。二度しか会ったことのないお方よ。ご縁がなかっただけだに」

なかは気丈に笑んだが、栄一と視線を合わそうとしない。

「しかし……」

「もういいから、ほうっといて。てい、行ぐべぇ」と妹を連れて奥に行ってしまった。

それから、五、六日もたった頃だろうか。まさがまた血相を変えてやって来た。

「なかに憑きものがついただと？」市郎右衛門は顔をしかめた。

「あぁ、見たんだよ、裏の淵でじっと水面に見入ったり、かと思ったら急におっかねぇ顔で石っころ投げ込んだり。もうあのオサキギツネが憑いちまったに違《ちげ》えねえ」

「なぁにばかなことを言ってんだ」

栄一は、孵化《ふか》したばかりの毛蚕に与える桑の新芽を切り刻みながら聞いていた。ちなみに蚕は春から晩秋の頃まで年に四、五回飼い、春蚕、夏蚕、秋蚕、晩秋蚕などと呼ばれる。

「でも……」と、ゑいが眉を曇らせた。「今朝方も起きてきなかったしなあ。あんなに明るい子なのに、近頃はあまり口もきかねぇし……かと思えば、お櫃に余っていた麦飯をばくばく食べたり、急にふいっと出ていっちまったりして……」

どこかで桑の実を食べたらしく、口の周りを紫色に染めて帰ってきたこともあった。

「そういや、俺もねえさまに叱られてねぇなぁ」

「ほぉら見ない。もうこれは、狐のたたりをおはらいする拝み屋さんを呼んだほうがいいって」

烏《からす》が鳴かぬ日はあれど、まさがおせっかいを焼かぬ日はない。しかしさすがに今回は行き過ぎだ。

「ばかな！　拝み屋なんか呼んでどうする！」

市郎右衛門がどなったとき、なかがふらりと入ってきた。そしてまた、無言のまま出ていく。

「ほぉら、あんな生気のねぇ顔して……」まさがため息をついた。

「……栄一、お前ついてげ」市郎右衛門が顎をしゃくった。

「え、俺か？　この桑切りが終わったら、道場で剣術の稽古を……」

「いいから行がねぇか！」

栄一はしかたなく、なかを追って家を出た。どこへ行くのか、なかはすたすたと歩いていく。

「ねえさま？　ねえさま！」

栄一の声に振り返りもしない。小走りでやっと追いついたが、なかはまるで栄一が見えていないかのようだ。黙って少し後ろをついて歩いていると、なかが不意に足の向きを変えた。道をそれ、深い淵に向かって降りていこうとする。

「おい！　危ねえって、ねえさま」

慌ててなかの袂をつかんで引き止める。栄一はハッとした。なかの頬が、涙でしとどにぬれていた。

なかは涙を拭うこともせず、また道をふらふらと歩きだした。栄一も黙って後をついていく。しばらく村をさまよい歩いた末、なかはようやく家に帰った。

「とっさま。俺、しばらくねえさまを見ておく」

栄一は藍寝せ部屋に行き、市郎右衛門に言った。

「……やっぱ、おかしいか」

「うむ。そのまま身投げでもしそうなほどであった。かっさまも、おていやお蚕様で忙しいだんべぇから、俺が見とくのが一番だと思う」

それからしばらくの間、栄一はそばにいて姉を見守ることにした。

その日もなかに付き添っていると、道で喜作と長七郎に行き合った。

「おい、栄一。今日も道場来《き》ねぇんか？」

長七郎に聞かれて、「あぁ。ちっと……」と口ごもる。なかはまだ目を離せる状態ではなかった。

夜中にしごき帯のまま薄暗い土間に座り、ぼーっと一点を見つめていることもある。乱れ毛が顔にかかり、爪の先でカリカリと畳の目を削っている様は、まるで幽鬼のようだ。

「ついてこないでって言ってるでしょう！」

突然、なかが金切り声を上げた。喜作と長七郎がぎょっとしてなかを見る。

「ほっといてって言ってるんだよ。道場でも岡部でも好きなところに行けばいいじゃーねぇか！」

「おい、ねえさま？　栄一は心配して……」とりなそうとする喜作に、「うるせぇんだ、喜作！

小僧のくせに！」と暴言を吐く。栄一はとっさに二人の間に入った。

「すまねぇ、喜作。今はちょっと……また必ず稽古に行ぐから」

栄一はなかの背を押すようにして、その場を離れた。

「やめろ」「離せ」とどなるなかの声が遠ざかっていく。

「……狐に憑かれたって噂はまことだったのか」喜作は茫然《ぼうぜん》とした。

「なんという腰抜けだ。国の一大事に家の者の世話など」

長七郎はフンと吐き捨て、竹刀を握りしめて大股で歩きだす。

「あ、待てよ、長七郎！」栄一が気になりつつも、喜作は長七郎の背を追った。

農家に油かすを売っていた千代が、栄一となかを見かけて追いかけてきた。

なかは今、川岸に座ってじっと川面を見ている。二人はその姿を、少し離れて見守っていた。

「俺は、狐が憑いたなんて思っちゃいねぇ。とっさまもだ。おはらいなんかする気もねぇ。でもどうやったらねえさまの気が晴れんのか、分かんねぇんだ」

「縁談のお相手を、好いておられたのでしょうか」

「いや、別に恋仲だったわけでもねえ。一度か二度会っただけのお人だに」

「それでも……何となく心が通じて、お人柄に惹《ひ》かれることもございましょう？」

「そうか？」

「へぇ、縁談が決まられてから、おなかさんはどんどん美しくなられて……嫁入りとはそれほど心華やぐことかと、羨ましく思っておりましたゆえ」

「もしそうなら、ねえさまみてぇな気の強いおなごまでこんなことになっちまうたぁ、恋心とはおっかねぇもんだなぁ……おっかねぇ。俺にはよく分かんねぇ」

「……そうですか」

「俺だって、この腹ん中の怒りをどこにぶつければいいのかも分かんねぇ。このムべムべを……」

独り言のようにつぶやいたとき、なかがすっと立ち上がった。徘徊《はいかい》の再開だ。

「おっと。そんじゃまたな」なかを追っていこうとした栄一に、「……強く見える者ほど、弱き者です」と千代が言った。

「弱き者とて強いところもある。人は一面ではございません。もしかしたら狐とは……弱き心の鏡のようなものなのかもしれません」

日頃は口数の少ない千代の言葉は、栄一の胸の奥深くに届いた。

「ねえさま、大丈夫なんかなぁ」栄一は、畑仕事の手を休めて言った。

藍玉の集金回りに出かけた市郎右衛門が、今日はなかを一緒に連れていっているのだ。

「なかはあんたと違って旅なんて初めてだ。いい気晴らしになってくれるといいねぇ」

ゑいが手拭いで額の汗を拭ったとき、まさが大勢の人を引き連れてやって来た。

「おゑいさん。市郎右衛門さん、昨日から出かけてるんだって？　ちょうどよかった。これは好都合だ。市郎右衛門さんは、どんなに勧めてもおはらいを嫌がるんだから」

「お義姉さん！　その人たちは……」

「こちらのお三方は修験者様だよ。おはらいをしてくださるというんだ」

鈴懸《すずかけ》に結袈裟《ゆいげさ》、手には錫杖《しゃくじょう》に念珠《ねんじゅ》とものものしいいでたちである。

「おはらい？　あいにくだが、ねえさまも出かけたに」

栄一は迷惑顔をしてみせたが、例によってまさは栄一を子ども扱いして取り合わない。

「いいんだよ。なかの乱心は、この家にたたりがあるからだそうだ」

「えぇ？　家にたたりが!?」ゑいは腰を抜かさんばかりだ。

「この家のたたりをはらうにはご祈禱《きとう》が何よりだ。さささ、どうぞお入りください」

まさが勝手に家の中に修験者たちを招き入れる。

「お邪魔する！」

三人の修験者に続き、見物に集まった村人たちもぞろぞろ入っていった。

「……はい。あぁ、散らかっておりますが……」

「何言ってんだ、かっさま」お人よしのゑいに代わって、栄一がまさに文句をつける。

「まさおばさん、祈禱なんて要らねぇ。この家にたたりなんかあるもんか」

「またあんたの減らず口かい。大体な、あんたが長男なのに頼りねぇからこんなことになっちまったんだよ」

「俺が頼りねーのと、ねえさまの乱心は関わりがねえことだ。そもそもまさおばさんが、狐だとか何とか言いだしたのが悪《わり》いんじゃねえか」

「何を言うんだい。子どもは黙ってな！　ささささ、皆もどうぞどうぞ。狭いところでございますが」

あれよあれよという間に注連《しめ》が張られ、座敷は人でいっぱいになった。

「これが神の声を伝える口寄せでございます」

目隠しをし、御幣《ごへい》を持って端座している女を修験者が紹介した。

「あぁ、ありがたや、ありがたや」まさと村人たちが手を合わせて拝む。

ばかばかしいと思いつつ、栄一は、ていを膝に抱っこしているゑいと並んで座った。

修験者たちが口寄せの女を前にして横一列に並び、祈禱が始まった。

いちばん格上らしい中央の修験者が不思議な響きの祝詞を唱えると、両脇を固めた修験者が御幣を振りながら声を合わせる。

目を閉じて熱心に手を合わせるまさの横で、栄一とゑいはぽかんとするばかりだ。

と、眠っているようにうつむいていた口寄せの女が、スッと顔を上げて立ち上がり、手に持った御幣を振り立てる。

「おお、おいでなすった」

やけに下世話な口調で言うと、中央の修験者が前に出て女の目隠しを取った。

「いずれの神のご降臨にや、お告げをこうむりたし」

「また当家の病人《やまいびと》は、何のたたりにてかくなれるにや、何とぞお知らせありたし」

三人の修験者が平身低頭して聞く。すると口寄せ女は、神妙な面持ちで重々しく口を開いた。

「この家には……金神《こんじん》と井戸の神がたたっておる。またこの家に無縁仏ありて、それもまたこの家にたたっておるなり」

「えぇ!?」ゑいは肝を潰した。

「ほぉら、見てみない！　前にじっさまから聞いたよ。昔この家からお伊勢《いせ》様に出て、それっきり帰ってきなかった人がいるんだ。無縁仏はその人に違いあるめぇ。そのせいで、なかがあんな恐ろしげな病にかかっちまったんだよ」

まさは鬼の首でも取ったかのごとくだ。村人たちは「なんと」「恐ろしや」と顔を見合っている。

「やっぱりたたりだったんだいね。神様、ありがとうございます。ありがとうございます」

まさが女に頭を下げる。ゑいも慌てて「あ、ありがとうございます」とまさに倣った。

「このたたりを清めるには、いかようにせば可ならん」修験者がお伺いを立てた。

「祠《ほこら》を建立し、あがめ奉るべし」と口寄せ女がご神託《しんたく》を伝える。

「おゑいさん、聞いたかい。祠を建てるんだ。立派な祠を建てて、なかに取り憑いた恐ろしいたたりを清めるんだよ」

「祠ですね、祠、祠……」

元来、人を疑うことを知らないゑいは、まさの言いなりである。しかし栄一は、何か疑わしいところがないか終始目を光らせていた。

「一つお伺いしたい。今、無縁仏と申されたが、この家にその無縁仏が出たのは、およそ何年前のことでありましょうか」

「口を出すんじゃないって言ってるだんべ」

まさににらまれたが、栄一は引き下がらなかった。

「いいや。祠を建てるにも供養するにも、その年月を知らなかったら困るだんべぇ」

「フッ、よかろう。無縁仏が出たその年は？」修験者が女に尋ねた。

「……おおよそ、六十年ほど前のことなり」

栄一はすかさず、「六十年？　とすると、そのころの年号は？」と畳みかけた。

「……天保三年なり」

「天保三年は二十三年前だで？」

まさではないが、そら見たことかだ。黙り込んだ女と修験者たちに、栄一は得たり顔で言った。

「偉《えれ》ぇ神様が、無縁仏の有り無しは知ってて、年号を知らねぇなんてことあるはずねぇ」

村人たちがざわつき始めた。ゑいがおろおろして、「ちょっと栄一……」と袖を引っ張る。

「だってそうだに。人にまつられるはずの神様がこんなこともお分かりにならねぇとは、金神だか井戸の神だか知らねぇが、しょせん大した神様じゃねぇだんべぇ」

「何という失礼なことを……神罰が下るよ！」

まさは顔を真っ赤にして怒ったが、道理が栄一にあるのは明白である。「栄一の言うことももっともだい」「これはどういうことだい？」と、村人たちは修験者たちに詰め寄った。

「こ、これは……おおよそ神と偽った野狐でも来たのであろう」

修験者の親玉が、苦し紛れにでたらめを口走る。

「え？　野狐？」村人たちは、何だそりゃ、という顔だ。

「だったら、いたずら狐に立派な祠なんか必要ねぇに。そうだいな？」

「そうだねぇ。そういうことになりますかねぇ」

ゑいまでが栄一に賛同したので、まさは酸欠の鮒《ふな》よろしく口をパクパクさせている。

「な、なんと。神を畏れぬ不届き者め！　お前にはいずれ偉大なる神の大きな罰が下るであろう！」

捨てぜりふを吐き、修験者たちが口寄せ女を連れ金一封をつかんで退散しようとする。栄一は素早く行く手を阻み、修験者の手から金一封を奪い返した。

「野狐だか何だか知らねぇが……俺は人の弱みにつけ込む神様なんか、これっぽっちも怖かねぇ。俺のねえさまだってそんなに弱かねぇぞ。そんな得体の知れねぇもんで一家を惑わすのは金輪際ごめんこうむる。とっとと帰《けえ》れ！」

栄一の剣幕《けんまく》に驚いた修験者の一団は、「ひっ！」と悲鳴を上げて逃げ出していった。

「お待ちを、お待ちを、修験者様……」まさが慌てて追っていく。

ちょうど祈禱中に家に帰ってきた市郎右衛門となかは、土間から一部始終を見ていた。

身の置き所をなくしているなかを見ていられず、市郎右衛門が中に入って修験者たちを追い出そうとしたやさき、栄一が見事に解決してくれた。

「……栄一のおしゃべりも、たまには役に立つ」

市郎右衛門は、フッと小気味よさそうに笑った。


夕方、栄一が畑で働いていると、なかがやって来た。

「……栄一！」

「お、帰ってきたんか。ふむ。顔色もいいじゃねぇか」

「とっさまと山ん中、歩いてるうちに、気分も晴れたわ。花もきれいで……」

「そうか。ふうん……」と、なかの顔をしげしげと見る。

「お千代がねえさまを美しいと言ってたが、狐の妖怪と言えば、国を滅ぼすほど美しいと言われた玉藻《たまも》の前《まえ》だ。ハハッ、ねえさまに取り憑くはずがねぇだんべ」

「何だって？　この要らぬ口め。滅ぼしてやるぞ」栄一の背中をポンとたたく。

「いてッ。やっぱり狐より、ねえさまがおっかねえ」

「……栄一」

「ん？」

「ありがとうね」

「……うむ」

姉弟が笑い合う。その姿を、油売り帰りの千代が遠くからほほえんで見ていた。

右腕を下にして姿勢よく眠っていた慶喜は、ふと妙な気配を感じて目を覚ました。

次の瞬間、建物がぐわりと大きく揺れた。

「円四郎！」

間髪を容れず襖が開き、円四郎がよろけながら駆けつけてきた。

「殿！　地震です！　急ぎ御邸の外に！」

その年の十月二日の夜、幕府のつけた「安政」という年号もむなしく、江戸にかつてない大地震が起きた。

甚大な被害が出たことは間違いなく、いち早い対応のため、江戸城の大広間に大名たちがわらわらと集まってきた。

「上様は御無事！　吹上御庭《ふきあげおにわ》に御渡りになった。伊勢守殿はどうした？」

井伊直弼が家定の無事を報告し、薄暗い空間に目を凝らす。

「伊勢守殿も邸が大きく壊れたとか」

松平慶永が言ったとき、阿部がぼろぼろの姿で登城してきた。とっさに庭に飛び下りて難を逃れたが、邸は全壊したという。

「ひどい被害じゃ。天保の飢饉《ききん》の際のごとくなってはならぬ。急ぎ、囲い米を調べよ。取り急ぎ、被害の少ない大和守《やまとのかみ》殿の邸で合議する」

額にけがを負った堀田正睦らが、「ははっ」と駆けていく。

「……何ということだ。国を変えようというこんなときに！」阿部は天を仰いだ。

慶喜と円四郎は、取るものも取りあえず水戸藩駒込邸に駆けつけた。

「……こりゃあひでぇありさまだ」

邸のあちこちが大きく崩れ、見る影もない。

慶喜が、うろうろしている斉昭を見つけて駆け寄った。

「父上！　よくぞ御無事で」

「御簾中《ごれんちゅう》様も御無事でございます」

斉昭のそばについていた武田耕雲斎が、吉子の無事を伝える。

「それより東湖じゃ！　東湖はどうした！」

斉昭はハッとして駆けだした。東湖の屋敷の外で、小四郎たちがひざまずいて泣いている。

「父上！　父上……」

むしろの上に、変わり果てた姿の東湖が横たわっていた。

「老いたばば様を助け、大黒柱の下敷きとなり……うぅ、父上……」

斉昭は、魂が抜けたようにその場に立ち尽くした。

――異国人とて、国には親や友がありましょう。誰しも、掛けがえのなき者を天災で失うは耐え難きこと――。

東湖の声が聞こえてくる。斉昭は東湖の骸《むくろ》に取りすがった。

「なんと……私は、私は掛けがえのなき者を失ってしまった……。東湖……東湖ーッ」

獣の咆哮《ほうこう》のような号泣が、夜空に響き渡った。

第六章　栄一、闘う！

藤田東湖が亡くなったという噂は、少したってから血洗島村や下手計村にも届いた。

「何てことだんべ。国を立て直すというこんなときに！」

長七郎は板の間に拳をたたきつけ、惇忠は座右の書である東湖の『常陸帯《ひたちおび》』を手に落涙した。尊王敬幕の思想をまとめた、水戸学の本だ。

「にいさま？」

そばを通りかかった千代が、惇忠の涙に驚いて立ち止まる。

「あぁ……すまねぇ。俺は、会ったこともねぇこのお方を勝手に心の師と仰いでおった」

惇忠は涙を拭い、「嘆くのは終わりだ」と立ち上がった。

「先生を亡くした今、われら一人一人が志を持ち、この世に立ち向かわねばならねぇ」

曇りのない、切っ先のように鋭い兄の眼光に、千代はいつもの不安を覚えるのだった。


「いぇえぃ！」

掛け声を発して飛びかかる栄一を、長七郎は巧みにかわした。

「栄一、それでは百姓握りだ。鍬や鋤《すき》じゃねぇんだぞ」惇忠が手で示す。

「まぁ、百姓には違いねぇかんな」稽古を見学に来た宗助が笑った。

こうなりゃ体当たりだ――栄一の気配を察した長七郎が、一足先にグッと踏み込む。剣先を喉元に突きつけられ、栄一は一歩も動けない。

「刀は固く握れば敵に素早く応ずることができねぇ。柔らかく持ち、斬る瞬間に握り込め。次！」

皆、体が大きくなって、剣術の腕もめきめき上達し、惇忠の指導にも熱が入る。

「喜作、二の足がついていってねぇぞ！」

「おうよ！　俺は、心はお侍だで！」

長七郎が竹刀の柄を握り、片手上段に構えた。栄一たちは初めて見る構えである。

気合いとともに、長七郎が鍛えた足さばきで小手、面、胴、小手、面、胴と連打で追い込んでいく。喜作はよけるのが精いっぱいだ。

「ほほう！　たまげたなあ！」

息つく間もない連続技に、栄一たちは喚声を上げた。

「長七郎！　新たな技を使うのはまだ早《はえ》ぇ！」

惇忠から注意されると、長七郎は違う技で喜作と激しく打ち合い始めた。

「皆うまくなったが、長七郎のは別格よのう」宗助が感嘆する。

「指導にいらした神道無念流の大川《おおかわ》先生も、長七郎の剣技には天賦の才があると申しておりました」

「うむ。まさに《北武蔵の天狗》だいなぁ」

その異名も、才におごらず日々精進してきたからこそだ。雨の日も風の日も素振りを欠かさず、人の何倍も稽古に励んできた弟を、惇忠は誇らしそうに見やった。

尾高の道場での稽古は日増しに熱心さを増し、栄一も喜作も剣術を学んだ日は、何やら本に出てきた勇ましい武将にでもなったかのように堂々と胸を張って歩いた。

「なぁ、栄一。俺はなぁ、近頃、俺たちにもこの先、何かができるような気がしてきてたまらねぇ」

「おう！　俺たちはしょせん百姓。しかし漢《かん》の劉邦《りゅうほう》は沛《はい》の田舎から興り、四百余州《しひゃくよしゅう》の帝王となった」

「そうよ！　そのとおり！」

「太閤秀吉《たいこうひでよし》とて元は尾張《おわり》の百姓。東照大権現様とて初めは三河の小さな殿様だんべ。俺たちだって何かができたっておかしかねぇ！」

後ろで二人の話を聞いていた伝蔵が、「へぇ、そうなんか〜」と感心する。

そこへ、長七郎がやって来た。

「そうだ。百姓で何が悪《わり》ぃ。俺らは百姓であるからこそ、幼き頃から鍬を振るい、鎌を操り、重い荷を担いで荒れた道を幾度も幾度も行き来してきたんだい。栄一、お前《めぇ》だって、そんだけついた筋骨が、剣の役に立たぬわけがねえ」と二の腕をたたく。

「そうか……この筋骨が！」栄一が力こぶを作れば、「そうよ！　今に見てろ」と喜作が気炎を上げる。栄一と喜作は高らかに笑い、長七郎と三人、田舎道を肩で風切る勢いで闊歩《かっぽ》していく。

「そうなんか？　そうなんか……俺っちにも何《なん》かできるのか。ひゃほーい」

伝蔵は跳びはねるようにして、栄一たちの背を追って走っていった。

「……いってぇ。心は勇んでも、体はぼろぼろだで」

着物の上をはだけて体を見ていると、ゑいとやへ、なか、千代が荷を抱えて二階から下りてきた。

「あんれまぁ、まぁたあざだらけだがねぇ」ゑいが顔をしかめた。

「そうだで。今日もしこたましごかれたんだに。『お前たちの剣は覚悟が足りねぇ。道場の稽古とまことの戦は全く違うのだ』とのう」

「へぇ、そんなもんなんかねぇ」なかは興味なさそうに肩をすくめた。

「まことの戦は、いかなるところで始まるか知れねぇ」唐突に千代が言った。そして栄一を見る。

「天を仰ぎ地の理《ことわり》を知れ。どんな不利な足場であろうと剣を繰り出す。それができねば、死ぬ」

「死ぬ!?」栄一はぎょっとした。千代の口から、そんな物騒な言葉を聞こうとは。

「……と、兄たちは食事のときまで、いつもそのようなことばかり話しておりますゆえ」

「ほんとにねぇ、今では平九郎までまねばかりで」やへがため息をつく。

「あれまぁ、あのかわいらしかった平九郎までねぇ」とゑい。

「ほんとに男は戦が好きだいねぇ」あきれたように、なかが首を横に振る。

帰り支度をする千代を残して、女たちはおしゃべりしながら奥に荷を運んでいった。

「まことの戦か……俺はまだまだよのう」栄一はそう言うと、剣を構えるまねをした。

「いや……剣筋はいいと言われたにー。今日だって伝蔵に一本食らわしたし、でも長七郎なんかはこう『たたっ斬ってやる！』という、気迫がすげぇ。どうも俺のは『よいっしょう』っつう土掘ってる気合いになっちまうんだい」

栄一だけは昔のまま変わらぬようで、千代はホッとしてほほえんだ。

「あ、いや、違うで。俺とてその場になれば、いっくらでも人なんか……」笑われたのかと勘違いした栄一は慌てて言った。

「あ……いえ、違うんです！　千代はそんな栄一さんをお慕い申しておるんだに！」

「……ん？」

「は！」千代は目を大きく見開き、このうっかり者の口を押さえた。

「え？　今、何と？」

「いいえ！　あぁ……失礼いたしました。お邪魔いたしました」

荷物を抱えて頭を下げると、千代は逃げるように家を出ていった。

「あ、お千代」……お慕い？　千代は今、そう言わなかったか？

奥からやへが戻ってきた。「あれ？　お千代は先に帰《けえ》ったんかい」ときょろきょろする。

「栄一、どうしたん？」

ぼーっと胸に手を当てている息子を見て、ゑいは怪訝そうな顔をしている。

「いや……何だか胸がぐるぐるする」

しかし今回の「ぐるぐる」は、いつもとはちょっとばかし違うような気がするのだった。


駒込邸の修復の間、斉昭と吉子は水戸藩の上屋敷である小石川《こいしかわ》邸に移っていた。

「御前様……御前様？」

東湖と描いた砲台の絵をじっと見つめていた斉昭は、吉子の心配げな声にようやく気付いた。

「地震で足止めされていた美賀君《みかぎみ》が、ようやく江戸に到着されるとのこと。一橋の邸の普請が済みしだい、結納を行うそうです」

「あぁ、そうか……あの剛情息子であった七郎が嫁を娶《めと》るのだ。私も茫としてはおられぬ」

「そうですとも。御前様に気落ちは似合いませぬ」

前将軍や斉昭の薦めで一橋家の嫁に迎えられたのは、京の一条《いちじょう》家の養女・美賀君である。

十九の慶喜より二つ年上の婚約者は、まだ荒れた江戸市中の道を立派な輿に揺られていた。

「身代わりの嫁のわらわを迎えるは地震とは……つくづく、けもじな（けったいな）ことじゃ」

品のよい細面に、皮肉な笑みを浮かべる。お付きの女中の須磨《すま》は、何も聞こえなかったかのように無表情だ。

美賀君の出自は公家の今出川《いまでがわ》家であるが、病にかかった慶喜の婚約者の代わりとして急遽一条家の養女となり、一橋家に嫁ぐことになったのである。

「……まことを申せば、私は嫁など誰でもよいのだ」

「ええ!?」慶喜の髷を結っていた円四郎は、櫛《くし》を取り落としそうになった。

「どうせ周りの決めたこと。正室の務めさえ果たすなら、どのような容姿性格でもかまわぬ」

「うちの嫁に聞かれたらはり倒されそうなお言葉ですな」下手をしたら刃傷沙汰《にんじょうざた》だ。

「それよりも、父から一向に文が来ぬのが気になる」

精神的な支えだった東湖を失い、意気消沈しているのだろう。

「はぁ、筆まめでござんすからね。夏なんか、馬や大筒やらのお話で三日にあげず届いてたってえのに」

「伊勢守殿は、老中首座を父と犬猿の仲の備中守《びっちゅうのかみ》殿（堀田正睦）に譲りたいと言いだした。そうなれば父の立場も危うくなる……」

大地震のあと、阿部は攘夷派と開国派の板挟みになり、苦しい立場に立たされていた。しかも斉昭のやり過ぎを止め、軌道修正してくれる者はもういない。

その間に、円四郎が髷を整えた。「……へい、出来やした、と」

「フン、だいぶうまくなったな」

「さいですか？　へへっ」と得意げに鼻の下をこする。

「あぁ、私は徳川の飾り物ゆえ、見栄えも大事だ」

「まぁたそんなことを。前から思っていましたがね、あなた様は飾り物には向かねぇお方だ。馬の扱いも弓も一級。御老公や東湖先生の御指導で銃や大筒にだってお詳しい。あたしゃあなた様をこの乱世に潜む武士のもぐらと見ておりますんで」

「私がもぐらだと？」円四郎の比喩がおもしろく、慶喜は笑った。

「おっと、また口が過ぎちまったぃ。しかし過ぎたついでにもう一つだけ。水戸の御老公のみならず、この日の本の皆の憂いが消え、お亡くなりになった東湖先生の御霊《みたま》も喜ぶ方法が一つだけございます」

「聞こう。何だ？」

「あなた様が次の公方様になっちまうことです」

ろうそくの火を吹き消したように、慶喜の顔から笑みが消えた。

「……お前までそんなことを」

「ハハッ。小姓のざれ言とお聞き流しを。あたしはあなた様に惚れ込んでますんで」

円四郎はそう言うと、髷結いの道具を片づけ始めた。

それから数日後、十一月十五日の結納を四日後に控え、修復の終わった一橋邸に美賀君の輿が乗り入れた。

「美賀君と申しまする」

表屋敷で慶喜と徳信院に挨拶する美賀君を、円四郎と中根は下座のほうから見ていた。

今にも折れそうな華奢《きゃしゃ》な体といい、優雅な立ち居振る舞いといい、江戸のたくましい町の女たちを見慣れた円四郎の目には、月から人間界に降りてきたかぐや姫のように映る。

「さっすが公家のお姫様。お上品ときてますなぁ」

声の大きい円四郎に、中根が怖い顔で「シーッ」と唇に指を立てた。

「よう参った。面を上げよ」

美賀君はゆっくりと顔を上げ、初めて対面する夫の顔をじっと見つめた。

「ようようおめもじかないましたな。これがそなたの背《せ》の君《きみ》となる慶喜殿じゃ」徳信院がほほえむ。

「生き弁天のように美しいと伺《うかご》うたが、まことであった」

徳信院は慶喜に言い、「お邪魔は消えるゆえ、ごゆるりと」とその耳にささやいた。

慶喜は美賀君を無表情に見据えていたが、「いえ、勤めがあるのでこれで。それでは婚礼の日に」とだけ言うと、さっさと立ち去った。

その場を動けずにいる美賀君に、徳信院は優しい笑顔を向ける。

「いもじさ（忙しさ）にかまけ、迎えが遅《おそ》うなり、はもじ（恥ずかしい）のかぎり。これからは母と思い、何でも話してくだされ」

「……へぇ」

徳信院はまだ二十六歳。五歳しか違わぬ美賀君が母と思うには、あまりに年が近すぎた。

年の終わりの十二月、江戸渋谷《しぶや》の薩摩藩邸にもう一人、地震のため嫁入りが遅れている姫がいた。美賀君と同い年であるが、こちらは立派な体格の、心身ともに健康そうな姫だ。薩摩藩主・島津斉彬の養女から近衛《このえ》家の養女となった篤君《あつぎみ》、後の天璋院《てんしょういん》である。

この渋谷邸に、松平慶永が斉彬を訪ねていた。

「私が一橋様に初めてお会いしたのは御年十二の頃」

忘れもしない七年前の一月十六日、二十歳だった慶永は、一橋邸で謁見した慶喜に心奪われた。

「そのころからすでに帝王のお姿であられた。誤解を恐れず言うならば、一目惚れと言うてもよい」

「帝王。一橋様とはそのように御立派な方でございもすか」篤君が尋ねた。

「そうじゃ。一方、篤君が嫁がれる公方様は、御年三十を超えてもお体が弱く、お世継ぎをこしらえるどころか、城の畑で取れた芋やかぼちゃで菓子をおこしらえになっておられる」

「ええ！　大層美味との噂にて、篤も楽しみでございもす。そしてこの篤がきっと、公方様や徳川のために丈夫なお世継ぎを産んでみせましょう！」

「いや、それよりも国のためには、一刻も早く一橋様が公方様のお世継ぎとなることが肝要じゃ」

「へ？　一橋様が？　お世継ぎに？」

「そうだ、篤」斉彬が口を開いた。「そしてわれら薩摩や日の本中の諸侯が、そん一橋様の政を支えるのだ。篤には大奥からその後押しをしてほしい」

「はら、さようでございもすか。承知いたしもした」

気性の素直な篤君に慶永が笑んでうなずく。橋本左内は、主君たちの話を奥に控えて聞いていた。


安政三（一八五六）年も半ばを過ぎた頃、円四郎は橋本左内から茶屋に呼び出された。

「わが殿、越前守様は元来、才ある美しきものをお好みです。それゆえ今の公方様を『イモ公方』とか『凡庸の中でも下の下』とお嫌いで、一刻も早く御隠居いただき、一橋様を将軍にと、伊勢守様に懇願しておるのです」

「へぇ～。伊勢守様もいろいろ大変《てぇへん》だ。で、左内殿。あたしに話ってえのは……」

「はい、平岡殿に折り入ってお願い事があるのです」

「あっちに願い事？」

茶屋から長屋に帰った円四郎は、土産の団子を食べながら妻のやすに言った。

「いやぁ、おかしれぇことになってきたぜ」

「また出たよ。あんたの『おかしれぇ』が」

「俺はお前《めぇ》、越前様んとこの左内殿に、うちの殿がどんだけ将軍様にふさわしいのか、ひと様に分かる身の回りの話をいろいろ教えてくれってぇ頼まれたんだぜ。いよいよ俺の殿様が日の本の殿様になるかもしれねぇ。そういう流れが、こうひたひたと押し寄せてきてるんでぇ」

「ふーん。そんなことより、私が気になるのは一橋に入ったお姫様だよ」とやすは小声になる。

「殿様がいっぺんも床を共にしないって聞いたけど、あれから一体どうなったんだい」

「何を言ってやんでぇ、そんなげすな話……」と円四郎も声を潜め、「それがよう。どうもこうも徳信院様にやきもち焼いちまってるみてぇなんでぃ。昨日もよう……」

慶喜と徳信院が、座敷で和やかに謡の練習をしていたときのことだ。美賀君がスパーンと襖を開けて入ってきた。

「またお二人で謡とは……腹立たしい！」

慶喜に歩み寄り、いきなり頭を小突いたのである。

「美賀君、何を！」徳信院の驚くまいことか。

「美賀君様、おいきまき（ご立腹）はなりませぬ！」

長身痩軀《そうく》の須磨が入ってきて、小柄な美賀君を羽交い締めにする。

「離せ！　離さぬか！　この殿の汚らわしい恋心に、わらわが気付かぬとお思いか！」

慶喜は口をぽかんと開け、須磨に連れ出されていく美賀君を見ていた。

「殿のあんな顔見たことねぇや。へへっ、どんな嫁でもかまわねぇなんておっしゃられてたが、大変なのをつかんじまったなぁ」

かぐや姫どころか、嫉妬に狂った阿修羅《あしゅら》さながらである。

「へぇ。そりゃおかしろいお姫様じゃないか」

「へっ、おかしれぇもんか。こっちは一大事《いちでぇじ》よ」

夫婦でそんな話をしていると、近所の大工がひょいと窓から顔を出した。

「よう、円四郎さんよう。黒紋付きのお武家様が、一大事だってあんたを探してるぜ」

「はぁ？　何でぇ、一大事ってなぁ」円四郎はのんきに言った。

いくら癇癖《かんぺき》の強いお姫様でも、庭先で首をくくろうとは夢にも思わなかったのである。

数日後、登城した慶喜が廊下を歩いていると、後ろから慶永が追ってきた。

「一橋様、一橋様！　御簾中が首をくくったとはまことでございますか？　しかも、一橋様と徳信院様の仲を疑うような書き置きを残していたとかいないとか……」

慶喜はこっそりため息をつき、笑顔を作って振り返った。

「何もございません、越前殿。ただ少し調子が悪く、寝込んでいるだけにございます」

「さようでございますか。ならよいが……奥向きの評判は大事じゃ。奥方のせいであなた様の評判まで落ちては……」

「ご案じいただき、ありがたき幸せに存じつかまつる。では失礼」慶喜は一礼して去っていった。

「困られた顔も、また麗しい……」

その後ろ姿を見送りながら、慶喜にぞっこんの慶永はつぶやいたものである。

そして、幕府そのものにも一大事が起きた。同年七月二十一日、港を開いた下田に、アメリカ合衆国の総領事としてハリスが来航したのだ。

江戸城の羽目の間で、阿部は海防掛の川路と岩瀬から詳しい報告を受けた。

「ハリスはいよいよ貿易を求めております。公方様にお目通りし、通商の条約を結ぶまでは、下田に居座ると申しておるとのこと」

「伊勢守様。私はこれまで異人との約定は曖昧にすべきと存じておりましたが、今は国を開くべきかと存じております」

開国に積極的な岩瀬の意見に、「まさにそのとおり」と川路も大きくうなずく。

「通商は損ばかりではなく、地震で多くを失ったわが国を富ませる見込みがあります」

この両名は昨年十二月の日露和親条約締結の際も、日本側の代表として尽力していた。

「……相分かった。その時が来たのかもしれぬ」

九月、黒書院の西湖の間で、阿部はその旨を斉昭に伝えた。

「ならぬ！　断じてこれ以上国を開いてはならぬ！　異人を将軍に謁見させるなどもってのほか！」

墨絵の山水画を背にして息巻く白髪頭の斉昭は、天帝に仕える中国の伝説の白竜さながらである。

「しかし知らせによれば、メリケンのみならずエゲレスも近々参り、通商を拒否すれば即開戦と申しておるとのこと。さすればわが国も清国の二の舞になりかねませぬぞ」

「……ふん。こうなったら即刻朝廷へ御報告せねば。今こそ天子様のお力で国を一つにまとめ、断固戦うのみ！」

斉昭は畳床から立ち上がり、部屋を出ていこうとする。

「お待ちくだされ！　朝廷への報告はなりませぬ。外交は徳川の任務。朝廷に伝われば余計に国が混乱するのみ！」

しかし斉昭は阿部の忠告を無視し、実姉の夫であった前関白の鷹司政通《たかつかさまさみち》に、異国が開国を迫っている事実を知らせてしまった。

「御安心あれ。何が起ころうとも、天子様は必ずや水戸が守ってみせますぞ」

爛々炯々《らんらんけいけい》と目を輝かせる斉昭であった。

「まぁたお得意さん回りで力石やったんか」

田舎道を歩きながら、市郎右衛門が言った。

「そうよ。川辺《かわべ》村の若者連中《もん》が誰も上げらんねぇ力石を、俺が持ち上げたんだ」

十七歳の立派な青年になった栄一は、近郷でも有名な力自慢であった。

「ハハハ。ばか力じゃ誰にも負けねぇな」

「おうよ。藍玉もどっさり売れたしなぁ」

市郎右衛門が息子を誇らしく見ていると、伝蔵が慌てふためいて走ってきた。

「て〜っ！　大変《てぇへん》だ、兄貴！　ど、ど、道場に！」

浪人の道場破りが現れたというのである。

「それがしは江戸於玉ヶ池《おたまがいけ》の千葉栄次郎《ちばえいじろう》の門下・真田範之助《さなだはんのすけ》。道場主ご在宅ならご面会願おう」

於玉ヶ池には、江戸三大道場の一つ・北辰一刀流《ほくしんいっとう》の千葉道場がある。

ちょうどそこへ、栄一と伝蔵が駆けつけてきた。

「フン、田舎稼ぎの道場破りぐれぇこの俺が……」

「いや、道場破りはいっつもこの俺が……」

先を争う栄一と喜作を「いや、待て」と惇忠が止め、範之助の前に出た。

「私がこの道場を任される者。尾高惇忠と申す」

「尾高？　……ほう、《北武蔵の天狗》ってのはあんたか？」

惇忠は、前に出ようとした長七郎を手で制した。

「近頃、この辺りに北辰一刀流の剛《ごう》の者が現れ、幾人かの道場主がたたき伏せられた。夜逃げした師範もいたと聞く。それは貴殿かな？」

「いかにも」範之助がニヤリとする。

「武者修行も飽き、そろそろ江戸に戻ろうかと考えていたところ、この道場に尾高という強者《つわもの》がいると聞き勝負に参った。お手合わせ願おう」

「ハッ、あにぃが出るまでもねぇ。それがしは渋沢喜作と申す者。この道場で道場破りの相手と言ったらこの渋沢と決まってるんだ。さぁ、来《き》ない！」

まずは喜作が受けて立つことになった。相互の礼を行い、両者竹刀を抜き合わせつつ蹲踞《そんきょ》し、立ち上がって竹刀を構える。

「おぉ、あれが北辰一刀流の構えか」栄一は身を乗り出した。

次の瞬間、範之助が喜作の胴目がけて片手突きした。喜作はこれをとっさに払い、面で出るも胴に返される。栄一たちが日々励んでいる稽古とは勝手が違い、全く先が読めない。

「何だありゃ……あんな打ち合い見たことねぇ」栄一は息をのんだ。

「よく見とけ。他流試合は真剣勝負と同じ。技の錬磨も何もねぇ。勝つか負けるかのどっちかだで」

「勝つか、負けるか……」惇忠の言葉を、長七郎は肝に銘じるように繰り返した。

「とぉう！」

範之助が気合いとともに鋭く攻め込み、喜作を討ち取った。

「よし、次は俺が相手だ！」栄一が竹刀をつかんで立ち上がる。

喜作の敵討ちとばかりに勇んで挑んだが、範之助にあっけなく竹刀を吹っ飛ばされた。

「くっ、真剣勝負、勝つか負けるかだで！」

うおぉーっと範之助に体当たりしていく。

「出たぃ！　栄一の体当たりだで！」喜作たちがわっと盛り上がって声援を送る。

相撲のような組み合いになったが、範之助が竹刀で栄一の足を引っ掛けて転ばせ、すかさず馬乗りになった。ねじ伏せられた栄一は指一本も動かせない。

「くぅ！　重い……」

「フン、おもしれぇが、相手じゃねぇのう」

長七郎が、許可を求めるように惇忠を見た。惇忠がうなずくと、長七郎は範之助に歩み寄った。

「お見事。真田殿と言われたな。まだ力は残っておられるか。二人戦ったあとで面目ないが、お手合わせ願いたい。北武蔵の天狗とは俺のこと……尾高長七郎と申す」

「お前が尾高か！　おう、受けて立つわ！」

範之助は栄一の上から飛び起きて、長七郎との試合に臨んだ。

「……ほう。それが本物の神道無念流か」

「ぃえええぃッ」

しょっぱなから激しい打ち合いになる。栄一たちは固唾を飲んで見守った。両者の気合いが交錯し、汗がほとばしる。甲乙つけ難い剣技の応酬の末、長七郎がついに範之助を倒した。

「やった！」「やったぞ！」栄一と喜作が抱き合って大喜びする。

「くっ！　いま一本、お願いいたす！」

「おうよ。何本でも！」

若き剣豪たちは、日が暮れるまで飽かず剣を交えた。

その夜は、範之助を囲んでの宴《うたげ》となった。

「まったく長七郎君の技には感服した。上州安中《あんなか》の根岸《ねぎし》というのも秀でていたが、長七郎君のはその比ではない」

範之助は二十五歳。武者修行で関八州《かんはっしゅう》を巡ったという。

そこへ、千代が酒を運んできた。頭を下げ、また台所に戻っていく。千代の姿を追う範之助の視線が、栄一はいささか気になった。

「貴殿の力にもまっさかたまげた。さすが千葉道場だで」

「あぁ、道場破りなどは珍しくはねぇが、これほどの腕の者を間近に見たのは初めてだいね」

長七郎と惇忠が範之助を褒めたたえる。

「今までのは大概、長七郎が出るまでもなく、俺か栄一で負かしていたのにのう」

喜作に同意を求められ、栄一は「お？　おうよ！」と慌てて返事をした。

聞けば、範之助は玄武館の塾頭《じゅくとう》だという。その範之助と互角以上に戦った長七郎は、江戸でも十分通用するということだ。

北辰一刀流は実戦に近い流派ゆえ、旗本の子弟や、水戸の志士も多く修行しているという。

「さもあらん。水戸は御二代光圀《みつくに》公の頃より、武芸は型よりも実践を重んじてきたんだに。それにこの長く続いた太平の世でも、水戸様だけは武士本来の精神をお忘れにならなかった」

惇忠の脳裏に思い浮かぶのは、追鳥狩訓練をしている斉昭らの姿だ。

「天保の頃より、いち早く軍事調練を始め……早くから東湖先生の水戸弘道館でも、千葉道場門下の者を剣術師範とされていた」

「そうか。東湖先生も……」長七郎が感慨に浸る。

「ふむ、じゃ水戸と千葉道場は、もともと縁が深《ふけ》えんだいなぁ」

栄一に水を向けられた範之助は、「へ？　あ……あぁ」と曖昧にうなずいた。皆の知識に圧倒されているらしいと察しをつけ、喜作が「へへッ、おい、真田よ」とニヤニヤする。

「は？　何だお前、負けたくせに呼び捨てとは」

「お前《めえ》、なんでこんな片田舎の百姓たちが、そんなことを知ってんのか驚いてるって顔だな。あにぃ、あにぃの部屋をこいつに見せてやってもいいか？」

惇忠に許しをもらって二階の部屋に案内すると、範之助は目を大きく見開いたまま、戸口で棒立ちになった。

「これは……なんちゅう本の数だ！」

「ここは俺らの塾だい！」喜作が胸を張った。「俺らは幼《おさね》ぇ頃からここに通い、この惇忠あにぃから『四書五経』の手ほどきを受けた」

「お前らみんな、こんな本を読んでんのか？」

「そりゃそうだで」と栄一が答える。「陽明学に水戸学も学んだ。今はあにぃと皆で今の世を憂い、『悲憤慷慨』しているんだいなぁ」

その心意気はどんな志士にも負けない自負が、栄一にはある。

範之助は「悲憤慷慨？」と首をかしげた。そうよ、と長七郎が栄一の先を続ける。

『悲憤慷慨』し、俺たちも日の本のために何かできねぇもんかと、こうして剣の鍛錬に励んでんだ」

「……なんと」範之助は言葉を失い、持っていた徳利《とっくり》の酒をいきなり一気飲みした。

「……俺は……俺は今、猛烈に感動している。ここはまさに、日の本の梁山泊《りょうざんぱく》だ！」

梁山泊とは、優れた者たちが集まる場所という意味だ。範之助は涙ぐみ、栄一と喜作の肩をかき抱くと、自分ももともとは武州多摩《たま》の百姓のせがれだと打ち明けた。

「なぬ？　お前も百姓なんか？」栄一は驚いた。

「うむ。腕を磨き、名を改め、今は剣術で食っておる。昨今、わが道場でも、この日の本はこのままでいいのかっちゅう話で持ちきりだ」

「……やはりそうか」惇忠は思案顔になった。

「下田の港は異国の船だらけ、この夏にはメリケンの使いどもが、『もっともっと国を開け』と下田の玉泉寺《ぎょくせんじ》に住み着いてしまったっちゅう話だ。異国にびくついておる御公儀は、今度こそまことに国を開いてしまうつもりらしい」

「なぬ！」「それはならねぇ！」「そうだで。外夷は討つべし！」栄一たちは口々に叫んだ。

「そうよ。日の本の神を仰ぎ、夷狄を討つ。今の江戸の流行りは、この『尊王攘夷』の心よ」

範之助の口から出た「尊王攘夷」という言葉を、栄一は初めて聞いた。

「真田殿、江戸の話をもっと詳しく教えてくれねぇか」惇忠が言った。

「そんな、真田と呼んでください、先生」

代わりに喜作が、「よぉし、真田、もっと酒を飲め」と偉そうに背中をたたく。

「栄一、おかわり持ってこい。お前《めぇ》負けたんだからよう」

「お前だって負けたくせに。ちっくしょう」悔しがりつつも、栄一は素直に立ち上がった。

「こんなにすばらしい男たちが、この地におったとはのう」範之助が改めて驚嘆する。

「いやぁ、それほどでも」口では謙遜しているが、喜作は得意満面だ。

「あの妹御もだ。こんな田舎にあんな美女がおったとは……」

「はぁ？　お千代をそんな目で見るな」一瞬にして喜作の顔が険しくなる。

惇忠は苦笑し、「お千代は俺ら尾高の大事な妹だで……そうよのう、長七郎に剣で勝った者にしかやれねぇのう」と冗談交じりに言った。「おうよ、そのとおりだい」と長七郎が乗る。

「まことか。そりゃとんだいき遅れになるのう。ハハハ」

範之助は哄笑《こうしょう》しているが、喜作のほうは笑い事ではない。長七郎に……剣で!?


栄一が階下に下りていくと、千代が一人後片づけをしていた。

「きせさんは？」

「奥で平九郎を寝かせてるとこで。でもえらいにぎやかで、ちゃんと眠れるかどうか……あぁ、お酒だいね？」

千代が立ち上がって背を向けた。白いうなじに胸が勝手にドキドキして、栄一は目をそらせる。

「えらい楽しそうで、道場で何があったたん？」

範之助に馬乗りになってねじ伏せられたなど、口が裂けても言えない。

「な、何《なん》もねぇ！　男同士のことだ」

「……男同士の。そうですか」千代は鼻白んで、酒と漬物を運んでいこうとする。

「あぁ、いい！　お千代は来るんでねぇ。あんな男臭《くせ》ぇところ……」

でも、と遠慮する千代からお盆を奪おうとし、燗《かん》酒がこぼれて栄一の手にかかった。

「あ！　あっつ！　あっつ！」

「あれま、大変！」

千代が栄一の手を取り、自分の冷たい手で包み込んだ。

「さ、触んな！」

「急いで、水で冷やして……」と栄一の手を取ったまま連れていこうとする。

栄一は思いっ切り千代の手を振りほどいた。千代が傷ついた表情《かお》になる。

「あ……ご、ごめんなさい、私……」

栄一はグッと詰まり、居たたまれずに表へ飛び出した。

「くぅ……何だいな、このぐるぐるは……」

胸をぎゅうっとつかんだ拍子によろけていると、伝蔵がやって来た。

「どしたんだい、兄貴。酔っ払ってんかい」

「いや、胸だけじゃねぇ。血がぐるぐるして、脳天から体の先までどっとこどっとこ巡ってやがる！」

「どっとこどっとこ？　そりゃ飲み過ぎだいな。おいらも一杯頂きに来たで」

「あぁ、分かんねぇ！　ちっとんべ頭冷やしてくるんべ」

伝蔵を残し、栄一は夜道をやみくもに歩きだした。

「はぁ……何だいな、この気持ちは……」

胸をつかんだまま、墨を流したような暗闇の中をずんずん歩いていく。

「何だいな、これは……」

いつの間にか、利根川の中瀬河岸まで来ていた。頭を冷やすのにはちょうどいい。

「何だいな、このぐるぐるする気持ちはーッ」

栄一は岸辺に下りて、勢いよく水を浴びた。

「……はぁ」

栄一は川べりであおむけに寝転がり、うっすらと見えている有り明けの白い月に向かってため息をついた。

朝靄《あさもや》の中、栄一が戻ってこないかと、千代が家の表で待っていることも知らず――。


年が明けた、安政四（一八五七）年。斉昭は新年には必ず、天皇の血筋である吉子を上座に座らせ、自身はもとより、水戸藩十代藩主の徳川慶篤《よしあつ》や家臣一同が拝礼し、吉子より杯を賜った。

「来い。天子様のおわす京はあちらだ」

斉昭は慶喜を庭に伴い、西の方角へ手を合わせた。

「大声で言うことではないが……そなたももはや妻を持つ身。これからの心得のために内々に話しておきたい」

斉昭の改まった様子に、慶喜は小首を傾けた。

「われらは三家、御三卿として徳川の政を助けるのは当然のこと。しかし……もし万が一にも何かが起こり、朝廷と徳川が敵対することがあったときには……徳川宗家に背くことはあっても、決して、決して、天子様に向かって弓を引き奉るようなことはあってはならぬ。これは、義公《ぎこう》以来代々引き継ぐわが水戸家の掟《おきて》である。ゆめゆめ忘れることのなきよう」

「ははっ」

義公とは、第二代水戸藩主・徳川光圀のことである。水戸家は皇室を大事にした。毎年領地で取れる一番鮭は必ず朝廷に献上し、公家とも親密な関係を築いている。光圀は、「主君は京の天子様であり、将軍は徳川一門の頭として敬意を表す」と常々話していた。この「尊王敬幕」の思想は代々の藩主を経て、九代目の斉昭まで脈々と伝えられていたのである。

また、斉昭にこの思想をたたき込んだのは、尊王と国防を説いた『新論《しんろん》』の著者であり教育係の会沢正志斎《あいざわせいしさい》であった。

数日後、一橋邸に、母の吉子が一人で慶喜に会いに来た。

「東湖亡きあと、水戸は乱れております。当主の慶篤は気が優しすぎ、それに御前様も……」

「伊勢守殿から伺いました。父上が許しもなく朝廷に徳川の内情を話し、困っておると」

「ええ、近頃は威勢のいいことを言うたかと思えば、次の一時《いっとき》にはひどく気落ちされ、胸痛もおありになって……」

「そうですか……。私からも父上に話をしてみましょう」

「ありがとう。ありがとう、慶喜殿」吉子は息子の手を取り、涙ぐむ。

「それにしても、父上はよい妻を娶られた」

有栖川宮織仁《おりひと》親王の王女であった吉子は、結婚適齢期をはるかに過ぎた年齢で京都から降嫁《こうか》してきた。斉昭には多くの側室と庶子がいるが、吉子は心から夫に仕え、二十五年以上過ぎた今も夫婦仲はむつまじい。

「私は、おなごとは母上や徳信院様のような方ばかりかと思うておりました。とんだ世間知らずだったようで……今はたった一人の妻も持て余しております」

「私がよい妻などとはとんでもない。私は嫁ぐ夫に恵まれただけですよ。夫が素直でよき心を持てば、妻もおのずと良妻となるものかもしれませぬ」

吉子はやんわりと、美賀君に無関心な慶喜を諭したようであった。

「何だ？　兄弟そろって話とは……」

慶篤と慶喜を前にした斉昭は、怪訝な顔になった。

「父上……そろそろ、御公儀の参与は辞任なされてはいかがでしょうか」

慶篤が口火を切った。慶喜の同母兄であり、五歳年上の長兄である。

「何を申す」気色ばむ斉昭に、慶喜ははっきり言った。

「当主は兄上です。父上も政に未練はおありでしょうが、もう十分、隠居されてもよい御年です」

「ハッ。老人扱いしおって。登城を仰せつけ、相談に乗ってくれと言うたのは向こうぞ！」

斉昭の言い分はもっともで、慶篤は何も言えなくなった。

「御公儀に求められることは、代々『天下の副将軍』と言われたこの水戸家の面目も立つ。天下のお役に立てるならば、己などいつ死んでもかまわぬわ！」

老いてますます盛んなのは結構だが、周りの者は振り回されるばかりだ。

「兄上も母上も、このままでは父上の御身のためにならぬと案じておられるのですよ」

「なんだ、七郎。ならばお前はそのように澄ましくさって、水戸の血を引く者として何ができるというのだ？」

慶喜も黙り込む。この父が大人しく聞き入れてくれるとは思わなかったが、すっかりへそを曲げてしまったようだ。

「将軍になってくれるとでもいうのか？　ハッ。それならばわしは喜んでいつでも隠居してやる！」


一橋邸に戻った慶喜は、阿部に足を運んでもらい、斉昭のことを相談した。

「父は老いました……近頃は持病の胸痛が起こることも増えたようです。もし隠居願いが出されましたら、お受けいただきたくお願い申し上げます」

「承知いたしました」

「……伊勢守殿も、お顔の色がすぐれませんな」

激務のせいか、血色がよくない。有能すぎるのも考えものだ。

「ハリスの出府を認めたゆえ、その応対に追われております。そんな中、薩摩殿や越前殿からは『誰か様』を一刻も早く将軍後継にと、矢の催促です」

またそれか。慶喜は苦笑で返した。

「越前殿などは、『一橋様を公方様の名代としてハリスに謁見させよ。射るような眼光で威厳があり、日の本の面目が保たれる』と提言された」

「あほらしい。その『誰か様』は全く威厳などありません。大したお務めもなく、近いうちに遠くまで馬でも走らせようかと考えております」

そう言って、慶喜は雷帽《らいぼう》入れや腰兵糧《こしびょうろう》を見せた。

「これは、遠乗りで使えと父から譲り受けたもの……このように使い方まで詳しく……」

斉昭からの文を差し出すと、阿部はハハハと目を細めた。

「御老公の字だ。私には『体調がすぐれぬならこれを』と、牛の乳を送ってくれました」

「あぁ、私も水戸にいたときは毎日飲まされました」

「私は……『誰か様』とともに一度、御公儀で働いてみたかった気もします。しかし、私ももう老いた。体が思うように動きません」

そう言うが、阿部はまだ四十にもならぬはずだ。

「何をおっしゃる。まだお若いのに」

「御父君は、あなた様を幼い頃から特別慈しんでおられた。この国は変わろうとしている。御父君やわれらの世が終わり、新しい世が始まろうとしているのです」

阿部は正座した姿勢を崩さず、にっこり笑って言った。

「どうかこれからも、御父君を大事に」

範之助に「その腕は田舎で眠らせてはもったいねぇ」と強く勧められた長七郎が、江戸まで武者修行の旅に出ることになった。

「あれまぁ、そんなら尾高の家は……」ゑいが心配する。

「あにぃが、『俺に任せとけ』って許したんだんべ」

「へぇ、さすが孝行者《もん》のあにぃだねぇ」

なかは軽く受け流すが、栄一は長七郎が羨ましくてしかたがない。

「いいなぁ、俺も江戸に修行に行ってみてぇなぁ。この目で、今の世がどうなってんのか見てきてぇなぁ。江戸ではよう、尊王攘夷ってのが……」

そのとき、ゑいが市郎右衛門に気付いた。土間の入り口で、今の栄一の話を聞いていたらしい。

「あぁ、もう、あんたは江戸でなくても、信州や上州の紺屋さんが待ってるんだったいね。ほぉら、行っておいで」

「へぇへぇ」重い荷を背負い、栄一は家を出た。

「尊王攘夷かぁ……」

江戸に吹き荒れているという、尊王攘夷の風に当たってみたい。同じ志を持つ人たちにも会ってみたい。胸を熱くしながら歩いていると、不意に喜作の声が聞こえてきた。

「長七郎、頼みがある」

声のほうを見れば、道から少し外れた木の陰で、喜作と長七郎が話している。

「江戸から戻ったら、俺と勝負をしてくれ」

「ん？　何のだ？」

「江戸から戻れば、お前はきっともっと強くなってるだんべぇ。それでも俺は、お前に勝たなけりゃあなんねぇんだ」

……何話してんだ？　栄一は二人のほうへ歩み寄っていった。

「俺は、お前に勝って……お千代を嫁にもらいてぇ」

「えぇッ！」

栄一の大声に、喜作が振り向いた。

「栄一もいたんか。俺は……お千代が欲しい」

長七郎はうかがうように、栄一をちらりと見た。

喜作がそこまで考えていたとは……栄一はただただ驚き、その場を後にした。


半時ほどたった頃、ぽつんと雨が降ってきた。

「お千代と……喜作が……」

栄一の頭の中はそのことでいっぱいで、笠をかぶるのも忘れている。雨に打たれながら田舎道を黙々と歩いていると、いつの間にか武州金沢《かなざわ》まで来ていた。

そのとき、ドドドという馬の足音とともに、「のけ、のけい！」とどなり声が響き渡った。

慌てて道を空け、道端に座って頭を下げる。どなり声の主が、いつぞや江戸で絡んできた着流しの武士だと知る由もない。

「はぃやぁ！」

どこかのお殿様が遠乗りでもしているのだろうか。武家の一団はあっという間に去り、馬の足音は次第に遠ざかっていった。

栄一は立ち上がると、また雨の中を歩きだした。

馬上のお殿様に栄一が仕えることになろうとは、このときはまだ天のみぞ知るところであった。

第七章　青天の栄一

安政四（一八五七）年六月、栄一や喜作ら道場の仲間たちが集まり、村を旅立つことになった長七郎の送別会が開かれた。

自作の漢詩を書いた紙を手に、惇忠が長七郎の前に立った。

「今から長七郎に……送別の詩を送りたい」

「うおぉ！」大きな拍手が起こる。当時、武士や学者はもちろん、学のある百姓も漢詩を詠んだ。

『丈夫菽麦《じゅくばく》を弁ずるの知あれば〈男として豆と麦の違いの分かる者なら〉

あに英志の遠離を軽んずることなからんや……

〈誰でも優れた志士が遠くへ旅することを引き止めはしない〉……

千古歴々皆かくの如し
〈はるか昔から、偉大なる人物は皆、旅に出ることで自分の生き方を見出している〉』

惇忠の横に立った栄一と喜作が、「文を季唐に学ぶ吉備《きび》氏〈学問を唐朝に学んだ吉備真備《まきび》〉！」

「武を鞍馬《くらま》に講ず源中児〈武の道を鞍馬山で習った義経《よしつね》〉！」と一緒に読み上げる。

長七郎は、男の心意気は旅でこそ高まるという兄の言葉をかみしめるように聞いている。

惇忠はさらに、孝行も案ずるには及ばない、名を高め、世に知れ渡る偉大な仕事をするのが長七郎の役目であり、家のことは自分が引き受けると続け、一層大きな声を張り上げた。

『行けや勉めや文また武〔行け！　そして励め！　学問に武道に〕
此の行三旬幾ど奔馳せよ〔この旅の三十日間を奔走せよ〕
名士と討論せば得るところあるべし〔名のある人士《じんし》と討論すれば大いに得るところがあるだろう〕
吾もまた目を刮して帰期を待たん〔この兄もまた、目を見開いて、お前の帰りを待っていよう〕』

胸を打つ激励だった。「さすが先生！」「いいぞ！」「行ってこい！」と門弟たちから声が上がる。

「あにぃ……ありがとう。こんな誉れな門出はねぇ」

兄の愛情が痛いほど身にしみて、長七郎は目を赤くしている。

「よぉし、祝杯だで！」

「長七郎の前途に、えいえい、おーッ」

喜作と栄一が音頭を取り、乾杯する。宴は大いに盛り上がった。


その夜半、栄一は物音にふと目を覚ました。長七郎も喜作もほかの連中も、みな酔い潰れて寝入っている。その中で惇忠が一人、端座してじっと斉昭の絵を見つめていた。

「……あにぃ？」

「おぉ、目ぇ覚めちまったか。今夜は蒸し暑いな」

いつものように穏やかに笑んでいるが、栄一は惇忠の本心に思い至った。

「この世にいちばん、悲憤慷慨してたのはあにぃだ。本当はあにぃが行ぎてんじゃねんか、江戸に」

「ハハハ、そりゃ行ぎてぇに。でも誰かが家を守らなくちゃなんねぇ。村の役目だってある。……これでいいんだ」

「……そうか」と栄一もほほえんだ。あにぃが決めたのなら、間違いない。そしてやっぱり、あにぃはすごいと思う。

長七郎はひそかに目を開き、二人の話を背中越しに聞いていた。


「では、行ってまいります！」

翌朝、旅装束に身を包んだ長七郎は、皆の期待を一身に受けて江戸へと旅立っていった。

「いってらっしゃい、にいさま」

「体には気をついてね」

千代や母のやへは、期待より心配のほうが大きいようだ。

「気張れよーッ、長七郎」

「俺もいつか必ず行ぐからなーッ」

栄一と喜作は大きく手を振った。長七郎の姿はどんどん小さくなり、やがて見えなくなった。

「いいなぁ、やっぱり長七郎はいい男だのう」

「あぁ、俺らの誇りよ」

二人が話していると、惇忠が笑いながら喜作に話しかけてきた。

「聞いたぞ。その長七郎に勝負を挑んだそうだな、喜作」

「ちょっ、いや、あにぃ。後でちゃんと話そうと……」

「さぁさぁ、来《き》ない。詳しく話を聞いてやろう。お千代の父親代わりは俺だかんな」

惇忠は喜作を促し、中の家に向かってさっさと歩いていく。

「何の話だんべか？」千代が栄一に聞いてきた。

「え？　いや……」

カッと頬が熱くなり、「な、何でもねぇ」と顔を背けると、栄一はすたすた歩き去った。

千代のひんやりした柔らかい手を思い出し、あの夜以来、栄一は千代とうまく話すことができずにいた。

そのころ、中の家では、宗助が市郎右衛門に愚痴をこぼしていた。

「長七郎のやつ、剣の腕は確かだが……近頃、惇忠があぁだもんで、すっかり水戸学にかぶれちまってる。武者修行もよいが、そのうちお侍のまね事でもして、志士気取りになりゃあしねえかと、俺は心配でなぁ」

「ぺるりのせいか、近頃、いろんなとこでそういう若者《わけーもん》が増えてるっちゅう話だかんなぁ」

「栄一もよぉく気をつけて見ておけよ。あいつは剛情だから、思い立ったらどんなむちゃをするか分からねぇ」

伯父と父の心配をよそに、栄一は一人、冴《さ》えない顔でとぼとぼと歩いているのだった。

「俺は、読み物以外のことにはとんだ朴念仁《ぼくねんじん》でのう。日々のことで精いっぱいでうっかりしていた。お千代も、もうそんな話があってもおかしくねぇ年頃なんだなぁ」

喜作の口から改めて千代を嫁に欲しいと聞いた惇忠は、しみじみほほえんだ。

「しかし……それにしても急な話じゃねぇか」

土間で農具の手入れをしながら、栄一はさりげなく口を挟んだ。

「急ではねぇ。ずっと昔っから考えていたことだ。それに実は……俺に縁談の話が来たんだ。ほら去年、鎮守の宮の祭りで、国領《こくりょう》の福田《ふくだ》んちとのもめ事があったんべー」

「あぁ、福田の直三郎《なおさぶろう》か」栄一はすぐに思い出した。

村の青年団の若者頭をしている栄一と喜作が、そのもめ事を仲裁した。その顚末《てんまつ》を見ていた直三郎の姉が喜作を見初め、嫁にしてほしいと頼み込んできたという。

「ほほう。それは意気盛んな姉様だ。年はいくつだい？」惇忠が興味を示す。

「知らねぇ。でもうちのとっさまも乗り気で、このままじゃその話が勝手に進んじまう。そんで俺はその前に、己で嫁を決めてぇと思ったんだに」

「そうか、なるほどのう。それじゃ俺もひとつ、早めにかあさまにお前のことを……」

「いや、喜作」栄一が強引に惇忠の話を遮った。「お前は……お前は、うむ、いい男だに」

「ん？　何だよ栄一、急に」喜作はてれて、にやついた。

「お前には何《なん》てぇか、そう、男気がある。不負魂《まけじだましい》がある。しかも心根が温《あった》けぇ。そうよ。俺が三つで疱瘡《ほうそう》にかかったときも、お前、うちまで慰めに来てくれたなぁ」

栄一に褒めちぎられて、喜作はますます有頂天になった。

「ハハハッ。そうよ。お前が『新屋敷から喜作が来《き》なけりゃ飯は食わねぇ』なんて泣きわめいてたからな。お前はあのころから剛情で甘ったれだ」

「うむ、喜作はいい男だ。しかし……夫となるとどうだんべなぁ？」

「……は？」

「お前はこう、目立つことは好きだが、骨を折って真面目にコツコツと働くことが苦手だんべ？　俺は、お前がお前のとっさまより長く畑で働いているところを見たことがねぇ」

「なぬ？」

「うかつなところもある。ちっとんべ新しいもんを見《め》っけると、『お、それはよい』とすぅぐ流される軽薄なとこがある。そう、お前といると、誠に気持ちがいいが……うむ。お千代の夫となるとなぁ」

手のひらを返したようにぼろかすにけなされ、喜作の顔がみるみる朱に染まった。

「どういう意味だ？　お前《めぇ》、俺がお千代を幸せにできねぇって言《ゆ》うんか！」

「いや、そんなことはねぇ。ただ、お千代は普通のおなごとは違う。幼い頃から働き者で、あにぃや家の役に立とうと、あの細《ほっそ》い腕でいつも重い荷を抱えて、むだ口もたたかねぇ。弱音も吐かねぇ。流行りの紫縮緬《むらさきちりめん》の丸帯をまぶしく見てても、それが欲しいなんて決して口にしねぇ」

「そうだな。身内にさえ弱みを見せようとしねぇ」惇忠が腕組みしてうなずく。

「そんなこと、俺だって知ってる。俺は、そんなお千代を好いておるのだ！」

わめき立てる喜作を無視して、栄一はなおも言い募る。

「お前と一緒になったら、きっと苦労する。苦労するだんべぇ。そんな図が目に浮かぶんだ」

「何だと！　この野郎！」

とうとう堪忍袋の緒が切れて、喜作は栄一の衿をつかみ上げた。それでも栄一の口は止まらない。

「いや、お前にはきっと、お前の尻をバンバンたたけるような意気盛んなおなごが合ってるだで。そうだ。きっとその直三郎のねえさまのほうがお前に合ってる！」

「なにを。何も知らねぇくせにこの減らず口めが！」

喜作が馬乗りになって、栄一の口をつまみ上げる。そこへ、ゑいとなかが外から帰ってきた。

「おいおい、やめねぇか」

惇忠が見かねて仲裁しようとするが、栄一に水を差された喜作はすっかり頭に血が上っている。

「俺はなぁ、直三郎のねっさまでもお前のねっさまでもねぇ。お千代が欲しいんだ！」

うーうーうなりながら、栄一が喜作の手を振りほどく。

「お千代はだめだに！　お前はおしゃべりで威勢のいいおなごにしろ」

「威勢のいいおなごなんかくそくらえだ！」

「まぁまぁ、これはどうしたことだい」

ゑいはおろおろしているが、なかは慣れたものだ。取っ組み合っている栄一と喜作の頭を草履でひっぱたき、二人を引き剝がしたうえ、「何か言ったかい、喜作」とじろりとにらみつける。

「……いえ」

「まったく、あんたたちは相変わらずの子どもなんだいね。嫁の話なんて十年早いってんだよ。ほら、顔洗ってきな」

栄一と喜作は、にらみ合いながらも表に出ていった。

「ハハ。さすがおなかだい。おなかはじきに嫁ぐってなぁ」惇忠が笑って言った。

「ええ。同じ村の吉岡《よしおか》だがね、いいご縁だいねぇ」なかもほほえむ。雨降って地固まる、というところだ。

「とはいえ、長七郎もなかも出ていぐと寂しくなるねぇ。……で、あの二人は何をもめてたん？」

ゑいが尋ねると、惇忠は頭をかいた。

「いやぁ、ハハハ。男女《おんな》の話は天下国家の話より難しい」


長屋の表で洗い物をしていたやすは、人の気配を感じてふと顔を上げた。

「あれま、川路様じゃありませんか」

「……御新造《ごしんぞう》、円四郎はおるか？」川路は、どこか陰鬱な表情である。

「えぇえぇ、おりますとも。何やらどなたかから大事な書き物を頼まれたとか何とかで、うちに戻るやいなや寝る間も惜しんで筆をとっている始末で……」

円四郎が熱心にしたためているのは、福井藩士の橋本左内に依頼された、『慶喜公御言行私記《よしのぶこうごげんこうしき》』である。

「ちょいとお前さん、お前さん、川路様がお見えだよ」

やすは家の中に向かい、大声で呼ばわった。

「おっと、こりゃ珍しいこって。やす、茶いれてくれ。こないだもらった、あの一等うめぇやつをな」

川路は立ったまま、円四郎の手元に目を落とした。

「……熱心だな」

「ええ、うちのお殿様はえれぇお方だ。いやこの間、薩摩の殿様が訪ねてきて、『メリケンが御公儀に献上したライフルって鉄砲を見てぇが、内密だと言って外様は見せてもらえねぇ』とか何とか愚痴こぼしてましたがね。そしたら……」

慶喜はすぐ江戸城へ赴き、ライフルについて自分の考えを阿部に伝えた。

「このように役に立つものは内密にするより、模造品を作り、三家や国持大名などに一梃《ちょう》ずつ下されたほうがよいほどです。でなければ、万が一、国家大変の際に、誰を頼みとして日の本を保つことができましょうか」

「なるほど。おっしゃるとおりだ」

そう言って、阿部は柔和な顔をほころばせた。それが三月のことである。

「あの時勢に通じた伊勢守様だ。すぐにわが殿の弁が正しいとお認めになり、富国強兵の政を……」

「その伊勢守様が亡くなられた」

絶句する円四郎に、川路は沈痛な面持ちで語った。

江戸城の廊下で、堀田と川路が、阿部にさまざま報告しながら歩いていたときのことだ。

「海防掛に、開国互市《かいこくごし》の方針を決定すべきか否かを諮問しております。また軍艦教授所の開設を布告しましたが、いまだ伝習志願者が集まりません」

「また薩摩守様が江戸を出たあと、ひそかに京伏見《ふしみ》に寄り、公家や朝廷と懇談されているとの噂がございます」

「困ったことだ。朝廷との件はいずれ……う！」

短いうめき声を上げたかと思うと胸を押さえて倒れ込み、幕府きっての俊傑は三十九歳の若さでこの世を去ったのである。

「今まで公方様、大奥、諸大名の御用向き、勝手方、諸外国との応対まで、すべて伊勢守様がお一人で引き受けてこられたのだ。これから天下は大いに荒れるぞ」

幕府は崩壊するかもしれない。円四郎はとうとう最後まで声も出せなかった。

一橋邸の慶喜もまた、阿部が亡くなったという知らせを受け取っていた。

「伊勢守殿……」

あまりに早すぎる。手の中の書翰を、慶喜は握り潰した。


長きにわたって幕府をまとめていた阿部正弘が亡くなったあと、生前に老中首座を譲られていた堀田正睦が幕閣の中枢を担うようになっていた。

「堀田備中守様は元来開国の説を唱えられていた。これでハルリスとの話もうまく進むやもしれぬ。しかし問題は……」

廊下を歩きながら川路が永井に話す。二人は今しがた、「通商の儀を進めるべく、取り調べをいたせ」との命を堀田から受けたばかりだ。

不意に溜間《たまりのま》から、「あぁ、よいよい」と声が聞こえてきた。二人がこっそりのぞき込むと、井伊直弼がお坊主の手を止めたところだった。

「茶は己でいれようぞ。好みがあるのでな」

お坊主とは御数寄屋《おすきや》坊主ともいい、将軍はじめ出仕の幕府諸役人に茶の給仕をしたり、茶事や茶器を管理したりする役目の者たちのことである。

「掃部頭様か。彦根からお戻りになられたのだな」川路が小声で言った。

「相変わらず、井伊家の名にそぐわぬ地味なお方ですな」

歯に衣着せず永井が言うので、川路はフッと笑った。そして、先ほど途切れた話を続けた。

「問題は……人目をひく水戸の御老公じゃ」


川路の悩みの種である御老公は、駒込邸の庭先に一人、たたずんでいた。

「堀田の蘭癖《らんぺき》め。夷狄をやすやすと受け入れる気か……」

「御前様、冷えてまいりましたよ。さぁ、中へ」

縁側から吉子が声をかけるも、憂いに沈む斉昭の耳には届かぬふうである。

「私の蟄居中に、伊勢守が七夕の星空でも御覧あれと、望遠鏡を貸してくれたことがあった」

斉昭はおもむろに夜空を見上げた。ここにおりますよ、というように星が瞬く。

「……伊勢守が死んだ。東湖も死んでしまった。とうとう誰も味方がいなくなった……」

急に寂しさが込み上げ、いっぺんに十も二十も老いた気がする。

「ふふっ、七郎の言うように引き際が来たのやもしれぬ」

そのときだ。斉昭の視線の先を、流れ星が橙色《だいだい》の尾を引いてスーッと落ちていった。

「……ハッ！　だめだ。だめだ、だめだ！　こうなった今、この私まで歩みを止めれば、誰がこの日の本を救うというのじゃ。誰か！　誰か筆を持て！」

大声で呼ばわり、またも文をしたためる。先ほどの憂いは今いずこ、すっかり目の色が変わって若き日と同じように爛々と輝いている。

「おのれ、ハルリスめが！」

あれほど慶喜にたしなめられたにもかかわらず、斉昭は朝廷に、ハリスが江戸に入ることを許した幕府を非難する建白書を送ったのである。


越前藩邸では、福井藩主の松平慶永が、たまりにたまった鬱憤を爆発させていた。

「ハルリスなんかよりも一橋様のことじゃ！」

「ははっ」左内が平伏する。

「伊勢守殿が亡くなり、大奥を抑える者がいなくなった。大奥の者どもは『一橋様よりも、公方様にお血筋の近い紀州《きしゅう》様をお世継ぎにしろ』としつこく言いかねぬ」

「しかし、紀州様はまだ十《とお》になられたばかり」

「そうじゃ、左内。紀州様やイモ公方では、人心を得て天下を動かすことなどできぬ。例の件はどうじゃ？」

「ははっ。ただ今、一橋家小姓の平岡殿が、一橋様がいかに優れたお方かを文書にて取りまとめてございます」

「平岡……そうか。はっはぁ〜。待ちきれぬのう」

しかし幕府の動きに業を煮やした慶永は、阿波国徳島《とくしま》藩主の蜂《はち》須《す》賀《か》斉裕《なりひろ》と連名で、世継ぎを一橋慶喜に定めるよう幕府に建白書を提出した。

篤君が大奥に入って十か月、いまだ懐妊の兆しはないものの家定との仲はむつまじく、今日も将軍の居室である御座之間《ござのま》で仲よく芋菓子を食べていた。

「なぜそのように急いで世継ぎを決めねばならぬ。わしはまだ若く、篤を御台《みだい》に迎えたばかりじゃぞ」

慶永らが慶喜を将軍継嗣《けいし》に推す建白書を出したと聞き、家定はふてくされていた。

「えぇ、今日も上様のお芋はおいしゅうございもす」

そう言って、篤君はバクバクとおいしそうに芋菓子を頰張る。公家から迎えた前の正室を二人とも亡くしている家定は、病も逃げていきそうな健康そのものの篤君に目を細めた。

「そうよのう。慶喜のような年寄り息子などいらぬわ」

「それだけではありませんよ、上様」横から口を挟んだのは、家定の乳母の歌橋だ。

「越前様は、メリケンのハルリスとやらの拝謁を、上様の代わりに一橋様に受けさせてはどうかと申しておるのです」

「はら、代わりにお会いくださると？　ようございもした、上様。異人に会わずに済むなんて」

歌橋の話の矛先をそれとなくそらす。この薩摩おごじょは、幼いときから目から鼻へ抜けるように利発であった。家定の三人目の正室にと白羽の矢が立ったのも、そのためである。

「そうよのう。それはよいのう」

一方の歌橋は、大奥最高位の上臈御年寄《じょうろうおとしより》。そうやすやすと篤君の思いどおりにはさせない。

「一橋様なら……日の本の代表として異人に会わせるのに恥ずかしくないお方だと」

「……何？　よ、慶喜なら恥ずかしくなくて、わしでは恥ずかしいと申すか!?」

「えぇ。大奥では、水戸の御老公が御子息を次の公方様にする企みで動いているとのもっぱらの噂でございます」

篤君は「あいちゃっ」と手を口に当てた。

「ハルリスにはわしが会う。わしは越前も慶喜も好かぬ！」

家定を動かすことにかけては、まだまだ歌橋に及ばない篤君であった。


江戸の市中を、「下に、下に」と途切れることのない大行列が通っていく。

「立派な行列だ。どこの大名だい？」

やじ馬の人だかりの中に、江戸に滞在している長七郎がいた。

「あの珍妙な旗を見ろ。ありゃメリケンの旗だ」真田範之助が言った。

赤と白の横しま模様で、左上部の青地に小さな白い星がたくさん抜いてある。

「駕籠の中身はメリケンの使者のハルリスよ。城に入って公方様にお目通りするのだ」

三百五十人にも及ぶ一行は、下田のアメリカ総領事館を出発して伊豆の険しい山道を行き、三島《みしま》宿から東海道《とうかいどう》を下って箱根《はこね》を越え、一週間を要して江戸日本橋に至った。

「なんと……幕吏は何を考えておる！　あにぃが聞いたらどれほど嘆くことか……」

「あぁ。そこで、おぬしを連れていきたいところがある」

憤慨する長七郎を、範之助は小梅《こうめ》村（現在の墨田《すみだ》区向島《むこうじま》）のとある家に案内した。

ひそかに入っていくと、四十がらみの男が朗々とした声を放った。

「夷狄の民は禽獣《きんじゅう》のごとし。人にあらず。人にあらず！」

「人にあらず！」

部屋にぎっしり座った武士たちが唱和する。

「あれが大橋訥庵《おおはしとつあん》先生じゃ。早くからこの塾で尊王攘夷を唱えていらっしゃる」

範之助が小声で長七郎に教えた。この私塾は思誠《しせい》塾と言い、各国から尊王攘夷の志士が集まっているという。

「異人は医学と言いて人の体を切り刻み、エレキテルという魔術で人を惑わせる。四肢や体は完備せりとも、心の徳は亡び、ただ戎狄《じゅうてき》であるのみならず、山犬、狼《おおかみ》と言うも過言ではない。ゆえに、攘《はら》わねばならぬのである！」

子弟たちが大きくうなずき、拳を振って同意の声を張り上げる。

「夷狄を攘う……もっと話が聞きてぇ！」

血の湧き立つまま長七郎が中に入っていくと、「おい、誰じゃ！」と長州弁の武士に肩をつかまれた。

「怪しい者ではねぇ。先生のお話を伺いてぇと……」

「はっ、百姓か」別の武士が吐き捨てる。長七郎の言葉と身なりで察したらしい。

「お前らん出入りする場所でんなか！　出てけ！」

怒声を放ったのは、明らかに薩摩藩士と分かった。

数人の志士が一斉に長七郎を取り囲んだ。しかし長七郎はみじんもひるまない。志士たちを見返す目の気迫に、志士たちのほうが息をのんでいる。

「待ちなさい！」訥庵が歩み寄ってきた。長七郎の顔をじっと見つめ、そして言った。

「ほう。この者……実によい目をしておる」


その年の暮れ、栄一の姉のなかが、同じ村の吉岡家に嫁いでいくことになった。

「とっさま、かっさま、大変お世話になりました」

なかは正座して居ずまいを正すと、市郎右衛門とゑいに手をついて挨拶した。

「……あぁ」てれくさいのか寂しいのか、市郎右衛門はそっけない。

「体だけは大事にね」ゑいは目を潤ませる。

「はい。おじさんとおばさんにもお世話になりました」

奥に座っている宗助とまさにも、なかはきちんと頭を下げた。

「あぁ、いろいろあったが、結局よいところに納まった」宗助はうれしそうだ。

「ほんとだいねぇ。あんたは気ぃの強いところがあるから、愛想尽かされねぇようにしねぇと」

栄一が「まぁたおばさんは余計なことを」と、まさに顔をしかめてみせる。

「なんだ、栄一。お前に言われたくねぇよ」

すると妹のていが、「そうだい、にいさまはいつも口が過ぎるだんべ」と生意気を言った。

ゑいが「あれま」と、なかと顔を見合わせる。

「よぉし、おてい。よく言った」

市郎右衛門が大げさにていの頭をなでたので、皆は和やかに笑った。

「そういやぁ、お千代も喜作と一緒になるって？」

宗助の口から思いがけない話が出て、栄一は声を上げそうになった。

「ん？　そんな話があんのか？」と市郎右衛門がゑいを見る。

「いいえ、ちっとも知りませんでしたよ」

「喜作がお千代を好いてたことぐらい、分かってたいねぇ」なかが笑う。

「尾高の家も乗り気らしいよ。渋沢の新屋敷なら申し分ねえだんべぇって」まさが言った。

「あらそうですか。それはおめでたいこと」

気の早いことに、まさとゑいは祝言の日取りについてあれこれ検討し始めた。

……二人が夫婦になる？　もうそこまで話が進んでいたとは、栄一は夢にも思っていなかった。

それより何より、千代は喜作を好いているのだろうか。

いつになくおとなしい兄が珍しかったのだろう、「あれ？　にいさまが口をきかねぇ」と、ていが顔をのぞき込んできた。

「ん？　いや。何でもねぇ」栄一はそそくさと立ち上がった。

荷を背負い、家を出て悶々《もんもん》としながら歩いていると、平九郎が「栄一さん！」と畑から声をかけてきた。春に向けて、土作りをしているらしい。

「お、平九郎。お前、また背が伸びたな」

平九郎は十二にしては大柄だ。もう少しで背を抜かれそうな栄一は気が気でない。

「……お千代は？」

「あぁ。ねえさま、ねえさま！」

平九郎が振り返って呼ぶと、奥のほうで畝を掘り起こしていた千代が顔を上げた。

栄一は畦道に荷を下ろし、千代と並んで座った。鍬を握っていたあかぎれの細い手が真っ赤にかじかんでいて、この間とは反対に、栄一が手で包んで温めてやりたくなる。

「お千代。お前……喜作と一緒になんのか？」ずばり切り出した。

「え？　あぁ、そういうお話があるみたいで」

「お前は、それで……」

「へぇ。ありがてぇお話です」と千代はほほえんだ。

「うちは今、にいさまたちがあんなで、ちっとんべお金に困ってるもんだから、きっとどこか遠くの商売人に嫁ぐことになると覚悟してたんだに。それが、喜作さんとこなら安心だ。小せぇ頃からよく知ってるし、うちからも近《ちけ》ぇし、こんなありがてぇお話はねぇ。喜作さんは優しいし……」

どうしたことか、胸のぐるぐるがズキズキに変わっていく。

「栄一さんとも、中の家の方々とも、ずっとこうしてお近くにいられるんだから」

「……ん？　あぁ、そうだいな」栄一は心ここにあらずで言った。「そうだいな……よかった」

しかし胸にぽっかり穴が開いたようで、凍てつくようなからっ風が、体の中をびゅうびゅう吹き抜けていった。


その日、橋本左内からお呼びがあり、円四郎は越前藩の邸に足を運んだ。

「平岡殿、一橋様への至誠《しせい》があふれた、実にすばらしい御文章でした。少し手を入れ、このようにまとめました」

左内が冊子を見せる。表紙には、『橋公《きょうこう》御《ご》行状略記《ぎょうじょうりゃっき》』と書いてあった。

「へぇ、この書でわが殿を将軍の後継ぎに推すってぇわけですな」

「はい。わが殿は、急ぎこの書を御公儀の心ある方々に配るつもりでおります。薩摩の西郷吉之助殿からも、この書が出来たらすぐに見せてほしいと言われております」

「薩摩の？　へぇ、薩摩までがわが殿を推してるとは、そりゃあ頼もしいこって」

「しかし、御公儀のほうは国を開く支度に精いっぱいで、お世継ぎのことは後回しです。わが殿もえらくお怒りで」

「国を開く？」

一橋邸に戻ると、日本が開国に向けて進んでいると慶喜が教えてくれた。

「大名の意見は賛同が七割。しかし尾張、仙台《せんだい》、鳥取《とっとり》、阿波らは不服で、朝廷に勅許《ちょっきょ》を求めるべきと意見を出しておる。それに、わが父も……」

「そりゃあ御老公も黙っちゃあいねぇでしょうねぇ。しかし、異国も大事ですが、天下太平のためには誰が次の将軍になるかってえことも、一大事でございます」

「またその話か。私は徳信院様にも、この一橋を出ていってほしくないと言われておる」

「あなた様のためじゃぁございません。越前様もそれがしも天下のためを思ってのこと」

円四郎は慶喜の前に進み出た。

「殿はこんな天下大変の状況を御覧になりながら、本当に十万石の禄を受けるだけで御満足なのでございますか？」

まっすぐ問いかけてくる真摯なそのまなざしに、慶喜はけおされたように黙り込んだ。

年の瀬も押し詰まった十二月二十九日、水戸藩駒込邸に川路と永井がやって来た。

「あやつらは何をしに来た？」斉昭は苦虫をかみ潰したような顔である。

「ははっ、このたびのメリケンとの条約取結の儀につき、殿と御老公に相談いたしたいとのこと」

耕雲斎が説明すると、斉昭は鼻を鳴らした。

「ハッ、この隠居にか。邪魔されたくなければ、わざわざ相談になど来ぬがよい！」

「父上、そうおっしゃらず、ともに参りましょう」

慶篤が斉昭をなだめ、奥の間を出て書院に入っていく。

斉昭は座るなり平伏する二人をにらみつけ、「何ゆえ参った？　すべて堀田備中の不届きぞ！」とどなりつけた。

「ははっ。御老公の御意見は上様も常々ことのほか頼りにされておりますものの、備中守様は御多用にて寸暇なく……」川路が答える。

「ハッ、何を言うか。先日も意見があれば申せと言うから、『私をメリケンに派遣しろ』と申したのだ。百万両を下されば、この私が軍艦や大筒を作り、浪人どもや百姓の次男三男、罪人を連れ、かの国に商館を建て、そちらで貿易をしてやるとな」

その話は、すでに川路と永井も聞き及んでいた。慶篤と耕雲斎は困惑して押し黙っている。

「そのような急務を申し遣わしてやったのに、その返答は一切なく、いまさら何事ぞ！　言語道断！　不埒千万《ふらちせんばん》！」

床に投げつけられた斉昭の湯飲み茶碗が、真っ二つに割れて転がった。

「備中は腹を切れぃ！　ハルリスは首をはねてしかるべしじゃ。斬ってしまえ！」

「……お、仰せのとおりではございますが……」

斉昭の剣幕に永井は恐れおののいているが、川路はいたって落ち着いていた。

「そうまで言われたら、何を申し上げてよいのやら……どうかおとりなしを」

川路に頭を下げられた慶篤は、「いや、私は……」と及び腰である。

それでは、と川路は再び斉昭に向き直った。

「これより今後の御処置は、備中守様が取り計らい、その節はもう御意見はなしとのことで結構でございましょうか」

「ハッ、知ったことか！　勝手にしろ！」

斉昭は席を立ち、勢いよく部屋を出ていった。

「ち、父上……」慶篤が青くなって後を追っていく。耕雲斎も一礼し、慌てて出ていった。

「……何たることだ。これではもう御城には戻れませぬ」

かくなるうえはと刀に手をかける永井を、川路が「待て、玄蕃《げんば》」と止めた。

「これでよいのだ。いま確かに御老公から、『今後の処置は勝手にしてよい』との許可を得たではないか。今日はこれで十分よ」

斉昭は廊下を大股で歩いていた。

「御老公、御老公、お待ちを」耕雲斎が小走りで追ってくる。

斉昭はピタッと足を止め、前を見たまま耕雲斎に言った。

「あの二人に酒でも出してやれ」

永井はともかく、川路は真意を理解したであろう。

「は？　しかし……」

「私とて、分かっておる……私の役目はもう終わったということぐらい、分かっているのだ」

疲れたように言うと、斉昭はまた歩きだした。


そして年が明けた、安政五（一八五八）年一月二日――。

駒込邸を訪れた慶喜を、斉昭は満面に笑みを浮かべて迎えた。

「よう来てくれた。今、吉子が……」

「昨日、登城しました折に、備中殿から伺いました」

一方の慶喜は、微笑の片鱗すらない厳しい顔つきである。

「……『ハルリスの首をはねよ』と言ったことか？」

「それもさることながら、あれほど申したにもかかわらず京の鷹司家に対し、御公儀の方針とは異なる意見を文にて申し立てたとのこと……京の都は今、『攘夷、攘夷』と御父上の論を伝聞して過激な言動をなす者が多くなり、公儀の諸役人は皆困り果てております。また、そのことで天子様をも惑わせ奉ったとしたら、父上のなされることは、本当に忠義にかなっておるのでしょうか」

「……お前はそういう嫌みを、よく目もそらさずに言うのう」斉昭はむすっとして言った。

「分かった。もうせぬ」

くぎを刺すかのように、慶喜はじっと斉昭を見つめる。

「もうせぬ！　この先は、そなたに任せる」

「それでは……今後は京への文は一切書かぬとの一筆を、備中守に宛てて書いていただきたい」

「何？　備中にだと？　そんなもの書けるか！」

斉昭は顔色を変えた。売国奴にも等しい堀田正睦などに、膝を屈するようなまねができようか。

「慶喜殿のおっしゃることが、理にかなっております」

いつの間にか来ていた吉子が、静かに口を挟んだ。

「……お前まで言うのか」

「どうか、どうか御公儀にお詫《わ》びなされませ」

最も信頼する二人に促されては、従わざるをえない。斉昭はがっくりと肩を落とした。


「父は、いたく後悔しております」

慶喜は一橋邸に川路、永井、岩瀬の三人を迎えて、斉昭が涙ながらにしたためた堀田宛ての文を差し出した。

「これは……父からの備中殿への詫び状です。どうかお納めください」

「ははっ。確かに」川路が押しいただく。

「それから、これは古いものだが、気に入りの装束だ。よければ、作り直して使ってほしい」

慶喜が取り出したのは、豪奢《ごうしゃ》な能の装束である。

「え？　このような立派な……」川路は恐縮した。

柔らかな笑みをたたえた慶喜を、永井と岩瀬は感銘を受けたように凝視している。

「……一橋様は、何という才気のとばしりだ」

「あぁ、御父上とは似ても似つかぬあの落ち着き」

廊下に控えていた円四郎の前を、岩瀬と永井が小声で話しながら通り過ぎていく。

「越前守様や薩摩守様が、あれほどに入れ込む理由もよく分かった。私も……あの人のもとで仕えてみたい」

「あぁ、私もだ。備中守様にも掛け合ってみよう」

心の中で「よし」と拳を握る。遅れて歩いてきた川路と目が合うと、円四郎はしたり顔で頭を下げた。


「さぁ、あたしらもそろそろこの長屋を明け渡さないといけないよ。あの地震で柱もやられちまってるし、あんたもすっかり偉くなったんだし……」

やすはせっせと部屋を片づけているが、円四郎はさっきから無心で書状を読んでいる。

「ほほう。『竜の神様』ときたもんだ」

「ん？　何の手紙だい」と円四郎の隣に座り込む。「この字は川路様かい」

「そうよ。うちの殿のことを『竜の神様のようだった』って書いてあらぁ」

「どれどれ……『ただ心配なのは、あんまり頭がいいんで、頭の悪いほかの人間がまどろっこしくお見えになるんじゃないか』だってさ」

「そこで俺の出番よ。あの殿に入り用なのは頭が切れて、それでいて嘘偽りのねぇ家臣だ」

得意満面の円四郎を見て、やすは「ふ〜ん」と鼻の下をぽりぽりかいている。

「薩摩の殿様も、うちの殿を将軍後継にと上申したって言ってるしよ。伊勢守様が亡くなった今、御公儀を引っ張るのはうちの殿しかいねぇって、みんなが当てにしてやがんだ」

「そうかい。そんなにうまくいくもんかねぇ」やすは含みのある言い方をして立ち上がった。

「何だよ、どういうことだい」

「目立つ人間は足を引っ張られるってぇことだよ。唄も鳴り物も、お店で一等にうまかったこのあたしみたいにね」

おもしろくなさそうに言うと、やすは雑巾で床をゴシゴシ磨き始めた。


うっすらと闇が忍び寄る部屋で、慶喜は農人形を手に一人で考え込んでいた。

「ひとつお伺いしてよろしい？」

振り返ると、いつ部屋に入ってきたのか、美賀君が端座している。

慶喜はさりげなく農人形を隠し、「……何じゃ」とぶっきらぼうに言った。

「殿は、いずれ将軍になるおつもりであらしゃるか？」

「……なぜそのようなことを聞く？」

「うもじ（内方）の心構えとして知っておきたかったのみ。深い意味などあらしゃりませぬ」

「……私の器量では、この一橋家でさえ荷が重い。まして天下を取ったりすれば公儀滅亡のもとだ」

美賀君は心の中をのぞき込むように、慶喜の目をじっと見つめた。

「ふむ。それは建て前であらしゃるな」

その言葉が思いがけなく、慶喜は思わず美賀君を見つめ返した。

「承知いたしました。それでは、わらわもそのように覚悟をいたしましょう」

返事を待たず、美賀君はまた音もなく部屋を出ていった。

よく晴れ渡った一日、江戸城の御庭で、将軍家定による茶会が催された。

「堀田から、自分には老中首座は重荷ゆえ、越前を大老にしてはどうかと薦められた」

珍しく体調が優れて人前に出てきた家定が、幕閣たちを眺めながら苦々しく言った。

「越前様を？」

話し相手はむろん、家定が心を許す唯一の存在、歌橋である。

「わしは嫌じゃ。越前は嫌いじゃ。あいつは前々から、わしを見下すような目をしておった」

「えぇ、あのお方が大老になれば、毎日のように『お世継ぎに一橋様を、一橋様を』と言い続けるに違いありませぬ」

「慶喜はもっと嫌いじゃ。誰か、阿部や堀田に代わってわしを支えるよい重臣はおらぬのか」

イライラと小刻みに足を揺する。

そのとき、「失礼つかまつりまする」と、がっしりした体つきの家臣がにこやかにやって来た。

「本日は上様のお茶会にお招きをいただき、恐悦至極に存じ奉りまする」

恭しく言上する。人はよさそうだが、なんとなくパッとしない男である。

「……誰だったかのう」

家定が小声で歌橋に尋ねると、これも小声で、彦根の井伊掃部頭だと返ってきた。

「僭越《せんえつ》ながら、それがしも茶の湯はいささかたしなんでおりまするゆえ……おぉ、これは珍しい茶菓子」

家定の前に置いてある菓子に、子どものように目を輝かせている。

「わしのこしらえた菓子じゃ。そうか……井伊か」

家定は、意味ありげな視線を直弼に向けた。


「兄貴は、もうじきまた藍売りだんべなぁ」

道場で稽古の最中、伝蔵が栄一に言った。

「おう、今年はとっさまでなくあにぃと一緒だから、詩でも詠んで楽しめるとよかんべぇ」

主に信州方面へ藍玉を売りに行くのだが、気が張る市郎右衛門との旅と違い、惇忠と学問のことや日の本のこと、いろんな話ができるのも楽しみだ。

「へぇ～。詩かぁ。いいなぁ」平九郎は、兄たちのやることなすこと何でも羨ましい。

笑いながら視線を泳がせた栄一は、そばで素振りをしていた喜作と目が合った。お互いに何となく気まずく、どちらからともなく目をそらす。そこへ、惇忠が駆け込んできた。

「おい、みんな！　長七郎から文が来たぞ！」と手に持った書状を高く掲げた。

道場の仲間たちが惇忠を囲み、身を乗り出すようにして文の内容を聞く。

「今は海保先生の塾に止宿《ししゅく》し、真田と千葉道場で武芸に励んでいるそうだ。江戸には今、尊王攘夷の志士があまたの国から集まっていると書いてある」

「尊王攘夷の志士が……」

「くぅ～、俺も志士とかいうのになってみてぇのう」

今の栄一や喜作にとって、尊王攘夷の志士たちは、劉備玄徳《りゅうびげんとく》や八犬士よりもはるかに憧れの存在である。

「あぁ、宇都宮藩の儒者の大橋訥庵先生は、百姓であっても、志さえあれば、志士になれると申しておるとのこと」

「え？」聞き間違いかと、二人同時に惇忠を見る。

「栄一、喜作。これはお前たち宛てだで」

長七郎からの文を、惇忠が一通ずつ手渡してくれた。


家に帰った栄一は、草履を脱ぐのももどかしく土間で長七郎の文を開いた。

『江戸の幕吏は思う以上に腐っておる。一刻も早く立て直しが必要だ。お前たちも早く来い』

力強い筆致から、長七郎の興奮がそのまま伝わってくる。

「……志か」

百姓であっても、志さえあれば、志士になれる――それは本当だろうか。

「ねぇ、何が書いてあるん？」ていが近寄ってきた。

「は？　えぇと……」先を読み進める。

『それから俺は、お千代と一緒になるのは、お前かと思ってたぞ、栄一。お前とお千代は思い合ってるもんだと思っていた。ま、むろん、喜作でもかまわねぇんだが』

栄一は、素っ裸を見られたようにぎょっとした。

「ねぇ、何て何て？」ていがせがむ。

「いや、ちょっ、子どもはあっち行ってろ！」

とっさに文を隠して手で追いやると、ていはぷりぷりしながら離れていった。

一人になって、また文に目を落とす。

『本当にお前はこのままでいいのか。いま一度、その胸によぉく聞いてみろ』

幼い頃していたように胸に手を当ててみたが、いつまでたっても答えは聞こえてこなかった。

藍売りに出かける朝、栄一が旅姿でせわしなく支度をしていると、市郎右衛門がやって来た。

「おい、栄一。それでは商いに行くというより、まるで風流人の格好じゃねぇか」

「え？　そうですか？」

用心のための腰の脇差しはともかく、紙と矢立てを持ち、本を携えている姿はとても商売人には見えない。

「しっかりしろ。くれぐれも道中、本を読んだり詩を書いたりに明け暮れて、大事な商いを忘れるんじゃねぇで」

「分かっておりますよ」

戸口で待っている惇忠にぷっと笑われ、栄一は少々面目ない。

藍玉を詰めた俵を駄馬の背に載せ、信州へ向けて出発する。

「実は俺も、かつて父に全く同じことを言われたのだ。『くれぐれも風流ごとに時を費やし、家業を怠ってはならぬ』とな」

「へぇ、あにぃもか」

「とはいえ、今は道中新緑の真っ盛り。仕事をしながらも、誠にすばらしい旅ができるだろう」

「おぉ！」
緑のまぶしい山々を眺めながら、栄一は早速頭の中で漢詩をしたためた。
『僅《わず》かに旅装を整うれば意漸《ようや》く馳《ち》す〔軽く旅支度を整えると、もう心は浮き立ってくる〕
簿遊《はくゆう》誰れか識らんや佳期に値うるを
〔短い旅だが、ちょうど野や山の最も美しい時季に当たるなんて、誰が知っているだろう〕
追随すこれより信毛の路〔さぁ、これから先達の後についていて信州へと旅立つ〕』
山道を行きつつ、惇忠もまた詩作する。
『眥《まなじり》を東北八州の野に決すれば〔目を東北八州に転ずると〕
沼々《ちょうちょう》とし一髪天と連る
〔はるか遠くの山並みが、まるで天に浮かべた一本の髪の毛のように美しい一線となって空に連なっている〕』
上州から信州へ向かうには、いくつも峠を越える。そのうちの一つ、天下の奇勝として名高い内山峡《うちやま》で、惇忠と栄一は思わず足を止めた。
「……なぁ、栄一。見てくれ、この壮大な景色を。それなのに……悲しいかな、この俺はちりにまみれ、あくせくと銭金のために働いている」

「何を言ってんだ、あにぃ。あにぃが銭金ばかり考えてるなら、もうお千代は帯でも何でも買えてる。あにぃはそんなんじゃねぇ。あにぃは俺たちにとって、孔子先生の申し子だ。あにぃのおかげで俺たちは忠孝の心を知り、こうして胸を張って前に進める。詩だって詠める。長七郎だって、あにぃのおかげで道を見つけた」

栄一は一気にまくし立て、駄馬の手綱をつかんだ。

「何をため息をつくことがある。さぁ行ぐべ」

「何てことだ。お前に励まされるとはな」惇忠は苦笑して、また歩きだした。

二人は荷馬を預け、妙義《みょうぎ》山に登ることにした。荒々しい岸壁や奇石が立ち並ぶ、峻険《しゅんけん》な山だ。

切り立った崖を行けば、栄一の頭にまた自然と詩が浮かぶ。

『一巻の肩書崢嶸《そうえい》を攀《よ》づ〔一巻の書を肩に険しい峰をよじ登る〕

渉攀《しょうはん》ますます深くして険いよいよ酷《はなはだ》し

〔やがて谷を歩くも峰をよじ登るもますます深く険しくなり〕

奇岩怪石磊々《らいらい》として横わる〔見たこともないような大きな岩や石が横たわっている〕』

汗にまみれ、ぜいぜいと激しく息切れしながらも、栄一は山頂目指して歩みを止めない。

『勢は青天を衝いて臂《ひじ》を攘《まく》りて躋《のぼ》り〔私は青空を衝く勢いで肘まくりをし〕

気は白雲を穿ちて手に唾して征く〔白雲を突き抜けるほどの勢いで手に唾して進む！〕』

大きく足を踏み出すと、いきなり視界が開けた。

ぐるりと四方、見渡すかぎりの雄大な自然が広がっている。

後から登ってきた惇忠も息をのんだ。二人とも心奪われたように、無言のまま絶景に見入る。

「……おぉ！」

――本当にお前はこのままでいいのか。

栄一は家にグッと胸をつかんだ。ずいぶんと遅れて、その答えが聞こえてきた。


栄一は家に帰ってくるなり、荷物を放って駆け出した。

「お千代は？」

畑で農具を片づけていた平九郎に聞いて神社に走っていくと、千代はお参りを終えて帰ろうとしているところだった。

「お千代……俺は」言葉が続かず、息を整えてから、しゃんとして千代と向き合う。

「俺はずっと、もやもやっとして……こう、お前を見ると胸ん中がぐるぐるして、たまんなかった。どうしていいか、分からなかったんだ。胸ん中をこう、もくもくと雲が覆ったみてぇになっちまって……」

「……はい？」

「それが……ようやく晴れた。ようやくだで。俺は……俺は、お前が欲しい！」

妙義山の山頂で見た青空のように、栄一の心は今、すっきりと晴れ渡っていた。

第八章　栄一の祝言

千代の目に、みるみる涙があふれた。

「ごめんなさい。なぜ涙が出るのか自分でも……」

「あ、すまん。その……」

「いえ、悲しいんではなくて、ずっと……ずっと、嫌われたかと思ってたもんだから」

千代は涙ながらにほほえんだ。栄一に手を振り払われたあの夜から、千代はずっと寂しかった。喜作との結婚話が出てからも、頭に浮かぶのは幼い頃からの栄一との思い出ばかりで……。

千代に触れようとして、栄一はその手を引っ込めた。旅帰りで汚れているかもしれない。着物の尻で手をごしごし拭くと、栄一は言った。

「なぁ、もうちっとしゃべってもいいか？　お千代に話したかったことがいっぺぇあるんだ」

「へぇ」千代はうれしそうにうなずいた。

境内に並んで座り、千代とうまく話すことができなかった時間を取り戻すかのように、栄一はしゃべり続けた。

「険しい山道だったんだ。俺もあにぃもとっさまにあれだけくぎを刺されてたのに、詩が詠みたくて寄り道して……後悔した。でもそこにはなぁ、その苦労をしないと見えねぇ景色があった」

あのときの感動を、少しでも千代に伝えたい。

「景色は前だけじゃねぇ。ぐるりと俺を中心に周りすべてが見渡すかぎりの美しさだった。目の前全部が夢みてぇだ。この世にこんな景色があるんかって……特に、そう、空一面の青だ。藍の青さとも谷の水の青さとも違う。すっげぇ青が広がっていた」

栄一の輝く瞳にその光景が見えるかのように、千代はじっと話に聞き入っている。

「俺は己の力で立っている。そして青い天に拳を突き上げている。霧が晴れて、道が開かれた気がした。俺の道だ」

「栄一さんの道……」

「お千代も言ってたよな。人は弱《よえ》ーばっかりじゃねぇ。強《つえ》ーばっかりでもねぇ。どっちもある。俺も銭金のために働くだけじゃねぇ。かといって、夢ばかり見て霞《かすみ》を食って生きるのとも違う。その真ん中だ。藍を作って、百姓といえども大いに戦って、俺は……この世を変えたい」

妙義山の山頂で、強く、激しい、確固たる思いが突き上げた。

「この世は、この日の本はきっともっとよい国になるはずだ。俺はその道をお千代とともに……」

「ほんとになっからしゃべる男だのう、お前は」

「……喜作！」

話に夢中で、足音にも気付かなかった。しかし、ちょうどいい機会だ。

「喜作……お前に話がある」栄一は立ち上がった。

「俺もだ。俺がもらった長七郎からの手紙には、こうあった。『お千代を嫁に欲しいならば、俺とでなく、栄一と勝負したらどうだ』とな」

「え？」

「ヘッ。俺だってお前にあそこまで言われれば、お前もお千代に気があったことぐれぇ分かってたんだ。さぁ、勝負しろ、栄一」

栄一の帰りを待ち構えていたのだろう、喜作は手に持った竹刀を栄一の眼前に突き出した。


安政五（一八五八）年四月二十三日、将軍・家定によって異例の人事が行われた。

「井伊掃部頭に、大老《たいろう》職を仰せつける！」

「……ははっ！」

老中が列席する中、前に進み出た井伊直弼が平伏して拝命する。

「は？　井伊掃部頭？」

松平慶永はじめ、黒書院はざわめきに包まれた。

井伊家といえば、「井伊の赤備《あかぞな》え」の異名をとる戦国最強の武士軍団が有名だ。関《せき》ヶ《が》原《はら》で一番槍を挙げた井伊直政《なおまさ》は「赤鬼」と呼ばれ、家臣の筆頭格として徳川随一の貢献をした。直弼はその井伊家第十三代当主である。で、あるのだが……。

「このような大任、思いもよらぬこと……」

将軍直属の幕府最高職など、本人ですら家臣にぶつぶつこぼすほど荷が重すぎた。

「掃部頭様は、大老の器ではございませぬ！」

声のするほうを見れば、目付の岩瀬、永井、鵜殿長鋭《うどのながとし》が廊下の先で老中たちに詰め寄っている。

「この異国との一大事に西洋諸国のことも何一つ知らず、掃部頭様が大老で天下が治まるはずがない！」

「いやはや、それはわれらにも……」

「そうだ。上様のおぼし召しである。得心せよ」

老中の久世広周《くぜひろちか》と松平忠固《ただかた》は、そそくさと逃げていった。

「お待ちを！　まだ話は……」

なおも食い下がろうとした岩瀬を、永井が止めた。

「岩瀬、ここまでにせよ。われわれ旗本の立場で閣老に異を唱えるは、本来あってはならぬこと」

「しかし掃部頭様など、政に関しては子ども同然の男ではないか。公方様はどういうおつもりか」

岩瀬ら三人はとうてい納得できないという様子で帰っていく。

「……まぁよい。自分でも柄でないのは分かっておる」

直弼は怒るよりも、素直に受け止めた。

当主の子とはいえ十四男で、後継ぎの道も遠く、禅に居合、茶の湯、能楽にとことん励み、「茶《ちゃ》歌《か》ポン」というかわいらしいあだ名までつけられた。それが巡り巡って三十二歳で井伊家の世継ぎとなり、初めて将軍・家慶に謁見した日は、帰りの駕籠で「身に余ること」と涙を流して喜んだ。

それが、直弼なのである。


「井伊掃部頭殿か。家柄で申せば妥当であろう」

慶喜は驚きもせず、不満も口にしなかった。

「家柄だけよくったって屁《へ》にもなりませんぜ。こんなことじゃ、日の本に降りかかった病は悪くなる一方だ。殿！　どうかその剛情な御心を、もうお改めくださいませ」

円四郎は衿を正すと、慶喜の前で平伏した。慶喜のほうは「またその話か」とうんざり顔である。

「殿、あなた様は人の心を引き込む力をお持ちだ。あたしだけじゃなく、あの越前様の惚れ込みようは尋常じゃあねえ。今じゃ諸侯や閣老衆までそれに賛成し、草莽《そうもう》の志士や有志の者までが、皆あなた様に日の本をまとめていただきたいと望んでいるんですぜ！」

「……昨今の父を見ただろう」慶喜は急に斉昭の話を始めた。

「父は二十数年来、夷狄に日の本の地を踏ませぬと一線に立ち戦ってきた。それが今となっては、夷狄が足を踏み入れるを黙って指をくわえ見ていることしかできぬ。天下を治める定見《ていけん》もない私が将軍となれば、父のように一人の恥辱にとどまらず、日の本の恥辱となり、末代まで汚名を残すのは明らかなこと。それが分かっていて、どうしてそのような地位を望めようか」

賢明で、思慮深い慶喜が考えそうなことだ。しかし時には、清水《きよみず》の舞台から飛び降りる覚悟と無謀さが必要なこともある。円四郎は無礼を承知で食ってかかった。

「そんなことが怖いんですか。そんな殿を助けるために、あっちたち周りの者がいるんだ。優秀なくせに苦労が面倒だからといって、天下をお放しになってしまうこたあ、主君たるもののなされるべきこととは思われません！」

「……もうよい。あい、分かった」

円四郎は一瞬、ぽかんとした。「今、分かったと申されましたか？」

苦笑を浮かべる主君を見て、円四郎は「よし！」と破顔して平伏した。

「ありがとうございまする！　よっしゃ！　左内殿に、いや、まずは水戸の御老公に知らせを！」

円四郎は意気揚々と去っていく。

自ら欲した諍臣に、将軍になるよう迫られるとは……慶喜はふぅ、とため息をついた。


「上様、このような大役は恐れ入ったことで……」

あわよくば役を解いてもらえまいかと、直弼は家定のもとに伺候した。

「なぜじゃ。わしは大老にするなら、家柄からも人物からも、譜代筆頭の井伊家を差し置くいわれはないと思うておった」

「ははっ。ありがたきお言葉。しかし家の格がどうあれ、それがし自身はまだ拙く、水戸の御老公にも事あるごとに愚昧《ぐまい》であると嫌われ……」

彦根藩主の座に就いて数年、ペリーが来航した頃から斉昭とは反りが合わなかった。

「その水戸の斉昭は今、越前や薩摩と手を組み、将軍のこのわしをどこぞに押し込め、己の息子を世継ぎにし、公儀をわがものにしようと謀っておるのじゃ」

「ええ？　御老公がそのようなはかりごとを……」

驚愕《きょうがく》する直弼をちらりと見て、歌橋が「あぁ、何という恐ろしいこと」と泣き崩れた。漁色家《ぎょしょくか》の斉昭は、大奥の女たちから蛇蝎《だかつ》のごとく嫌われているのだ。

「阿部は……わしに何も話そうとはしなかった。将軍とは名ばかりで政はすべて蚊帳の外。そもそも薩摩のごとき外様や家臣どもが世継ぎに口を出すこと自体が不届きなのじゃ！」

「そうです。そのとおりでございます！」歌橋が涙ながらに訴える。

「わしはもう誰にも思うようにはさせぬ。慶喜を世継ぎにするのは嫌じゃ。何としても嫌じゃ！」

「……承知つかまつりました」

「ん？　何と言うたか、掃部頭？」

「世継ぎは上様が決めて当然。いくら御三家とはいえ自らの御子息を将軍に推挙するなど、徳川の長き歴史において一度もございませぬ。世継ぎは上様に血筋の近い紀州様こそふさわしいと存じます」

まだ幕政の垢《あか》がついていない直弼は、駆け引きしたり裏を読むという芸当ができない。

「そうじゃ！　そうよのう？」

「ははっ。どうかこの井伊にお任せを。それがしが大老の職に在るかぎり、何事も御遠慮なく、御尊慮お申し付けくださいませ」

「まぁ、お聞きになりましたか、上様」歌橋の涙はいつの間にやら雲散霧消している。

「よし、これで百人力じゃ。菓子を持て！」

家定は大喜びで、上物の宇治《うじ》茶と手作りのカステラで直弼をもてなした。

「まずわしは、堀田たちを罷免したい」

「備中守殿を？」

「備中は、異国との条約調印を天子様からの一声で決定に持ち込もうと、わざわざ京まで出向いた。それなのに異国嫌いの天子様にあっさり断られたのじゃ。わしは朝廷に恨まれるのはごめんじゃ」

「しかし備中守殿がおらねば、それがしには外国の事情が……」

「掃部頭！」家定は大声で直弼を遮った。「そちはもう大老ぞ。老中首座よりも上座じゃ。堀田のことはこれから、備中と呼び捨てにするがよい」

「はぁ……び、びっちゅう……」直弼はもごもごと口の中でつぶやいた。

将軍の世継ぎに御三卿・一橋家当主の慶喜を推していた斉昭や越前の松平慶永、薩摩の島津斉彬、宇和島藩主の伊達宗城や土佐《とさ》藩主の山内豊信《やまうちとよしげ》ら「一橋派」に対抗し、まだ若いが将軍・家定と血筋の近い御三家の紀州徳川家当主・慶福《よしとみ》を推す一派「南紀《なんき》派」の勢いが盛り返していた。家定と歌橋を筆頭とする大奥の女たち、老中の松平忠固や紀州藩付家老の水野忠央《みずのただなか》などがそうだ。

そしてこの、将軍後継ぎを巡る戦いで一番槍を挙げるのが、誰あろう直弼なのである。


血洗島では、千代を巡る栄一と喜作の一騎打ちが始まろうとしていた。

「なんか知らねぇが、一世一代の大勝負だとよ」

伝蔵ら、物見高い道場の仲間たちの中には、どっちが勝つか賭けを始める者までいる。

「ほら、ねえさまも、早く早く」平九郎が、惇忠と千代を引っ張ってきた。

「何だ？　何の騒ぎだ？」

周りの喧騒《けんそう》をよそに、栄一と喜作はお互いを見据え、竹刀を構えて向かい合った。

「……行くで、栄一」

「おぅ！　来ねぃ！」

「いええええぃッ」

双方の気合いとともに、初手から激しい打ち合いが始まった。

「うひゃあ、どっちもすげぇ気迫だ」

声援が飛び交い、道場は興奮の渦となった。

「ほう、栄一も喜作も腕を上げたな」

惇忠が目をみはった。長七郎には及ばぬまでも、二人とも相当に強い。

そのとき、道場の入り口から、息を切らした若い女が顔をのぞかせた。

「ん？　誰だいね、あのべっぴんは？」伝蔵が目を留める。

年の頃は十八、九。頰を桃色に染めた、はつらつとした美女である。

「あ……やっぱし。喜作さん、喜作さん！」

栄一に追い詰められている喜作を見つけると、女は声を張り上げた。

「喜作さん、気張って！　お気張りくださぁい！」

「おぉ、そうよ、負けんな。気張れ！」

女につられたように、わっと喜作の応援が盛り上がる。

「くぬぅ、よしゃあ！」

今度は喜作が優勢になった。栄一がどんどん隅へ追いやられていく。

「栄一さん！　栄一さん、頑張って！」

千代は思わず叫んでいた。そんな姉を見て、平九郎がほほえむ。

「いいぞ！　どっちも負けんな！」

試合は白熱した。つばぜり合いが続き、飛び散る汗で道場の床が光る。

そのときだ。押し合っていた二人が飛びのくように一歩下がると、間髪を容れずそろって大きく踏み込んだ。

「メーンッ」

「どぉおう！」

ほぼ同時に打ち込んだとき、「よし、そこまで！」と惇忠の声がかかった。

「わずかに喜作さんが速いか？」と平九郎。

「うむ……この勝負、喜作の勝ち！　まぁ実戦なら両者刺し違えている。腕を上げたな」

負けた……栄一は力が抜け、大の字に倒れ込んだ。喜作も息が切れてへたり込む。

千代は口を結び、着物を握りしめている。喜作が立ち上がって、そんな千代に歩み寄った。

「おい、お千代」

「……はい」

「栄一は俺の弟分だが、見てのとおり、実にまだまだの男だ」

「なぬ？　まだまだ負けちゃ……」

向かってこようとした栄一を無視して、喜作は千代に続けた。

「そのくせ、この世を変えたいなどとでかいことを言いだす。こいつには……お前みたいなしっかり者の嫁がいたほうがよい」

千代が大きく目を見開いた。栄一は「……喜作」と言ったきり言葉もない。

「悪《わり》ぃがこの先、こいつの面倒を見てやってくれ」喜作は笑顔で言い、出口に向かった。

「あの、喜作さん！」

千代の声に立ち止まったが、喜作は「……幸せになれよ」と背中で言うと、そのまま道場を出ていった。

「ん？　どういうことだ？　喜作は……」

狐につままれたような顔の惇忠の前に出ていくと、栄一は頭を下げた。

「あにぃ、お千代を、俺の嫁にください」

「へ？　栄一がお千代と？　しかしお千代は……」

「だからにいさま、ちょうど今、その話が済んだとこなんだに」平九郎は少しあきれ顔だ。

「あにぃ、こんな俺だが、きっとお千代を幸せにする。だから、だからお願いします！」

「にいさま、千代も……」栄一の隣に来て、千代も一緒に頭を下げる。

「……なんだ。お前たち思い合っていたのか」

頭を垂れる二人を前にして、鈍感な惇忠もやっと思い至った。

「そうと決まれば……栄一は俺の同志であり、かわいい弟分だ。認めぬわけにはいかぬだろう」

「おぉ！」平九郎が躍り上がった。

「うおぉぉ、よく分かんねぇがすげぇぞ！　栄一兄貴が、お千代さんを嫁にもらうとー！」

伝蔵が歓喜の声を上げ、道場の仲間たちがわっと栄一と千代を囲んではやしたてる。

皆の祝福の声を浴びながら、栄一と千代はうれしそうにほほえみ合った。

「……ったく世話の焼ける」

こっそり中をのぞいていた喜作が苦笑して立ち去ろうとしたとき、「喜作さん」と声をかけられた。振り返ると、建物の陰から、見知らぬ女がぴょこっと出てきた。

「実にお見事な腕前でございました。よしは喜作さんに惚れ直しました」

「え？　誰？　よし？」

「はい！」とにっこり笑う。祭りで喜作に一目惚れしたという、福田直三郎の姉であった。

「ほぉら、ほぉら、早く。早くとうさまに知らせねぇと」

やへは心から喜んだ。相手が栄一と知って最初は驚いたが、これほど幸せそうな娘を、やへは見たことがない。

仏壇に手を合わせて千代の亡父に報告したあと、二人はいよいよ中の家の敷居をまたいだ。

「は？　何だって？」

「栄一がお千代ちゃんと一緒になるって？」

市郎右衛門とゑいは目をぱちくりさせた。二人とも全くの寝耳に水であったが、ていは訳知り顔で「ほぉら来た！」とパンと手をたたいた。

「なぁ、かっさま。ねえさまの言ってたとおりだ。ねえさまは、にいさまもお千代さんに気があるとずぅっと言ってたに」

「そうか。いえね、喜作んとこは福田から嫁を取ることになったって聞いたから、どうなってんだと思ってたに」

「え？　福田の……あ！　直三郎の姉様か！」栄一は喜作に聞いた話を思い出した。

「そんでもていは、まっさかうれしいんだに。おらにこんなきれいなねえさまができるなんてなぁ」

ていは千代にまとわりついて大喜びしているが、ゑいは「えぇえぇ、そうだけんども、お千代ちゃんがねぇ……」と、どこか戸惑っているふうだ。

「いや、ていは小せぇ頃から……」

「おい、おていはちっと黙ってろ。お前は栄一に負けねぇおしゃべりになっちまったに」

ていを叱ると、市郎右衛門は真面目な顔で千代に向き直った。

「お千代。お前のような孝行者が、この中の家に入ってくれるとはこんなうれしいことはねぇ。どうかよろしく頼む」

「へぇ！」千代が恐縮して平伏する。

「栄一！　お前は果報者《もん》だ。しっかりやれ！」

「はい！」栄一も頭を下げる。

こうして双方の親に許しを得た栄一と千代は、仕事が一段落する冬を待って祝言を執り行うことになった。


「恐れ多いことだが、上様はそれがしがかつて聞き及んでいたよりも、誠にしっかりとした御様子。それがしが大老となって以来は、何事によらず御相談申し上げると大層お喜びになる。天下の政務を執るにおいて、何の不足もない。その公方様の御意志じゃ。将軍お世継ぎには、紀州様を推したいと思う」

廊下で控えていた川路は、御用部屋から聞こえてきた直弼の話に驚いた。

「お言葉ながら、今日《こんにち》は天下多事にて人心不安のとき」これは堀田の声だ。

「年長にして賢明なるお方を将軍家の補佐にすることこそ急務ではござるまいか。かしこき辺りよりも『年長』の者を選べとの御内勅《ごないちょく》が……」

「備中！」直弼が怒号を放った。「われらは臣として、君の命に背くことがあってはならぬ」

「は、ははぁ……」堀田はたじたじになっている。

「じ、実に大老の申されるとおり！」

「そうよ。紀州様こそしかるべし」

松平忠固ら老中連中も直弼の言いなりだ。何たること……川路は唇をかんだ。

翌日、円四郎の長屋に川路と左内が顔をそろえた。

左内が数日前の江戸城での出来事を話す。慶永は直弼に、こう言われたそうだ。家定の意向で世継ぎはじきに慶福に決まる。故にこれまでのように慶喜を立てることをやめ、御公儀に忠誠を尽くすように、と。慶永は興ざめして、返事もしなかったらしい。

「また近頃の掃部頭様は、今までのふるまいとは打って変わって傲慢尊大だとひどくお怒りで……」

以前は老中たちの先頭を歩くのもおどおどした様子であったのに、今や胸を張って皆を引き連れ、まさに草木もなびく勢いである。

「仰せのとおり」円四郎は眉を寄せた。「伊勢守様の頃と違って、今じゃあ何だかみんなこそこそしてやがん。しかし、わが殿をお世継ぎにと推す公家衆や大名がこれほど増えてるんだ。今さら紀州様にはなりますまい」

「あぁ。それがしも今では一橋様のほかに、徳川を救うお方はおらぬと思っておる」川路が同意する。

「一橋様は御老公の威厳を受け継がれ、そのうえ、実に御聡明。おぬしを一橋家に推挙したのも何かの縁。それがしも微力ながらお手伝いつかまつる」

円四郎は、「よし！」と膝を打って左内を見た。

「川路様に御城内の根回しを頼めれば、これほど頼りになるものはねぇ！」

「はい！」

「ったく、みんな一橋様が好きだねぇ。どこがそんなにいいんだかしれないけど」

茶を足しに来たやすはあきれて首を振るが、円四郎はこれで一橋派が巻き返せると期待した。

ところが、『一橋慶喜を将軍世継ぎに』という建白書を提出したわずか三日後、川路は勘定奉行から西丸《にしのまる》留守居《るすい》にお役替えとなってしまったのである。

「留守居役なんて空城《あきじろ》の番人。閑職もいいとこですぜ」

市中で川路を捕まえた円四郎は、歯がみして悔しがった。

「私だけじゃない。目付の鵜殿殿も外された」

「しかし、ぺるりが来てから、御公儀の懐も異人との交渉も一切合財、川路様がおやりになってたってぇのに……」

「円四郎よ。俺《おり》ゃあお前《めえ》、もういい年なんだぜ。ずっと慌ただしかったが、いつかまたプチャーチンやハルリスに会ったときに困らねぇよう、蘭書でも読んで過ごすさ」

川路は笑んで去っていったが、円四郎は腹の虫が治まらない。

「……くっそう、おかしろくねぇ！」

味方が次々といなくなり、怒りと焦りがないまぜになったような心持ちであった。

その年の六月十九日、将軍のためにと張り切る直弼に思いもよらぬことが起こった。

「えぇ？　もう条約に調印しただと？　天子様はまだお許しになっていないはず……」

「ははっ。恐らくまだ……」

羽目の間で直弼に平伏しているのは、目付の岩瀬忠震と下田奉行の井上清直《いのうえきよなお》である。

「何ということを！　勅許を頂くまでは、なるべく延引《えんいん》せよと申したではないか！」

ハリスと交渉を重ねていた岩瀬と井上が、早々に「日米修好通商条約」に調印してしまったのである。これは天皇や朝廷の意見に背いた明らかな罪、すなわち違勅《いちょく》であった。

激怒する直弼に、岩瀬は何食わぬ顔で答える。

「『是非に及ばぬ場合は調印してかまわぬ』との御大老のお言葉に従ったまでにござりまする」

「何を申す！　『是非に』と申したのじゃ。『是非に及ばぬ場合は致し方ないが、できるかぎりの努力をせよ』と……」

岩瀬は苦笑を浮かべると、しゃあしゃあと言った。

「ですから、エゲレス・フランスとの戦を避けるは『是非に及ばぬ場合』と存じましたゆえ、調印もやむなしと、愚考つかまつった次第でございまする」

直弼は岩瀬をにらみつけたが、いかんせん後の祭りである。至急、朝廷に知らせるよう家臣に命じ、水戸の御老公が暴れるに違いないと頭を抱えた。

「天子様の御叡慮《ごえいりょ》に反し条約を結ぶとは不届き千万！」

直弼の予想どおり、斉昭は家臣たちを前に激高した。

「天子様と朝廷に謝罪し、調印した井伊大老を退け、次なる大老に越前殿を迎え政を改めるのじゃ」

「ははっ！」

斉昭は「平岡円四郎にも至急伝えよ」と耕雲斎に指示した。

「ははっ。しかし御老公、御無理をされてはなりませぬ。朝から差し込みがと……」

「心配などいらぬ！　これぞ好機じゃ。これを機に井伊に腹を切らせ、必ずや一橋殿を将軍にしてみせる！」

水戸藩邸から知らせを受けた円四郎は、速やかに慶喜に報告した。

「違勅を犯した井伊大老は、やはり器ではございませぬ。すぐにも退け、越前様を……」

「それより、天子様へ条約調印の知らせは？」

「ははっ、急ぎ宿継《しゆくつぎ》奉書をもって奏聞《そうもん》したとのこと」中根が答える。

「はぁ？　宿継奉書でだと？」

宿継とは、宿場から宿場へ人や馬を継いで書類を送る、今で言う速達便のことである。

「……なぁ、円四郎。天子様とはどのようなお方かのう」

「はい？　天子様でございますするか？」

「例えば、お前が私の意に背くことをしたとして、それをお前がここで正直に頭を下げたなら、私はお前を許そうと思う。しかし、それを書翰のみにて軽々しく知らせてきたとしたら……私はお前を許さぬ」

その目にすごみがあり、円四郎は少しゾッとした。

「天子様ならばどうだ？　いやしくも天照大神《あまてらすおおみかみ》の御子孫である天子様がこのような軽々しい扱いを受けるなどとは、どれほどお怒りになっても足りぬ……」

――万が一にも何かが起こり、朝廷と徳川が敵対することがあったときには、徳川宗家に背くことはあっても、決して天子様に向かって弓を引くことはあってはならない。

慶喜は、父から口伝された水戸家の掟を思い出していた。

「……大老に、すぐここに参れと伝えよ」

「へ？　井伊大老にじかにでございますか？」

名代ならまだしも、大老を邸に呼びつけるなど先例がない。

「父より先に話がしたいのだ。それに……朝廷に対し、先例なき不届きをしたのは大老のほうぞ」

なんと、わが主君は将軍以上に将軍のようではないか。いやがうえにも円四郎の胸は高鳴る。

「ははっ！　すぐにも！」

彦根藩の上屋敷に使いが出されたが、直弼にも面子《メンツ》があるのだろう、「明朝ご登城いただければお目にかかります」との返事が来た。


翌日、登城した慶喜が円四郎を従えて会見の場に向かっていると、庭を挟んだ向こう側の廊下を、お坊主に導かれて歩く美しい若武者の姿が見えた。

「あれは……」

紀州藩主・徳川慶福である。慶福も慶喜に気付いて足を止め、礼儀正しく頭を下げた。年は十三と聞くが、立ち居振る舞いも堂々としたものだ。慶喜は優しくほほえみ、ゆっくり会釈を返した。

直弼と顔を合わせた慶喜はまず、ねぎらいの言葉をかけた。

「先日は大老職を命じられ、大儀なことである」

「は、ははっ。不肖の私が思いもよらず大任を命じられ、恐れ多いことながら、力のかぎり粉骨砕身いたす所存でございます」

慶喜などしょせん御老公の傀儡、恐るるに足らずと豪語していたにもかかわらず、直弼はすっかり畏縮している。

「今回の調印はそこもとも承知のうえでのことか。それともそこもとは不承知であるのに、備中守などが無理に取り計らったゆえ、今日《こんにち》のような『違勅』となったのか？」

「……恐れ入り奉りまする」平伏したまま答える。

「恐れ入りでは何も分からぬ」

「ははっ、私も同意いたしましたことゆえ、恐れ入り」

「そうか。天子様の御叡慮に反すと知ってのことか？」

「ははっ、私もそのように思い拒みましたが、多勢に無勢となり、しかたなく同意を……」

弁解ばかりする直弼を、慶喜が遮るようにどなりつけた。

「天子様の御叡慮に沿いまいらせることなく、それをまた奉書のみにて京に伝えるとは何事か！」

直弼がびくっと跳び上がる。

「朝廷を軽《かろ》んじるにも程があるぞ！」

「ははっ。恐れ入ります！」

「明日早々に上洛《じょうらく》し、しかたなく不埒をしたと弁解をせよ」

「ははっ。私どもの誰かが、早々に上洛して弁解いたします。どうか、どうか幾重にもお許しいただきますよう」

「私に謝ることではない。すべて徳川のためじゃ。お世継ぎの件は、どうなったのだ？」

まさか慶喜から問いただされるとは思わない。直弼は冷や汗をかいた。

「ははっ、恐れ入り奉りまする」

「さっきから何を恐れ入っておる？」

「お、恐れ入り奉りまする」

ますます頭を低く下げる直弼を見て、慶喜は合点した。

「そうか。いよいよ紀州殿に決まったのだな」とフッと安堵の息を漏らす。

「それは大慶《たいけい》至極《しごく》ではないか。私も何やかやと言われ案じていたが、安心した」

「……へ？」

「先ほどお姿を見たが、紀州殿は心穏やかで、背丈も年齢の割に大きく御立派だ。幼いとの声もあるようだが、そこもとが大老として補佐すれば、何の不足があろうか」

「……そ、それでは一橋様は、紀州様でよろしいと」

「さもありなん。及ばずながら私も公儀のためをひたすら思い、幾久しく御奉公いたしたいと思うておる」

慶喜自ら慶福を推してくれるとは、全くの想定外である。直弼は緊張が一気に緩んだ。

「はぁ、一橋様がそのようにおぼし召しくだされば、誠にありがたく安堵いたしました」

「なんの。こちらを気遣うことはない。一日も早く世継ぎを周知し、天下を安心させるのがよいだろう」

そう言うと慶喜は立ち上がり、用は済んだとばかりにさっさと部屋を後にした。

慌てたのは、次の間で一部始終を聞いていた円四郎だ。

「お待ちくだされ、お待ちくだされ、殿！」

「今聞いたとおりだ。このようなことで長くもめては、ますます公儀を弱らせるのみ。これでよかったのだ」

さっぱりしたように、慶喜はすたすた歩いていく。

「そんな……お待ちくだされ！」

何ゆえ慶喜は、まるで韜晦《とうかい》を好むかのように表に立とうとしないのか。円四郎には理解できなかった。


「あぁ、よかった……よかったぁ」

全身から力が抜けて、直弼はその場に倒れ込んだ。背中から脇の下から体じゅう汗だくである。

「しかし……あれが生まれ持った器というものか」

家定にも感じたことのない威厳。何より慶喜の独特の風格に、直弼はけおされてしまった。

翌朝、直弼は悪夢にうなされて、叫びながら飛び起きた。斉昭と岩瀬から蔑まれる直弼を慶喜がほほえんで見ているという、現実にあってもおかしくない、実に嫌な夢である。

不快な気分のまま支度部屋で出仕の準備をしていると、家来が松平慶永の来訪を知らせてきた。見たくない顔の三本指に入るが、朝駆けでは居留守も使えない。

「メリケンとの条約については、天子様は御三家以下諸大名とよく話し合ったうえ、報告せよと仰せになったはず」

「その儀はもうごめんくだされ」直弼はうんざりして言った。

「ならば本題じゃ。お世継ぎの件はどうなされた？　朝廷は一橋様をお望みのはず。条約のみならず、お世継ぎをも朝廷を裏切れば二重の罪になるぞ！」

「お世継ぎのことは明日、公に御報告いたしますゆえ、ごめんくだされ」

強引に話を切り上げて直弼は立ち上がった。

「まさか紀州様に決まったのか？」慶永の顔つきが変わっている。

「登城の刻にて、これ限りにて失礼いたしまする」

出ていこうとする直弼の袴《はかま》の裾を、慶永がはっしとつかんだ。

「お待ちくだされ！　今日を逃してなんとするか！」

「お、お放しくだされ。お手を放されよ！」

すっぽんのように離れない慶永を無理やり振り切ろうとして、袴の裾がびりびりと裂けた。

ほうほうの体で逃げ出したものの、朝から踏んだり蹴ったりである。破れた袴を気にしつつ登城すると、今度は斉昭のどなり声が聞こえてきた。

「上様にお目通りはかなわぬと申すか！」

斉昭と慶篤、そして尾張藩主の徳川慶恕《よしくみ》が目付に詰め寄っている。直弼はとっさに廊下の曲がり角に身を潜めた。何ゆえ御老公が？　今日は御三家の定式登城日ではないはず。

「それなら井伊はどうした？　今すぐ井伊を出せ！」

「ご、御大老は、誠に多忙にて……」

直弼は慌てて踵を返した。斉昭を避けて御用部屋で仕事をしていると、目付が尋ねてきた。

「御大老、お待ちの方々にお食事の支度は……」

「まだおったのか。登城日でもない押しかけ登城であるのだから、ほっておけ」

なかなか現れない直弼を、斉昭たちは空腹をなだめながら待ち続けていた。

「何をしておるのじゃ、井伊め……」

朝五つ半（午前九時）に登城した斉昭たちが直弼に会えたのは、午後も遅い時刻である。

「えー、違勅調印の件でございましたら、いずれ上洛するつもりでございますゆえ、恐れ入り奉りまする」

くたびれ果てた斉昭たちを前にしてもまるで悪びれず、直弼は堂々たる棒読みで言った。

「……そうか。ならばよい。しかし御養君の件を公にする儀は、時宜《じぎ》を得ぬのではないか！」

慶恕が「ごもっとも！」と追随する。「それに紀州殿は幼年であるからして、朝廷も望まれる年長の一橋殿を立てるべきであろう」

「あぁ、お世継ぎの公表の件でございましたら、もう日取りも決まっておりますゆえ、引き延ばしはできませぬ。一橋様にも昨日、了承を得てございまする」

斉昭は息をのんだ。まさに青天の霹靂で、兄の慶篤も動揺を隠せない。

「え？　七郎……一橋殿は何と？　何と申した？」

「『一日も早くお世継ぎを周知し、天下を安心させるがよい』と、『公儀のためにすばらしきことだ』と仰せになられました。誠に賢明なお方でございまする」

ぐうの音も出まい。直弼は鬼の首を取ったように言った。

「……越前を呼べ。越前を呼ばぬか！　越前も登城しておるはずじゃ！」

小刻みに震えながら猛然と立ち上がった斉昭を、慶篤と慶恕が慌てて押さえる。その様子を、直弼は冷ややかに見ていた。

『老公、老公』と鬼神のごとく恐れられておったが、大したことはなかったのう」

御用部屋で老中たちと茶を飲みながら、直弼は薄ら笑いを浮かべた。

「ちょっと困れば、『越前を呼べ！』と大騒ぎする始末。あれでは、老公というよりも老耄《ろうもう》。ただの老いぼれじゃ」

「まことに仰せのとおり！」老中の間部詮勝《まなべあきかつ》が受け、ほかの老中たちがどっと笑う。

直弼はすでに真顔に戻っていた。この者たちは、何も分かっていない。

「恐ろしいのは老公ではない。一橋慶喜じゃ……」

長い一日が終わり、宵闇が忍び寄る執務室で、直弼はぐったりと疲れ切っていた。

深夜、大奥の御錠口《おじょうぐち》で慶喜は中根から報告を受けた。

「掃部頭様からの知らせで、朝廷への使者は老中・間部下総守《しもうさのかみ》に決まったとのことでございまする」

「そうか。御苦労であった」

中根をねぎらい、寝所に行くと、美賀君が待っていた。

「美賀君よ。あいにくだが……私に将軍の道はなくなったぞ」

「おやまぁ……それはそれは」とふっくらしたおなかに触れる。

懐妊してからというもの、妻の悋気《りんき》はなりを潜めた。美賀君の抑揚のない物言いに、慶喜がいらだつこともない。いつぞや母の吉子に諭されたように、夫の心がけしだいでおのずとよき妻となる。

「おかしなものじゃ。ホッとしたような、どこか寂しいような……不思議な気持ちじゃ」

慶喜は美賀君の膝を枕にして寝転んだ。変な人――慶喜を見下ろす美賀君は、そんな顔だ。

「……父上は、さぞがっかりされたことだろうのう。私は、父上の……最後の望みまで摘み取ってしまった」

縁に一人ぽつんと座っている寂しげな父の背中が、目に見えるようであった。


翌日の六月二十五日、将軍・家定と井伊直弼は諸大名を江戸城に集め、十三歳の紀州藩主・徳川慶福を正式に世継ぎとして発表した。熱烈な一橋派だった松平慶永は、病を理由に登城しなかった。

こうして将軍継嗣問題は南紀派が勝利したものの、このころから家定の体調は急激に悪化した。直弼は漢方医だけでなく、蘭方医《らんぽうい》の伊東玄朴《いとうげんぼく》を幕医に登用するなどして手を尽くしたが、家定はとうとう臨終の床に就いてしまった。

「上様。どうかお気を確かに……」

枕元に座って涙ぐむ直弼の衿元を、病人と思えぬ力で家定がぐいっと引き寄せた。

「……よいか井伊、登城日を破った水戸や越前を皆処分せよ」息も絶え絶えに耳打ちする。

「慶喜もじゃ。あいつらはきっとまたはかりごとをする。頼むぞ。頼む。わしの願いをかなえよ……」

幕政を揺るがす制裁である。しかし、家定の遺言ともとれる言葉だ。直弼に否はなかった。

居並ぶ大名たちを前に、直弼は意を決して申し渡した。

「上様の命を申し遣わす……おぼし召しにより……前中納言《さきのちゅうなごん》・徳川斉昭を謹慎に処す」

「何？」慶喜は眉を上げた。慶篤も絶句している。

「越前中将・松平慶永は隠居、直ちに謹慎。尾張権中納言《ごんのちゅうなごん》・徳川慶恕は隠居、謹慎とする。また水戸宰相《さいしょう》・徳川慶篤、一橋宰相・徳川慶喜を登城禁止に処す！」

「一橋様まで？　お待ちくだされ！　一橋様に罪はないではないか！」

慶永が抗議の声を上げたが、直弼は慶喜を一瞥《いちべつ》すると、さっと出ていってしまった。

処分を見届けて満足したのか、翌日の七月六日、第十三代将軍・徳川家定は逝去した。

そしてこれが、後に言われる「安政の大獄《たいごく》」の始まりであった。


「わが殿は、御公儀のために世継ぎを譲ったに違《ちげ》えねんだい!!」

円四郎の声が漏れないように、やすは慌てて長屋の戸を閉めに行った。

「不時登城だってしちゃあいねぇ。なのに登城禁止って、なんだってそんな仕打ちを！」

はらわたが煮えくり返る思いなのは、主君の慶永を処罰された左内も同じである。

「備中守様も伊賀守《いがのかみ》様も老中を罷免された。井伊大老は、己の意にそぐわぬ邪魔者を次々に除いておるのです」

「公方様も亡くなっちまって、これからますますあの大老の天下だ。左内殿、いま一度どうにかならねぇのか。恨み憎むべくは、あの井伊の赤鬼だ」

「この左内、もとよりその腹積もり。わが殿を隠居させられ、このまま引き下がるわけにはまいりませぬ。必ずや赤鬼を退治いたしましょう」

天皇の意に反して条約を結んだうえ、水戸の斉昭らを排除した井伊直弼の噂は、攘夷の志士たちの間にもすぐに広がった。

「井伊大老の行いは明らかに『違勅』！　天子様は攘夷をお望みであるぞ！」

思誠塾では、尊王攘夷派の大橋訥庵が志士たちの前で熱弁を振るった。

「そうだ！　今すぐ攘夷を決行せよ！」

「『違勅』を犯した井伊の赤鬼を退治せよ！」

塾には以前よりも多くの男たちが集まり、攘夷の血を湧き立たせていた。

その喧騒の中、訥庵が一人の男に歩み寄った。総髪《そうはつ》の、浪人風の男である。

「おぬしにも、大いに期待をしておるぞ」訥庵は耳元でささやき、肩をたたいた。


黒紋付きの羽織袴姿になった栄一は、家の前でそわそわしながら花嫁を待っていた。

やがて村の子どもたちが歌を歌ってはやしたてる声が聞こえてきた。思わず背伸びをして、道の向こうを見る。すると、白い打ち掛けをまとった千代が、やへに手を引かれて静々と歩いてきた。その後ろを、惇忠ときせ夫婦、平九郎がついてくる。

綿帽子の下から、はにかんだ千代の顔がのぞく。栄一は思わず自分の花嫁に見とれてしまった。

十二月七日、栄一と千代の祝言が挙げられた。

三々九度の杯を受ける栄一と千代を、それぞれの親たちが目を細めて見守る。

宗助とまさ、惇忠ときせも、初々しい二人の姿に微笑を浮かべている。

「はぁ、なぁんてきれいなお嫁さんなんだんべぇか」ていがうっとりとため息を漏らす。

隣に座った平九郎は、「長七郎にいさまにも見せてやりたかったなぁ」と少し残念そうだ。

式のあと、村人たちが集まって祝いの宴が始まった。

「ゑいさん、ふつつか者ですが、どうぞよろしく」やへが頭を下げる。

「えぇえぇ。栄一には器量より、ただただ働き者の丈夫なお嫁さんをと思ってたのに、なよ竹のかぐや姫みてぇに品のいいお千代さんを頂くなんてねぇ」

母親と姑《しゅうとめ》の会話に、千代は聞こえぬふうを装った。

「あにぃ、おめでとう」

喜作とよしが、酒を持って惇忠ときせに挨拶に来た。

「おぉ、ありがとう、喜作、よしさん」

そばにいたなかが、「あれまぁ、喜作のお嫁さん？」と声をかけてくる。

「はい。よしと申します。どうぞよろしく」

「こちらこそ。へぇ、きれいなお嫁さんじゃねぇか」

「ちっと尻に敷かれてる気もするが、まぁなっからかわいい嫁よ。ねえさまも出戻りすんなよ」

「へぇへぇ」

和気あいあいとした雰囲気の中、みんな楽しそうに飲んだり食べたりしている。

「はぁ、いい宴だ」

宗助が、市郎右衛門のところにやって来た。

「長七郎のせいで、この地の若い者《もん》まで攘夷やら何やらにかぶれちまうんじゃねぇかと案じておったが、これで喜作も栄一も腰を据えるだんべぇ」

「あぁ、一安心だ。これもお千代のおかげだいなぁ」

嫁をもらい、赤ん坊ができれば、いやでも落ち着くだろう。栄一が惇忠や喜作らと国事の議論ばかりしているのを、市郎右衛門もひそかに心配していた。

「よぉし、俺もひとつ、祝い歌を歌ってやんべぇ」

「え？　とっさまがか？」

朔兵衛や権兵衛たちに祝い酒を飲まされて、栄一はだいぶ顔を赤くしている。

「いやいや、ここは俺が歌わねぇと」

「お前さんはいいから、もう三曲目でねぇか」

宗助とまさが言い合っている間に、「ようし、そんなら俺が！」と喜作が歌いだす。

栄一十九歳、千代十八歳。にぎやかな宴の騒ぎを、晴れて夫婦となった若い二人は幸せそうに眺めていた。

そしてそのころ、腰に大刀を差し、血洗島村に向かって田舎道を歩く、鋭い目をした志士風の男の姿があった。

第九章　栄一と尊王攘夷

「さぁ、今日からここがあんたたちの部屋だかんね」

ゑいが栄一と千代のために、一室を空けて準備しておいてくれた。

「明日も朝早《はえ》ぇから、あんまり無理しちゃあいげねぇよ」

「何をだいな」栄一が聞くと、「何をってあんた、ふふふ」と意味ありげに笑う。

「あぁ、もう大丈夫だい、かっさま。ありがとう」

栄一はゑいを追い出すと、部屋の真ん中にどかっと座った。

「はぁ、新しい畳の香りはいいなぁ」

千代は栄一から少し離れてかしこまり、畳に目を落としたまま言った。

「……栄一さん。早くお子を作りましょうね」

「……えぇっ!?」

「宗助おじさまとまさおばさまが、重ね重ねおっしゃいました。この渋沢の家のために、どうか早くと」

「あぁ。はぁ、あの二人の言いそうなことだい」

「お義父《とう》さまにも……」

とっさまもか。千代は一体何人に尻をたたかれたのやら。

「千代も……この中の家は大きいお家だから、これからこの家を守っていかねばという覚悟は、もちろん出来ております。だから……」

「あのなぁ、お千代」

栄一は千代に向かって座り直すと、膝の上で握っている華奢な手を取った。

「そんなに硬くなるな。そんなに思い詰めなくていい。そんなに一人で背負い込むこたあねぇんだ」

「いいえ、お家を守るのはおなごの務めで……」

「そのお前を守るのが、俺の務めでねぇか」

きっぱり言うと、千代はやっと顔を上げた。

「第一……子は一人では作れねぇ。なぁ、お千代」

妻となった女の美しい顔を、栄一はじっと見つめた。

「抱いていいか？」

千代ははにかんだようにまたうつむいて、へぇ、と小さくうなずいた。

夜が明けて間もないまだ薄暗い中を、栄一と千代はもう畑に出て働いていた。

ふと目が合えばほほえみ合い、そしてまたせっせと農作業に励む。ことに栄一は気力体力がみなぎっているようだ。そんな息子を見て、市郎右衛門とゑいは笑みをこぼした。

「朝から二人して精が出るのう」

不意に男の声がして、栄一と千代は同時に振り向いた。朝霧の中に誰かが立っているが、よく顔が見えない。市郎右衛門とゑいも「ありゃ、誰だんべか？」「さぁ？」と首をかしげている。

「……にいさま？」

一番に千代が気付いた。人影が歩み寄ってきて、ニッと笑う。

「おぉ！　長七郎か！」栄一は鍬を放って駆け寄った。

「いつ戻った？　どうしたいその頭は。その格好も」

総髪を後ろで結び、腰に大刀を差した姿は、誰が見ても田舎の百姓には見えない。

「昨夜だ。お社で夜を明かした。お前らの祝言に間に合うようにとも思ったが……まぁ、せっかくの祝いの席にこの格好じゃ、水を差すと思ってのう」

「はぁ、あんた長七郎かい」ゑいがまじまじと長七郎を見る。

「おばさん。おじさんも。このたびは、誠におめでとうございます」

大股を広げて頭を下げる様は、まるで武士のようだ。市郎右衛門はそんな長七郎をじっと見据え、短く「あぁ」と返した。

「おんやまぁ、ちっと会わねぇ間にずいぶんと様子が違っちまって。やへさんもきっと喜ぶねぇ」

嫁にいこうが家を出ようが、ゑいもやへも顔を合わせれば子どもの心配ばかりしている。

しかし長七郎は、またすぐに江戸に戻らねばならぬと言う。

「栄一、後でうちに来い。話したいことがたくさんあるんだ」

「おぅ！」

「……お千代。おめでとう」

「ありがとう、にいさま」

長七郎は一礼すると、霧が薄れて靄になった中を、下手計村のほうへ去っていった。

「へぇ～、やっぱり様になるのう、長七郎は。言葉もしぐさもすっかりお武家様みてぇだ」

栄一はしきりに感心しているが、千代も市郎右衛門もゑいも、それぞれ複雑な表情をしている。

「よっしゃ。もうひとふんばり！」

栄一は何も気付かず、気合いを入れると、また一層張り切って鍬を振るい始めた。

その日の夕方、尾高家の惇忠の部屋に子弟たちが集まった。

「今、江戸の町はむちゃくちゃだ。異人めの運び入れたコロリのせいよ」

皆の真ん中に座った長七郎が話しだす。栄一も、農作業を終えた足で駆け込んできた。

「朝には元気だった者が急に吐き気を催し、夕方には死んでしまう恐ろしい妖術だ。男もおなごも、若いのも年寄りも死ぬ。何百という棺桶が焼き場に運ばれ、いちいち焼くのも間に合わねぇでごろ転がっている」

「これもすべて、井伊大老が異人の入るんを許したせい！」惇忠が怒りもあらわに叫ぶ。

栄一も、井伊直弼の悪政には腹を据えかねていた。

「井伊大老の結んだ条約のせいで、じきに横浜まで港が開かれ、異人はもっと入ってくる」

「そうよ。メリケンだけじゃねぇ」喜作が先を続ける。「ヲロシャもエゲレスもオランダも、フランスとかいう国からも来るとよ」

夜明けから働きづめで疲れ切った栄一の体に、憤りが力になってみなぎってくる。

「天子様は攘夷をお望みだ。なのになんで井伊大老たちは、お武家様のくせに天子様や日の本を守らねぇんだ！」

「条約などくそくらえじゃ！　異人を追い出せ！」喜作が拳を突き上げた。

「そうだ、攘夷だ！　尊王攘夷！」

「おう！　攘夷攘夷！」

栄一と喜作を中心に、平九郎や伝蔵らが盛り上がる。

「皆、さらに熱が上がっているようだな」長七郎が惇忠に言った。

「お前のおかげだ。俺は村の名主《なぬし》となり、夏には子も生まれ、ますます動きがとれねぇ。お前をどれだけ頼りにしていることか」

「あぁ、任せとけ」長七郎は胸を張った。

武州の片田舎の若者たちまでをも熱狂させる「尊王攘夷」――「王」を「尊《とうと》」び、「夷」人、つまり野蛮人は追い「攘《はら》」え。これは水戸の藤田東湖とその主の斉昭が、中国の朱子《しゅし》学にあった考えを日本風に置き換えて広めた合言葉、今で言うスローガンであった。

尊王攘夷思想は、瞬く間に憂国の志士たちを魅了した。

時の帝・孝明《こうめい》天皇も攘夷を望んだ一人である。とにかく異人を追い払いたかった孝明天皇は、幕府が異国と通商条約を結んだことに危機感を覚え、助けを水戸に求めた。世に言う「戊午《ぼご》の密勅《みっちょく》」である。

江戸幕府開闢《かいびゃく》以来、ほとんど口を閉ざしていた帝が、将軍ではなく水戸を頼りにした。この事実に、水戸はもちろん全国の尊王攘夷運動が盛り上がった。井伊大老に対抗する存在として、謹慎中の斉昭への期待も勝手に高まっていった。

このままでは逆に潰される――慌てた井伊直弼は、朝廷とつながる水戸藩士や、右大臣・左大臣らの公家を徹底的に処分した。

そしてその手は、徳川を守ろうとしていた者たちにも忍び寄っていたのである。

井伊直弼の専横と主君の処分を不服とした円四郎と左内は、長屋で危うい密談を重ねていた。

「明後日、大老・井伊掃部頭を亡き者にします。わが越前が動けば、土佐、薩摩、長州も挙兵し、後押ししてくださるとのこと」

「よし。井伊を亡き者にしたあとは紀州様を押さえ、わが殿と越前様の処分を撤回させる。すべてはそれからだ」

はい、と左内はにっこりした。

「これでわが殿との夢がかないます。隠居された殿は『決してことは起こすな』と仰せになったが、なぜそんなことができましょう」

そこへ「あんた！」と、やすが必死の形相で駆け込んできた。

「奉行所の連中が、左内さんを探してるって」

「何？」

「……なんと、井伊の手がもう……」

左内は青ざめながらもサッと立ち上がり、急ぎ帰り支度を始めた。

「おい！　行くつもりか。左内殿」円四郎が腰を浮かせる。

「行かねば、ここまで嗅ぎつけられます。奥方様、私がこちらに出入りしていたことは、どうかこの先、決して誰の耳にも入らぬようお願いいたします」

「ねぇ、一体どうなってんだい？　なんで……」やすはおろおろするばかりだ。

「いいや、左内殿、待ってくれ！」

止めようとする円四郎を、左内は有無を言わせぬ強さで見つめた。

「平岡殿！　あなたは残るのです。この左内、もはや何も怖いものはございませぬ」

清廉な笑みを残し、左内は素早く長屋を出ていった。


一橋邸の奥の間で円四郎が書類を片づけていると、音もなく襖が開いた。

「……そこの文をすべて燃やせ。文箱《ふばこ》のものもすべてだ」

慶喜が剣先を突きつけ、円四郎の胸倉をつかみ上げた。

「分かっております。しかし……」

「左内はもう助からぬ」

将軍継嗣問題で公家への工作が疑われた左内は、すでに北町奉行所に出頭させられていた。

「分からぬのか？　われらは井伊に負けたのだ。父の望みを奪った私に、そのうえそなたの命まで奪えと申すか！」

「殿……」

「美賀君の産んだわが子も死んだ。頼む。私はもう……」

苦渋に満ちた主君の顔を見れば、もはや我を通すことなどできはしない。円四郎は、居ずまいを正して平伏した。

「……承知いたしました」

平岡円四郎は一橋派の危険人物として小十人組《こじゅうにんぐみ》に左遷となり、一橋家を離れることになった。


栄一はその日も夕方から尾高家を訪れ、長七郎に話を聞き、惇忠たちとあれこれ論議した。

最近では、尾高の名前を聞きつけた男たちが、遠く薩摩や津和野《つわの》からやって来ることもある。諸国を遊歴している真田範之助が、「尾高は北武蔵の梁山泊だ」とあちこちで広めているらしい。

「とっさま、遅くなって悪かった」

藍寝せ部屋に駆け込み、急いで市郎右衛門を手伝い始める。

「どこ行ってた？」

「長七郎んところだ。えらくためんなる話が聞けた」

江戸の情勢を知らぬであろう市郎右衛門に、栄一は興奮気味に話す。

「今な、江戸の公儀には井伊掃部頭っていうとんでもねぇ大老がいて、その大老が悪《わり》ぃことばっかしてるらしい。天子様のお言葉を退け、自分の言うことを聞かねぇ者《もん》を次々と血祭りにあげて……」

「そんな話をしていたんか」

「あぁ、そうだに。このままでは日の本が危ねぇ」

「そんなこと、わしら百姓には何の関わりもねぇ」

にべもなく言われて、栄一は口をつぐんだ。

「御公儀がどうだこうだと、百姓の分際で物を申すとはとんでもねぇ思い違いだ。長七郎のやつ、お武家様にでもなったつもりか」

市郎右衛門の意見には納得いかないが、ここで反論しても小言を食うだけだ。栄一はしかたなく仕事に取りかかった。

「……承服できねぇ」

部屋に戻った栄一は、不服顔で寝転がった。

「あ〜ぁ、承服できねぇなぁ」

針仕事をしていた千代が、栄一の愚痴を聞いてくすっと笑う。

「久しぶりに聞きました。栄一さんのその言葉。ほら、昔、お代官様がいらしたときに……」

「あぁ。あんときはとっさまがひでぇ目に遭って……腹が立ったなぁ。しかしあの後も、俺はお代官様を殴りつけてやりたくなったことがある」

五百両の御用金を命じられたときのことだ。

「でも……後になって気が付いた。あのお代官は、岡部のお殿様の命をそのまま百姓に伝えてるだけだ。俺たちから御用金を取れなければ、己がお殿様に罰を食らう。だからあれほど威張って百姓を脅すのだ。あんなの言ってみりゃ、ただのお使いだ」

「お代官様が、ただのお使い？」

「そう。あやつを殴ったところで一瞬スキッとするかもしれねぇが、根本は何も変わりやしねぇ。だったら俺は誰を倒せばいいんだ？　岡部のお殿様か？」

「お殿様!?」千代が目を丸くする。

「いや、だめだい。お代官を倒しても、お殿様をとっちめたとしても、ほかの武士がやって来て俺ら百姓に命令する。その仕組みは永遠に変わらねぇ」

栄一が真剣に話すので、千代の針仕事の手はすっかり止まっていた。

「とっさまには、そのときも叱られた。でも俺は別に、金を出すことに腹が立ったわけじゃねぇ。いや、それも腹が立ったけんどそれより……ばかばかしくなったんだ。お代官もお殿様も、人の上に立つ者だというのに、民のことを何《なん》も考えてねぇ。俺たちはそんな者のために毎日、手を青く染め、雨や日照りと闘い、土を起こし、汗を流して働いてんのか？　俺たちは生きてるかぎり、そのように生きねばならねぇのか？　そう考えたらもうばかばかしくて……それ以来ずっと胸に、何かをどうにかしてやりてぇっていうムベムベがある」

「……ムベムベ」

「孔子様も『教え有りて類無し』とおっしゃってる。人は教えによって善とも悪ともなるが、元からの差別はねぇ。つまり百姓ってだけでああも軽く見られっちまうんは、もしかしたらあにぃの言うとおり、この世自体が悪いのかもしんねぇ」

「この世？」

何かと言えば男たちは尾高の家に集まり、攘夷だ何だと威勢のいい話ばかりしているので、仕事もしないで困ったものだと、ゑいややへ、義姉のきせは顔を合わせるたび愚痴をこぼしている。

「お武家様とか、百姓とか……生まれつきそういう身分のあるこの世自体が、つまり幕府がおかしいのかもしんねぇ。そうだ。その証拠に今、幕府は天子様を軽んじ、やまと魂を売り飛ばそうとしている。だとしたら、俺はどうすればいい？　幕府を変えるには、この世を変えるには……」と、そこで栄一は、うれしそうに笑んだ。「おぉ、なんだか胸がぐるぐるしてきたで」

「ぐるぐる？」さっきのムベムベは消えたのかしら？

「お千代に話したらすっきりしただいね！　お前を嫁にもらって俺は今、百人力だ。今夜はよぉく眠れそうだで」

そう言って、今度は伸び伸びと気持ちよさそうに寝転がる。

「あの……栄一さん」

「ん？」

「千代は……栄一さんにしか歩けねぇ道を、一緒に歩んでいぎてぇと思ってます」

言おうか言うまいか迷ったが、千代は思い切って言った。

「でも、千代は百姓の仕事が好きなのです。栄一さんと朝一番の畑に出て、東の空からお天道様が昇るのを見ながら畑仕事をするのは、誠にいとしいひとときで……」

話の途中で、すーすーと寝息が聞こえ始めた。気が抜けたが、大の字のままぐっすり眠っている栄一の寝顔を、千代はいとおしそうに見つめた。


安政六（一八五九）年六月、盛り上がる尊王攘夷運動を尻目に、とうとう横浜、長崎、箱館が開港した。

そして登城禁止という罰を受けて一年たった慶喜に、より大きな災いがやって来た。八月になり、「隠居、謹慎を命ずる」という命が下ったのである。

また、水戸の攘夷派の藩士らは死罪、獄門。謹慎中だった前藩主の斉昭は、国元での永蟄居《えいちっきょ》――

つまり生涯、出仕や外出をせず、水戸に籠もることが命じられた。

駒込邸を出た斉昭は、振り返って寂しそうに邸を見上げた。

「いつか国を思うわが心が天に届けば、きっとまたこの江戸屋敷で月をめでる日が来るであろう」

「ははっ。きっと、きっと……」

見送る耕雲斎と家臣たちは、悔し涙にかき暮れた。

「仲間を殺され、御老公までこのような目に遭わされた今、家臣のわれらが黙って生きてはおられませぬ！」

「どんな手を使っても、掃部頭を引きずり落とさねば」

憤りの収まらぬ水戸藩士たちは耕雲斎に直訴したが、耕雲斎はこれを押しとどめた。

「自重しろ。御老公の命じゃ。自重するのじゃ！」

また、一橋派の元外国奉行・岩瀬忠震は永蟄居、永井尚志は罷免および謹慎。西丸留守居役の川路聖謨も免職のうえ隠居を申しつけられるなど、井伊直弼の弾圧はとどまるところを知らなかった。


「部屋から一歩も出てこねぇんですかい？」

吐く息も凍るようなある日、円四郎は物売りに扮《ふん》して一橋邸を訪ねた。

門は閉ざされ、手入れのされていない邸は荒れてひっそりとしていた。

「えぇ。昼もああして雨戸を閉じ、風呂にも入られず……邸の中にさえおれば、そのように厳重に謹慎しなくてもよいと申しておるのだが」

徳信院がため息を漏らす。わずかに明かりがさし込む薄暗い部屋で、慶喜は背筋を伸ばし、ただ端座しているという。十二月だというのに麻裃《あさがみしも》姿で、月代《さかやき》も髭も伸び放題らしい。

「……そうでありやしたか」

「身に覚えなく罪を被った者の意地でござりましょう」

話し声を聞きつけたのか、不意に美賀君が座敷に入ってきた。

「わが殿には、そのような途方もない剛情っぱりなとこがあらしゃられますゆえ」

「剛情っぱりか。ハハッ、まことにそうでございまするなぁ」

「そもそも御老公はともかく、わが殿には何の落ち度もなかったはず。それが隠居までさせられるとは……平岡、そのほうのせいぞ」

美賀君が円四郎をにらみつける。

「越前殿や御老公やそのほうたちが勝手に殿を慕い、勝手に殿を祭り上げるゆえ、かようなことになったのじゃ！」

「美賀君、お言葉が過ぎますする」

見かねた徳信院が口を挟んだが、美賀君は「お黙りくだされ！」と一蹴し、再び円四郎に怒りの矛先を向けた。

「かようなお年で謹慎とは命を奪われたも同じぞ！　わらわはそなたらを決して許さぬ！」

そう言うと、美賀君はくるりと背を向けて立ち去った。

「……すまぬなぁ。美賀君も気落ちしておられるのです。こうして物売り姿に身をやつしてまで懐かしい顔を見せに来てくれたこと、ありがたく思っておりますよ」

徳信院は穏やかにほほえんだ。やはり一橋家を支えているのは、この女人のようであった。

円四郎は、慶喜の閉ざされた部屋の前にきちんと座った。

「平岡円四郎にございまする。命により本日より甲府《こうふ》へ勤番《きんばん》となりましたゆえ、最後のご挨拶に参りました」

「……そうか。甲府勤番か……フン、島流しと変わらぬ扱いであるな」

襖越しに苦笑交じりの声が聞こえる。

円四郎が命じられた甲府勝手小普請《こぶしん》は、江戸の直参武士の中で罪を犯した者や素行不良の者を懲罰するための配《はい》流《る》先で、ひとたび甲府行きを任じられたら、生きて江戸に戻ることは困難と言われていた。

「左内殿が……伝《てん》馬町《まちょう》牢屋敷で斬首されました」

円四郎は声を絞り出すように言った。享年二十六、不世出の逸材の、あまりにも若すぎる死である。同じ牢獄にいた長州藩の吉田松陰も、左内の二十日後に斬首に処せられた。

「ほかにも、心ある多くの志士が処刑されました。今、それがしが生きてここにあるのは、殿のお言葉があってのこと。殿の……あ～ぁっ、んちくしょう！」

どうしようもなく泣けてくる。円四郎はあぐらをかいて座り直し、涙を拭った。

「俺は……東湖先生みたいな諍臣にはなれなかったなぁ。殿の御心を深く量ることもせず、己の気持ちだけで前に突っ走っちまって……くぅ、んちくしょう。左内殿もそうだ。あいつはこの日の本のために何がなんでも生きていなきゃならなかったんだい。あいつが死んじまった今、どれだけあの越前様が悔いておられるか……」

円四郎は、目の前の襖にグッと強いまなざしを向けた。

「だから……おりゃあ生き延びますぜ。こんなこっちゃ死んでも死にきれねえ！　どんなにみっともねえ思いをしたって生き延びてやる。おりゃぁ生き抜いてみせますよ、殿。いつか、いつかきっとまたあなたの家臣になるために」

「……そうか」

「ははっ」

慶喜はフッと小さく笑った。「それならば、少し酒は控えよ」

「へ？」

「長命の秘訣は乾いておることじゃ。湿る、ぬれるは万病のもと。目の病は口に含んだ水で洗い、常に肛門を中指にて打てば、一生痔を患うこともない」

「え？　……ははっ」

「息災を……祈っておる」

「ははっ。殿もどうか……どうか、御息災でお過ごしくださいませ」

「……うむ」

襖の向こうの慶喜に深々と平伏すると、円四郎は静かに廊下を去った。

円四郎とやすが、荷物を抱えて歩いていく。

「はぁ〜、これで江戸ともお別れだねぇ」

これから甲府へ移住するのだ。島流しならぬ山流しである。

円四郎は振り返って江戸城を見やった。深々と一礼し、顔を上げると振り切るように言う。

「よし、行くぜ！」

「はいよっ。こうなったら、どこまでも一緒についていってってやるさ」

二人は仲よく肩を並べ、江戸を後にした。


同じ頃、もう一人、長年住みなれた江戸を離れた人物がいた。

「これが……水戸でございまするか」

幕府の許可を得て、水戸に下った吉子である。

水戸城は那珂《なか》川と千波《せんば》湖に挟まれた、壮大な空堀と土塁を持つ平山城《ひらやまじろ》だ。吉子がもの珍しそうに眺めていると、斉昭が子どもたちを連れてやって来た。

「よう来てくれた、吉子。ずっと江戸住まいで、水戸に参ったのは初めてであったな」

「はい。ひょっとしてこの御子たちは……」

「母上様、余八麻呂《よはちまろ》でございます」

「茂《しげ》にございます」

六歳になる十八男の余八麻呂と、九つになる十一女の茂姫である。

「まぁ、睦子《ちかこ》殿の産んでくださった御子たちが立派になられて。余八麻呂殿は幼い頃の七郎によう似ておられます」

「うむ。ひと月もすれば偕楽園《かいらくえん》や弘道館の梅も見頃じゃ。ゆるりと水戸を楽しむがよい」

「はい」

ほほえむ吉子を見つめる斉昭の表情は、どこか切なげであった。

後に「安政の大獄」と呼ばれる井伊直弼の政策は、公卿や大名など百人以上を処罰し、橋本左内をはじめとする多くの志士を死に追いやり、日本中に暗い影を落とした。

「はぁ、これでようやく、水戸の一件は落着じゃ……」

直弼は、処分者を一覧にした巻物をくるくると丸めた。

「次は朝廷か。上様と和宮《かずのみや》様との縁組みで公武《こうぶ》一和《いちわ》を天下に示さねばならぬ」

「ははっ。急ぎご老中方にお集まりいただきます」

一礼して出ていったのは、若年寄《わかどしより》の安藤信正《あんどうのぶまさ》である。

「……そろそろ茶でも点《た》てるかのう。いや、狂言を書くか」

一人になると、直弼は安堵の笑みを浮かべて独りごちた。

井伊を恐れて京の朝廷が沈黙する一方、日本各地の志士が抱いた尊王攘夷というスローガンは、大きく燃え上がっていた。

「井伊大老は攘夷を願う天子様を彦根城に押し込め、祐宮《さちのみや》様を即位させようとしているとのこと」

思誠塾の大橋訥庵のもとには、長七郎ら尊王攘夷の志士たちが続々と集結していた。

「なんという不敬な！」

「また交易が始まって以来、わが国の金《きん》はどんどん異国に流れておる。これもみな夷狄の企み！」

「夷狄を斬れ！」

「井伊を斬れ！」

攘夷の風潮が高まるにつれ、外国人を狙った襲撃事件が次々と起こるようになった。

安政六（一八五九）年、横浜に新しく出来た外国人居留地で、フランス副領事ジョゼ・ルーレイロの清国人の従僕が何者かによって殺害された。翌年には、イギリス公使オールコックの通訳で洋装の日本人として有名だった小林伝吉《こばやしでんきち》が、その翌月にはオランダ商船の船長ヴェッセル・デ＝フォスとナニング・デッケルが何者かに斬殺された。

反対勢力を徹底的に粛清した井伊直弼もまた、反発する者を数多生み出してしまった。

「井伊よ。よくない噂を聞いた。近頃、水戸家中の多くが浪士となって江戸に入り、そなたを狙っておるとのこと」

第十四代将軍となった徳川家茂《いえもち》（慶福）は、直弼を案じた。

「誰がそのようなことを上様に……」

「私は若輩ではあるが、このような立場になったからには、世のことを知りたいと思うておる。そなたは一度、大老の職を退き、ほとぼりの冷めるまでおとなしくしていてはどうか」

聡明で心優しいだけではない。十五にして重責を背負わされながらも、よい将軍になろうと努力している。そんな家茂が、直弼には慕わしい。

「上様もご存じのとおり、今、わが国の使いが初めてメリケンへ渡っております。日の本はもう走りだしたのです。なんの、案じることはございませぬ。井伊家は藩祖直政公以来、井伊の赤備えとして、大将自ら御家の先鋒《せんぽう》をお務め申しております」と槍を構えた格好をしてみせる。

「憎まれ事は、この直弼が甘んじて受けましょう。そして上様が御成長あそばされれば、すらりとお役御免を仰せつかる。それで十分でございまする」

「……そうか。私は心配が過ぎるか」家茂はホッとして笑んだ。

「いいえ、ありがたき幸せ。明日、それがしが邸にて、それがしの作りました新しき狂言を披露することにいたしました。上様にもぜひ、御高覧賜りたく存じ上げます」

直弼は平伏した。上様はきっと、徳川の長い歴史の中でも一二を争う英邁な君主として名を残すであろう。

二月二十八日、彦根藩邸の大広間で、直弼の新作狂言『鬼ケ宿《おにがやど》』が上演された。演じるのは、藩お抱えの狂言師・九世茂山千五郎正虎《しげやませんごろうまさとら》である。

直弼は満足げにほほえんだ。これが遺作になろうとは、夢にも思わずに。


三月三日、水戸城の庭は一面の銀世界になった。

吉子は余八麻呂と茂姫と一緒に、雪中に投げたみかんを取り合って遊んでいる。三人とも雪まみれだ。その様子を、斉昭は遠くからほほえんで見ていた。

「……快なり。よい景色じゃ」

その日は水戸同様、江戸も雪であった。

深夜、斉昭はただならぬ様子で寝所に戻ってきた。吉子に人払いをさせると、震える声で言う。

「たった今、江戸から急報が入った。井伊掃部頭が……外桜田門《そとさくらだもん》にて襲われた。恐らく下手人は……わが家中を離れた者ども」

「あぁ、何ということ……」

「あぁ。これで水戸は……敵持ちになってしまった」がっくりと肩を落とす。

吉子はかける言葉もなく、斉昭の老いた背をなで続けることしかできなかった。

後の世に言う「桜田門外の変」は、二百年続いた幕府の屋台骨を大きく揺るがした。それだけでなく、「幕府恐るるに足らず」と、その権威を地に落とすことになったのである。

井伊大老が討たれたことを、栄一はひこばえの木の下で惇忠から聞いた。

「長七郎が見たそうだ。討ったのは主に水戸の浪士。多くは井伊家の供回りと斬り合い、討ち死にした」

「命を失ったとはいえ、大老を血祭りにあげるとは天晴だいなぁ！」

すでに長七郎の文を読んだ喜作が、そのときの様子を栄一と平九郎に話して聞かせる。

「まずはピストル、つまり西洋短筒よ。それでずどんと駕籠を撃ち抜いた！　そして井伊をめった刺しにし、駕籠から引きずり下ろして首を取り、槍に刺して高々と掲げたっちゅうで」

「おぉ、豪気なもんだのう！」

「赤鬼を倒すとは、まるで読本の英雄だい！」

栄一と平九郎は、鼻の穴を膨らませて興奮した。

畑仕事の帰りに通りかかった千代とていは、喜作の血なまぐさい話にゾッとした。それを喜ぶ栄一たちの気持ちも分からない。声をかけるのもためらわれ、気付かれぬようにその場を後にした。

「しかしそんな場に出くわすとは、さすが長七郎だいなぁ」

栄一は感服した。剣術の腕前は関東八州に並ぶ者なしと言われ、多くの剣客や志士と交流がある。長七郎は、まさに今この時を生きている。世の流れに取り残されたような田舎で百姓をしている栄一や喜作とは大違いだ。

「あぁ、俺も今すぐにでも江戸に行ぐべぇ！」喜作は鼻息が荒い。

「しかし、心配事もある」と惇忠が眉根を寄せる。「井伊大老は幕府の権威を守るために、まだ若い公方様のもとに、天子様の妹宮様を降嫁させようと企んでいた」

「妹宮様を、公方様の嫁にするってことか？」栄一は驚いた。

「それでは、妹宮様は人質も同じではありませんか」

平九郎の鋭い指摘に、惇忠は気遣わしげにうなずいた。

「今、老中の安藤対馬守《つしまのかみ》が、井伊大老の命でその策を進めているらしい」

「はぁ、幕府はまっさか悪《わり》ぃことを考えるのう」

憤慨する喜作の横で、惇忠はじっと考え込んだ。


「嫌じゃ。何としても嫌じゃ」

京都の宮中では、和宮が女官の膝で泣きわめいていた。

「わらわには有栖川宮様という許婚《いいなずけ》もおります。それがどうして？　どうしてわらわが武蔵国なんて野蛮なとこに嫁がねばならぬのであらしゃりますか？」

いちいち和宮の言うとおりで、御簾《みす》の向こうの孝明天皇は妹宮が少しかわいそうになる。

「しかし、御上」

口を差し挟んだのは、奥に伺候している公家の岩倉具視《いわくらともみ》だ。

「ここでうまく約定をとったら、徳川を意のままに操ることがかなうかもしれません」

「徳川を……意のままに？」

「和宮様を差し上げる代わりに、御上の望みどおり『必ず攘夷をしろ』と申し付けるのです。そうすればこの先、徳川は御上の思いのままに動きましょう」

和宮の不安をよそに、帝はごくりと唾を飲み込んだ。

万延《まんえん》元（一八六〇）年八月十五日、中秋の名月が輝くその夜、水戸城の大広間で酒宴が行われていた。吉子や耕雲斎たちは、月をめでながら楽しそうに杯を傾けている。

静かに酒を飲んでいた斉昭は、厠《かわや》に立とうとして、足をよろめかせた。

「御前様？」

「大丈夫じゃ。いや、少し飲み過ぎたかのう。明日は水のたぐいを取らぬようにせねば……」

しかし、廊下で手を洗っているときだった。斉昭は胸に急激な差し込みを覚えた。

「ウッ！」

胸を押さえ、片手を柱にかけて、そのままくずおれる。

「御老公？」

吉子と耕雲斎が、異変に気付いて駆けつけてきた。

「御老公！　誰か！　誰か、早く医者を呼べ！」

耕雲斎が奥に走っていく。

「御前様？　御前様……」

「大丈夫。大丈夫じゃ……吉子。わしなどより、案ずるべきはこの水戸ぞ……うぅ」

「御前様、しっかりなされませ！」

「吉子！」斉昭はカッと目を見開き、「……ありがとう」と穏やかにほほえむと、ゆっくり目を閉じた。

「御前様……御前様！　御前様ッ！　あぁ……」

吉子が号泣しながら斉昭を抱き締める。

蟄居の解けぬまま、水戸の傑物は波乱に富んだ六十一年の生涯を閉じた。

死後、その激しい気性と荒々しい生きざまにたがわぬ「烈公」という諡号《しごう》が贈られた。

斉昭の死は、徳信院によって慶喜に伝えられた。

「慶喜殿……先ほど、水戸から使いが参り……水戸の御父上が……亡くなられたそうです」

部屋で独り瞑目《めいもく》していた慶喜は、ハッと目を開けた。

父との思い出が一瞬のうちに脳裏を駆け巡る。

追鳥狩のときの、若かりし父の勇ましい姿。

学問をおろそかにして灸を据えられ、主君の心得を諭されたこと。

一橋邸で慶喜のもてなしに喜ぶ、老いた父の笑顔――。

「……そうか。謹慎というのは……親の見舞いどころか、死に顔も見られぬのか……？」

慶喜の唇が震えた。後悔の大波に襲われ、正座を保てず肩を落とす。

「フフッ、そうか。これほど悔いたのは初めてだ……そうか。私は……私は、何という親不孝者だ……」

だが、どれほど悔いてももう遅い。とめどなく流れ落ちる涙が、ぼたぼたと畳をぬらした。

別室にいる美賀君の耳にも、慶喜の嗚咽《おえつ》の声が聞こえていた。ふと見ると、置き忘れられた慶喜の農人形が、寂しそうに座していた。

念願の江戸にやって来た喜作は、長七郎と範之助に連れられて思誠塾の門をくぐった。

「私は小塚原《こづかっぱら》で見た。井伊大老のために首を斬られた死骸がうず高く積み重ねられ、青白い鬼火が気味悪く光を放っているのを……」

大橋訥庵が、多くの志士たちの前で熱く語っている。

「私はその屍《しかばね》を、この手で洗い清め葬った。幕吏ににらまれたが、そんなことは意に介さぬ！」

「あぁ……何という尊い行いじゃ」

喜作とそう年の変わらぬ片目に眼帯をした志士が、涙ながらに深くうなずいている。

「あれは？」喜作が小声で範之助に聞く。

「医者の息子の河野顕三《こうのけんぞう》だ。夷狄の妖術で目を冒されたと嘆いておった。ここには水戸や長州のお武家様だけでなく、今ではわれらのような者も多く集まっておる」

「ほほう～」

訥庵の話は続いている。

「桜田門の一件は、誠によくやったと言えよう。よく井伊を斃《たお》してくれた。しかし斃したあとはどうじゃ。腹を切る者、近くの薩摩屋敷に逃げ込む者、幕切れがちりぢりバラバラで見苦しい」

そのとおり、というように長七郎がうなずく。

「斃すのもよいが、われらの勇気ある義挙が、後の世に美しい話と世間に思われるかどうか……それが肝要」

そこで訥庵は、斉昭の錦絵を取り出した。

「井伊大老のみならず、水戸の御老公も攘夷を果たせぬまま亡くなられた。期せずして賊の巨魁《きょかい》と義の巨人が斃れた今、まさにわれらが動きださねばならぬ！」

「そうだ！　御老公に代わり攘夷を果たすのだ！」真っ先に長七郎が声を上げた。

「そうじゃ！　尊王攘夷じゃ！」先ほどの河野顕三が追い風を吹かす。

「おぉーッ！」

志士たちが一斉に声を上げる。喜作は一瞬びくっとしたが、すぐに気合いを入れ直し、「おおーッ」と誰よりも大きく声を張り上げた。


「喜作は江戸に入った。長七郎の行く塾や道場で、漢学や剣術を学ぶんだとよ」

喜作に先を越された栄一は、羨望半分、悔しさ半分というところだ。

「喜作のとっさまは、うちのとっさまほど熱心に働け働けと言わねーかんな。あぁ、俺も行きてぇなぁ」

今日も今日とて野良仕事に追われた一日だった。自分に比べて、喜作はどれほど刺激的な毎日を過ごしているだろうか。ゑいたちを相手に、愚痴が止まらない。

「……百姓が江戸まで剣術やら学問やら習いに行って、どうするだぃね」

押し黙っている千代を気にして、ゑいが言った。

「そうだぃ」ていも加勢する。「にいさまはお武家様になりてぇんかい？　昔はお武家様なんて嫌いだって言うてただいね」

「お武家様が好きなわけではねぇ。ただ、ここで百姓をしているだけでは、どれだけ国のことを案じていても何もできねぇ。それがもどかしいんだ。知ってるか？　今、日の本は大変なことになってるんだに」

「知らね。にいさまは喜作さんに負けたくねぇだけだいに」

「違う！　いや、でも競うのも悪《わり》ぃことじゃねぇ。今年の藍だってほれ」と、たまたま持っていた番付表を見せた。「みんなで番付競い合って、それでなっからよい藍玉が出来たでねぇか。長七郎も、江戸に出て変わった。顔も広くなって、ますます頼もしくなって、今じゃ水戸や長州のお武家様にまで名を知られてる。あいつの話を聞いてると俺もこう……血が湧き立つんだぃ！」

栄一の生き生きした笑顔を見ると、千代はどうしていいか分からず胸が痛くなる。

「……あ、お前さん」

いつの間にか帰ってきていた市郎右衛門に、ゑいが気付いた。

「……ただいま」

「とっさま、お帰り。あのな、とっさま」

話しかけてくる栄一を無視して、市郎右衛門は土間で農具を片づけ始めた。

栄一はその前に回り込むと、市郎右衛門をまっすぐに見て言った。

「とっさま、頼みがある。春のいっときでいい。俺を……江戸に行がせてほしい」

第十章　栄一、志士になる

「……何を言うかと思えば」

市郎右衛門はそう言って、栄一を見もしない。栄一はなおも言った。

「前にとっさまと江戸に行ったんべぇ。ペルリは、あのすぐ後に来たんだ。それからこの国はどんどん変わった」

「だから、百姓に関わりねぇと言っただんべ」

「関わりねぇこたーねぇで。知ってるはずだ。横浜に港が開かれてから物の値は上がるばっかりで、麦の値なんてもう三倍だに」

ゑいが「あぁ、確かにねぇ」と渋い顔になる。この辺りは水田が少なく、耕地のほとんどは畑地で、麦が主な食料となる。郷土料理の煮ぼうとうもそうだ。

「かっさまや千代らが紡いだ生糸だって、横浜の異人が買いあさるせいでみんな外に流れ、日の本の中ではもう手に入らねぇ。しかも儲けた異国の商人らは横浜をど派手な格好で歩き回り、立派な屋敷を建て、異人相手の女郎屋まで出来てるっちゅう話だ」

「じょろう屋ってなぁに？」無邪気に尋ねるていの耳を、ゑいが慌てて塞いだ。

「百姓だって、この世の一片を担ってるんだ。俺はもっと知りてぇ。今、この国がどうなってるんだか、江戸で、この目で見てきてぇんだ。頼む、とっさま」

　栄一は深く頭を下げた。このまま田舎にいては、何も成しえない。

「江戸に行がせてくれ」

「……はぁ。まったく、お前はよくしゃべる」市郎右衛門はため息をつき、ようやく栄一を見た。

「まぁ、いい。そんなに行ぎたきゃあ行ってこい」

「でも、お前さん……」ゑいは心配そうだ。

「なぁに、百姓の分《ぶん》さえ守れば文句はねぇ。仕事の少ねぇひと月だけだ。帰ったらうんと働けよ」

　そう言うと、市郎右衛門は家の奥に入っていった。頭ごなしに押さえつけて、自慢の息子に家を飛び出すようなまねをされてはたまらないと考えたのだ。

「あ……あぁ！　ありがとう、とっさま」栄一は有頂天で、千代の手を取り小躍りする。

「やった！　やったで。俺もようやく江戸に行げる！」

　そんな栄一を見て、ていは「なーによ、はしゃいじゃって」と口をゆがめた。大好きな義姉がどんな気持ちでいるのか、まるで気付かない兄が歯がゆかった。


　江戸行きを喜ぶ栄一とは対照的に、京では帝の妹である和宮が悲嘆に暮れていた。

「武蔵国は、武士《もののふ》らが首を取り合う恐《おそ》ろしいとこと聞いております。その武士の棟梁《とうりょう》に嫁げとは、えろうひどい話……」

　また、一方の江戸城では、篤君こと天璋院が、養子に当たる家茂に話をしていた。

「上様。まことを申せば……私が薩摩から御先代様に嫁ぎましたのは、将軍お世継ぎに一橋殿をお薦めするためだったのでございます」

「え？　一橋殿を？」

「はい。そして御先代様は、そうと分かったうえで私を慈しんでくださった。決して愚昧な方ではございません。その証拠に、誰に邪魔をされても邪魔をされても、徳川のためと強い意志で一橋殿を退け、上様をお選びになられた」

そうだったのかと、家茂は納得した。

「このたびの和宮様との御縁は、もしもお世継ぎが一橋殿であれば、決してあろうことのなかった御縁」

「はい。今は徳川のため、公儀と朝廷が一つとなって国を治めるを天下に示すが何より肝要でございましょう」

天璋院はにっこりした。温厚篤実な家茂を、天璋院は実の弟のようにかわいがっていた。

「ええ。篤も……いいえ、この天璋院も、大御台所《おおみだいどころ》としてこの先一生、徳川のお力にないもす」

家定とは二年足らずの結婚生活で、子をなすこともなかったが、温かい思い出がある。天璋院は、どこまでも気性のまっすぐな女人であった。今後も徳川の人間として生き、故郷の薩摩に戻ることも、もう二度とないだろう。


万延二年改め、文久《ぶんきゅう》元（一八六一）年三月――。

春になり、栄一は市郎右衛門との約束どおり、江戸へ遊学の旅に出ることになった。

角帯を締め、半股引《はんだこ》に脚絆《きゃはん》を着けて道中姿になると、千代から守り刀を受け取る。

「これが道中手形だ。夜道は危ねぇから、日の暮れるまでには次の宿《しゅく》に着くようにしろ」

市郎右衛門が、抜かりなく道中手形を手配しておいてくれた。武士には不要だが、庶民はこれがないと関所を通過できない。

「お千代のためにも、けがしねぇで早く帰っといでーね」ゑいが言う。

「はい。ありがとうございます」

千代が「これを……」と守り袋を差し出した。

「およしさんに教わって作ったんだけんども、ちっと不格好で……」

「はぁ、いつの間に……美しい青地の錦だ」栄一は大切そうに、それを懐の奥にしまった。

「どうか、ご無事で」

「ほんのひと月のことだ。行ってきます」

頭の中はもう、江戸に着いてからのことでいっぱいだ。栄一は希望に胸弾ませ、意気揚々と血洗島村を後にした。


江戸の大通りは、以前と比べて活気がなく、どこかすさんだ様子だった。

「……何だい、このありさまは」

あまりの変わりように栄一は絶句した。商家の店頭で、売買の値でもめて大げんかしている町人がいる。目つきの悪い浪人などもうろついていた。これがあの、花のお江戸だろうか。

貿易が始まって以来、江戸では物価が高騰して、武士や町人たちの生活が逼迫《ひっぱく》していた。それに伴い、あちこちで追い剝ぎや押し込みなどの被害も広まっていた。

そこへ、「栄一！」と喜作が手を振りながら走ってきた。

「ようやく来たか。ほら、こっちだい。あんなとこできょろきょろしてちゃあ、田舎者《もん》丸出しだで」

栄一の手をつかみ、先輩風を吹かせながら隅田川《すみだ》の畔をどんどん歩いて引っ張っていく。

「しかし江戸の町の様子が、八年前にとっさまと来たときとはまるで違ってた。商家も勢いがねぇし」

話しながらとある一軒の戸口をくぐったとたん、「さもありなん！」と鋭い声が飛んできた。

青年たちを引き連れた、四十代後半の男である。

「江戸は呪われたのじゃ。とてつもない大地震で町は崩れ、火の海となり、その後も大風大雨で家や橋は流され、ようやく天の怒りが治まるかと思えば次はコロリじゃ。これがいちばん多く死んだ」

「ここの塾頭の大橋訥庵先生だ」喜作が栄一の耳元でささやく。

「おぉ！」このお方が、今をときめく尊攘派の急先鋒か。帰郷の際に長七郎が持ち帰った大橋訥庵の『闢邪小言《へきじゃしょうげん》』は、栄一も熟読していた。

「かと思えば、桜田門では天下の大老が血祭りとは、ふふ、これは生き地獄としか思えぬ。なぁ、河野」

「はい！　これもすべて、神の国に異人を入れた天罰！」

この血気盛んな河野という眼帯の青年は、下野から来た志士だという。

「天罰……？　ふむ。そんなら、なんで日の本の神様は、神風を吹かせてくんねぇんだい？」

他意はなかったが、栄一の疑問に河野は表情をこわばらせた。

「おい、栄一！　また減らず口を……」喜作が慌てて袖を引っ張る。

「いや、天罰なんか起こしてねぇで、風で異人も病も吹き飛ばしてくれりゃあいいんに」

「誰だおぬしは！　神を冒瀆《ぼうとく》する気か！」

河野が顔を真っ赤にして栄一に食ってかかる。

「いや、おぬしが天罰とか言うから……」

すると訥庵が、「私も、それについてはよくよく考えた」と言いだした。

「恐らく、幕吏のたびたびの悪行に、神はもう助けたいという力も出ぬのであろう。幼弱な将軍ではなく、天子様のお味方である水戸の出の一橋様が将軍になっていれば、こんなことにはならなかったはず……。もうこの神の国に満々とみなぎる災いの気は、容易には去らぬ。だからこそ……よいか減らず口よ」

訥庵が、名も知らぬ若者の栄一をあだ名で呼んだ。

「われらが神風を起こすのじゃ」

「おぉ、そうです！　俺たちがこの手で世の乱れを正すのだ！　おい邪魔だ、どけどけ！」

河野が栄一を追いやって道を空けさせ、訥庵を先頭に去っていく。

「俺たちが……風を起こす？」

胸に響いたその言葉をかみしめていると、「栄一か？」と声をかけられた。

「長七郎！」

田舎の幼なじみであり従兄弟《いとこ》同士でもある三人が、初めて江戸で顔を合わせた。今夜は祝杯を挙げようとなるのが自然の成り行きだ。

しかし話はやはり、憂慮すべき国事のことになる。

「今や幕吏は夷狄の言うなりだ」杯を手に、長七郎が苦々しく言う。「エゲレス人が富士に登るのを許し、江戸随一の御殿山まで明け渡した」

「なぬ？　さっき先生も言ってた、その幕吏とは……」栄一の質問には、喜作が答えた。

「夷狄の言うなりに動く幕府の犬どもを、尊王攘夷の志士は幕吏と、そう呼ぶんだい。長七郎の剣の腕はもうこっちでも評判で、訥庵先生も一目置いてる」

「ふっ、そんなことよりそっちはどうだ？　お千代はどうしてる？」

長七郎にとって栄一は、義弟《おとうと》でもあるわけだ。

「お千代は文句なしだ。家になじんでよく働いてくれる。おていや、近頃じゃおよしと仲がよくてなぁ」

ほれ、と栄一は千代にもらった青い錦の守り袋を懐から出して見せた。

「おぉ！　そろいだで」喜作も、よしが持たせてくれた色違いの赤い守り袋を見せる。

「いいのう。嫁かぁ」

二人に見せつけられて、まだ独り者の長七郎はくいっと酒をあおった。

「だが……子がなかなか授からねぇ」

夫婦になって二年以上たつが、まだ千代には懐妊の兆しがない。

「千代はああいうおなごだから何も言わねぇが……あにぃんとこに生まれた勇《ゆう》や、おなかが大きくなったおよしを、内心、羨ましく思ってるんでねぇかと思う」

千代のせいではないのに、千代が自分を責めているような気がして、栄一は不憫《ふびん》でならない。

「そうそう、尾高の家では平九郎がよく手伝っている。なんでも、よく働くうえに見目がいいと評判で……今じゃ、平九郎目当てに遠くから油を買いにくるおなごまでいると、おていがぶーぶー言っておった」

ていは平九郎が好きなのだ。喜作は「ははっ。目に浮かぶのう」と顔をくしゃっとさせて笑った。

「そうか。平九郎が……」

まだ子どもだとばかり思っていた弟が――長七郎はしみじみとして、また酒をあおった。

栄一は、有名な儒者である海保漁村《かいほぎょそん》の下谷の私塾や、北辰一刀流の千葉道場に籍を置いて見聞を広め、忙しい毎日を送っていた。

そんなある日、栄一は喜作に連れられて、とある廃寺にやって来た。

「とやぁッ」

威勢のいい掛け声が聞こえ、朽ちかけた本堂の裏手に回ってみると、河野らが真剣で等身大のわら人形を斬りつけていた。聞けば、道場では真剣勝負ができないゆえ、ここで人を斬るための稽古をしているという。

「人を斬る……」

果たして自分に、そんなことができるのだろうか。

「おぅ、小さいほうの渋沢ではないか！」

戸惑っている栄一に声をかけてきたのは、真田範之助である。

「おお、真田殿！　……小さいほうとは何だい」気にしておることを。

「おぬしも剣を振りに来たか。真剣は竹刀や木刀とは全く違うぞ。やってみろ」

範之助に手渡された日本刀を、栄一はドキドキしながら握りしめた。竹刀とは比べ物にならぬほど、ずっしりと重い。だがいちばんの違いは、その刃の妖しいきらめきだ。

栄一が魅入られたようになっていると、河野がやって来た。

「やめとけ。そいつに人を斬れるわけがない」小ばかにしたような視線を栄一に向ける。

「その格好を見るに百姓か。その腰の刀も、どうせ飾り物であろう。鍬や鋤で土でも掘ってんのが似合いだ」

何も言い返せない栄一の代わりに、「へっ、おぬしとて医者のせがれではねぇか」と喜作が応酬する。

「そうだ。それに今や江戸には、日の本じゅうからわれらのような輩《やから》が、身分にかかわらず集まっておる」

範之助も、元は百姓の出だ。

「身分にかかわらず……」

栄一の脳裏に、岡部の代官が浮かんだ。人足の数を減らしてほしいと頭を下げた市郎右衛門は、頭から酒をぶちまけられた。栄一は、百姓の分際で口が過ぎると胸倉をつかみ上げられた。

年貢を取り立てたうえに、返済もしない御用金を、ありがたく思えとむしり取る。なのに市郎右衛門は、御上の悪口はやめろと言う。あんな知恵も分別もない、虫けら同然の人間に土下座して、高い場所から見下ろされねばならぬ。こんなおかしな世の中になったのは誰のせいだ。

これまでため込んできたムベムベが、巨大な怒りの塊となって全身を駆け巡った。

「帰れ、帰れ。邪魔だ……」

「いええええぃッ！」

栄一は叫ぶなり、河野を押しのけ、わら人形に飛びかかっていった。範之助に渡された真剣で、めちゃくちゃに斬りつける。刃に刻まれたわらが四方八方に飛び散った。

「おい！　おい、栄一！」

喜作の声も耳に入らず、無我夢中で斬りかかっていく。ちょうどそこへ現れた長七郎が、驚いて栄一を羽交い締めにした。

「栄一！　もういい。もう終わりだ。もう斬るところねぇに」

栄一はようやく手を止め、激しく肩で息をした。わら人形は、原形をとどめないほどぼろぼろになっている。

長七郎が栄一の手から真剣を取って範之助に返すと、栄一は思わずその場にしゃがみ込んだ。

「大丈夫か、栄一。張り切り過ぎだい」喜作が心配そうに顔をのぞき込む。

「気持ちは分かる。俺も初めて真剣を握ったときは胸が震えた……俺はこれで夷狄を斬るのだと」

笑みを浮かべた長七郎に、河野が目をみはった。

「ほう、驚いたのう。おぬしの同門であったか」

同じ百姓出身でも、長七郎のことは認めているらしい。

騒ぐ心を落ち着かせようと、栄一は胸のあたりをギュッと握りしめた。千代の守り袋が触れる。

私はいつもここにいますよ、というように……。

ようやく栄一は、興奮がさめてわれに返った。

その夜、思誠塾に集まった栄一たちは、膝を突き合わせて密談を交わした。

「今、いちばん斃すべき幕吏は、国賊・安藤対馬守だ」

河野の目に憎しみがたぎった。まだ幕府の事情に明るくない栄一に、喜作が説明する。

「ほれ、前にあにぃの言ってた、井伊大老亡きあとに、和宮様の御降嫁を謀っておる幕吏よ。天子様が御降嫁をお許しにならないのを、安藤が大金を散じて周りの奸臣《かんしん》を動かしてるという」

「なんと。幕吏はそこまでするのか……」

「今、水戸と長州が手を組み、安藤を斃そうとしておる。桜田門のときのように斬ってやるとのう」

奮い立つ範之助に対し、河野は大きくかぶりを振った。

「しかし水戸も長州も薩摩も、攘夷攘夷と張り切っていたわりには、今やお国の中でもめ事だ。頼りにならん！」

「そうなのか？」栄一が長七郎に聞く。

「……あぁ。特に水戸は、御老公亡きあと、国が真っ二つに割れ荒れている。東禅寺《とうぜんじ》のエゲレス人を斬るという者もあれば、それを抑えようとする一派もある」

水戸は保守派の諸生党《しょせいとう》と改革派の天狗党《てんぐとう》の抗争から、統制を失っていた。藩主の徳川慶篤は気弱なうえに優柔不断で、藩をまとめる力がないという。

「あの水戸まで、そんな情けねぇことになってるんか」栄一はがっかりした。

「そう考えれば、そのような後ろ盾のない俺たち草莽の志士のほうがいっそ動きやすい。なぁ、尾高」

河野に同意を求められた長七郎が、「……おぅ」と相づちを打つ。

「草莽の志士？」またしても栄一の知らぬ言葉だ。河野が答える。

「あぁ、日の本を思う心のみで動く名もなき志士。つまり……われらのことだ」

ごくりと唾を飲んだ喜作に、範之助が言った。

「いずれは下手計の惇忠先生や、おぬしらも奮起するときが来るであろう。覚悟しとけよ」

「おぉ、望むところだい」

「フン、尾高はともかく、田舎に引っ込んで百姓をしているこいつらに何ができる」

また河野が悪態をつく。栄一は「さっきから気に食わねぇやつだなぁ」と文句を言った。

「しかし、おぬしの言葉には胸を打たれた。俺も今日この日から……草莽の志士になる」

栄一の強いまなざしを見て、河野がニヤリと笑う。

「俺もだ。ここまで来れば、俺らも攘夷の志士だい！」

「おぉ！　ともに国のために存分に動くんべぇ！」

喜作と長七郎が意気衝天《しょうてん》の勢いで立ち上がる。栄一もまた、はやる胸の内を抑え切れなかった。


「とっくにひと月たったのに、帰ってこねぇにい」

庭先で、ていが道の向こうを見やった。

暦はもう五月になった。千代も市郎右衛門も口には出さないが、このまま栄一が帰ってこないのでは――そんな思いが、ほんの少し心の隅に芽生えていた。

「まったく、早く子でも生まれれば人手が足りなくなって、江戸だなんて道楽言わなくなるだんべに」

家の中からゑいと一緒に出てきたまさが、千代にちくりと嫌みを言う。

「あんたはちっと細《ほせ》ーかんねぇ。それでも、渋沢に嫁いだからにはしっかり旦那を引き止めなよ」

無遠慮に千代の体を触り、荷物を持って帰っていった。

「お義姉さん、お漬物どうもありがとね」

頭を下げて見送るゑいの横で、「まぁたおばさん、あんなこと言って」と、ていが口をとがらせた。

「案じるな。ああいう人なんだから」市郎右衛門も千代を気遣う。

するとゑいが、「そうだねぇ。実は私も……」と、少し言いにくそうに切り出した。

「栄一には、器量が悪くても、骨の太いお嫁さんがいいと思ってたけんど……」と不意に千代の手を取り、「驚いたよ。よぉく働くんは知ってたが、この細い指はえらい力持ちだ。臼をひいても豆を打っても人一倍速い。だから今は、なぁんにも心配してねえよ」

「そうだい。心配なんは栄一だけだに」市郎右衛門が大げさに顔をしかめる。

「お義父さま、お義母《かあ》さま……ありがとうございます」

千代がほろりとしていると、「あ！　にいさま！」とていが駆け出した。

栄一だ。背中にも両手にも大きな荷物を抱えている。

「栄一さん」沈んでいた千代の顔がパッと輝く。

「おう、お千代！　おていも、よぉく手伝いしてたか」

栄一は荷を地面に置いて市郎右衛門とゑいの前に立つと、深々と頭を下げた。

「とっさま、かっさま。ただいま戻りました」

「おかえり、栄一。まぁ、ちっと痩せたんじゃあねぇかい」

「どうだった、江戸は」

母と父では関心が違うが、待ちわびていた息子が無事に帰ってきて、二人ともうれしそうだ。

「あぁ、物の値の上がり方はひでぇもんで、町人の怒りは今にも暴発しそうだ。しかし江戸で修行をする者の中には、志の高い者が多い。よい友も出来た」

「そうか。気は済んだか？」

「ん？　……あぁ」栄一は曖昧な返事をすると、「よし、来《き》ない、おてぃ。土産があるんだで」

「やったぁ！」

先に家に入っていく栄一たちの後ろ姿を見つめながら、残った三人は不安そうに立ち尽くした。


「喜作さんも一緒にお戻りだったんですね」

部屋に戻った千代は、寝転んでいる栄一の旅荷を片づけながら言った。身重で心細い思いをしていたから、よしは今頃大喜びしていることだろう。

「俺は何だか、まだ頭の中がごちゃごちゃしてる。ここと江戸の風があまりに違っていて……」

起き上がった拍子に、栄一の懐から千代の作った守り袋が出てきた。江戸にいる間、この守り袋を見ては、千代を思い出していた。

「風が？　江戸の風はどのように……」

振り返った千代を、そのまま抱き寄せる。

「……お前に会いたかった」

それは本当だ。けれど千代を腕の中に抱き締めながらも、頭は別のことを考えている。

そのとき、「おーい、栄一！」と惇忠の声がした。急いで土間に走り出ると、農作業帰りの惇忠と平九郎が立っていた。

「あにぃ！」

「栄一、よく戻ってきたな。江戸の話を聞かせてくれ！」

「おうよ！　有意義な旅だった。話してぇことがいっぺぇあるんだに」

足はもう草鞋を履き、駆け出さんばかりである。

「ねえさま。栄一さん、借りるかんな」平九郎も話を聞くのが待ちきれぬようだ。

「ちっと行ってくる。夜には戻るかんな」

栄一は惇忠たちと一緒に、うれしそうに出ていった。

「……はぁ、ほんとは気が済んでねぇんが見え見えだがね」

ゑいがため息交じりに、千代に歩み寄った。

「江戸で、どんな風に吹かれちまったんだんべねぇ……」

そのころから、下手計村の尾高惇忠のもとに、薩摩や土佐、そのほか多くの国の志士や脱藩浪士が頻繁に立ち寄るようになった。道場で剣を競い合い、時勢を論じ、狭い部屋に大勢が集まって本を読んだり酒を飲んだり……そんな光景が日常茶飯事になったある日、宗助が尾高家を訪ねてきた。

「近頃、どうもこれまで見たこともねぇような行商人が辺りをうろついている。尊王攘夷だとか何とか騒ぐ輩の不穏な動きを探ってる、隠し目付という噂だ」

「そうですか……」

惇忠が二階から下りてくると、やへときせがおどおどしながら応対していた。出ていかぬほうがよさそうだと、その場で足を止めて立ち聞きする。

「この家にそういう輩が出入りしていることは、もうみんな知ってる。惇忠も惇忠だ。目ぇかけてやってたのに、若い者《もん》の文武の見本になるどころか先に立ってあおるようなまねしやがって」

「はぁ、申し訳ございません」きせが頭を下げた。

「いいや、父親がいねぇもんだから、私の目が行き届かねぇで……」

気の弱いやへは、実家の当主であるこの長兄に頭が上がらない。

「栄一や喜作もすっかりうつつを抜かして、いちばん困んのは、長七郎だ。腕が立つからといって水戸や京まで行って動いてるらしいじゃねぇか。はあ長七郎には、うっかり俺たちの村に出入りしてもらっちゃあ困る」

ますます小さくなって身の置き所をなくしている母を、惇忠はやるせない気持ちで見つめた。


「何ぃ？　和宮様の御降嫁の日取りが決まったとな？」

十月二十一日、思誠塾の訥庵に、津和野藩士の椋木潜《むくのきひそむ》らがその知らせをもたらした。

「くぬぅ、おのれ安藤対馬守……」

歯がみする訥庵の前に、長七郎と長州藩士の多賀谷勇《たがやいさむ》がまかり出てきた。

「訥庵先生、和宮様を奪還いたしましょう」

「何？　今、何と言ったか、尾高」

「日光《にっこう》で義兵を挙げるのです。そしてそこから一気に御下向の列に向かい、幕吏や奸臣を斬り、われらで和宮様を奪還いたすのです！　もう今しかございません！」

「……分かった。おぬしらの働きを信じよう。しかし和宮様奪還を不敬ととらえられては美しくない。しかるべき方から勅諚《ちょくじょう》の大義名分を得るまで、しばし待て」

「ははっ！」

東海道は宿場は立派だが、川が多い。また尊王攘夷の志士に襲撃される心配もあり、和宮の降嫁には、山は多いが警備のしやすい中山道《なかせんどう》が選ばれた。

御輿《みこし》の警護に十二の藩、沿道の警備に二十九の藩、総勢二万五千人——幕府の威信を懸けた大がかりな花嫁行列である。そしてこの行列の世話をするのは、街道沿いの助郷《すけごう》の村の百姓たちであった。

秩父の山々が秋化粧をして、あでやかに色づく季節になった。栄一は道場で一人、無心で素振りに励んでいた。

息が切れて座り込んだところに、娘の勇を抱いた惇忠が入ってきた。

「あにぃ。おぉ、勇も来たのか」

立ち上がって、勇のほっぺをつんつんする。

村に帰ってきて半年、栄一の内に秘めた熱は、冷めるどころかますます燃え盛っていた。

「江戸に出てよぉく分かった。百姓とはいえ俺たちも……もう黙って見てるわけにはいかねぇ」

「……あぁ」

そしてその思いは、惇忠も同じであった。

道場から家に帰ると、市郎右衛門が藍の甕の前で作業をしていた。

「すまねぇ。とっさま。あとは俺がやるべぇ」

「……栄一。知ってるかもしんねぇが、和宮様が江戸の公方様に御降嫁されることになった」

その行列が中山道を通り、道中に所領を持つ岡部も総がかりで人足を出すことになったという。

「俺たちに道中の世話をしろというんかい？」

市郎右衛門はうなずき、憂鬱そうにため息をつく。

「あの場所じゃあ一日助郷に出るにも、三日か四日はかかる。その間の田畑はまた荒れ放題だ」

「待ってくれ、とっさま。これは幕吏のはかりごとだ。俺はこの御降嫁がいいとはこれっぽっちも思っちゃいねぇ。なのに言われるがまま、そんな末端の御用を務めろって言うのか？」

「あぁ、そうだ！　それが百姓の務めだ」

「だとしたら……百姓とはなんとむなしいもんだ！」

「……栄一、お前まさか……」

そのとき、戸口でガタンと音がした。千代が青い顔をしてしゃがみ込んでいる。

「お千代！」

急いで家の中に連れていき、ゑいを呼んだ。

「つれぇのはここかい？　こっちかい」ゑいが千代の背や腰をさすってやる。

「へぇ。もう大丈夫です。もう、つれぇとこはねぇから」

そう言って立とうとするが、やはり体がふらついて倒れそうになる。栄一はうろたえながらも、千代をしっかり支えた。「嘘をつけ。無理すんな」我慢強いにもほどがある。

「大丈夫……ただ、胸が……気分が悪くって……」

「そうかい。たぶんこれは……赤んぼができたんだい」

ゑいの顔がほころんだ。すぐに意味が分からず、栄一も千代もぽかんとしている。

「ようやっとできたんだがね」

栄一と千代は顔を見合わせ、続けて千代のおなかを見た。

「赤んぼ……俺たちの子が？」

何度も出産経験のあるゑいが言うのだから、間違いはないだろう。

栄一と千代の顔にも、みるみる笑みが広がった。


「ここはいいから。ちっと休んでろ」

おめでたと分かった翌日から、千代が働こうとすると栄一がすっ飛んで止めに来る。

「でも……」

「いいから。お前はすぐ無理するかんな。何かあったらえれーことだで」

千代から鍬を奪い、張り切って作業に精を出す。その顔は晴れ晴れとして、とてもうれしそうだ。

「よかった……このお子のおかげで、ようやく栄一さんの、そんな顔を見ることができた気がします」

「……そうか。俺はそんな険しい顔をしておったか」栄一は手を止めた。

自分では気付かなかったが、内に抱え込んだ憂いが顔に出てしまっていたらしい。

「江戸では、国を動かすのはなにもお武家様だけじゃねぇんだと学んだんだ。俺らにだって風を起こせるんだと……俺は今、この日の本を身内のように感じている。わが身のことのようにさえ思えてくる。だから……いろいろ納得がいがねぇ」

「……そうですか」

「すまねぇ。腹に子のいるおなごにする話ではねぇな」

「……私は、兄や栄一さんたちがお国のことを思う気持ちは、尊いものだと思っております」

また仕事に戻ろうとした栄一に、千代は真摯な面持ちで言った。

「そしてそれと同じように、お義父さまがこの村や、この家の皆を守ろうと思われるお気持ちも、決して負けねぇ尊いものだと、ありがたく思っております」

私心のない千代の言葉に、突っ走りがちな栄一はいつも立ち止まって考えさせられるのだった。


十一月、和宮の花嫁行列が通る日が近づいた。

血洗島村から約一里半（約六キロメートル）の距離にある中山道の深谷宿では、武州、上州、野州《やしゅう》の九十八村から延べ一万六千人の人足と二百頭を超える馬が集められ、かつてない大がかりな支度が始まった。

中の家でも、行列の送り荷物の支度に男たちが大わらわだ。

「なんて荷の量だいな」喜作が悲鳴を上げた。

「はぁ〜。どうせ苦労すんなら、ぜひともおらがいっぺん和宮様の御輿を担ぎてぇもんだ」

「はぁ、まったくだい」

権兵衛と朔兵衛が軽口をたたいていると、向こうから市郎右衛門が助けを呼んだ。

「朔兵衛どん、こっちが手ぇ足りねぇ」

何が何でもつつがなく役目を終えねばならぬと、岡部の役人たちはカリカリしている。

「御通行当日は、どこから不敬の輩が飛び出してくるか分からぬ。心してかかるように」

「へい！」

おとなしく返事をしたものの、栄一と喜作は、「……不敬の輩か」「そっちに加勢に行ぎてぇぐれーだ」と小声でささやき合った。

家の中では、ゑいを中心に女衆が手際よく飯の支度をしていた。

「はぁ、嫁入りというより戦の支度のようだいねぇ」

「どんなお方だんべねぇ。御年は十七だってさ。江戸に人質に行くようなもんだと、うちの人が言ってたがね」

おなかの大きくなった千代に手を貸しながら、よしが言う。

「京で天子様の娘として大事に育ったんだんべに、それが行ったこともねぇ江戸に出て、公方様に嫁ぐなんてねぇ」

同じ村に嫁に出しても心配なのにと、ゑいは母親の気持ちになるのだろう。

「えぇ。そう考えりゃあ、うちらのが幸せかもわかんねぇ」

よしはカラカラと笑っているが、千代はまだ十七歳だというお姫様が気の毒でならない。せめて公方様がすばらしいお方でありますようにと、祈らずにはいられなかった。

十一月十二日、深谷宿近くの中山道を、派手な鉄砲や纏《まとい》、馬簾《ばれん》の陣立てが通っていった。江戸へ向かう和宮の一行である。供奉《ぐぶ》の公家たちの中には、岩倉具視もいた。その後を、和宮を乗せた輿がしずしずと運ばれていった。

結局、大橋訥庵らの挙兵は、間に合わなかった。

「こうなれば、次なる一挙に乗り出すしかありません」河野が言う。

「水戸の浪士と組み、奸臣・安藤対馬守を討つのです。安藤を生かしておけば、やがては天子様をも廃され、わが国は夷狄に支配されます！」

「……なるほど。安藤対馬守の暗殺に的を絞ればうまくいくやもしれぬ。よし、尾高よ」

訥庵は、無念そうにうなだれている長七郎に向き直った。

「おぬしも加われ。桜田門の一件以来、幕府は老中警護の人数を増やしておる。万が一、水戸の者どもでかなわずとも、おぬしの腕ならば必ず斬れる！」

「俺が……安藤を斬る？」

「そうじゃ。その手で安藤を斬れ。斬って名を挙げよ！」


その数日後、長七郎は故郷に帰ってきた。

中の家をのぞくと、ちょうど千代が洗濯物を干しているところだった。

「にいさま！　お戻りだったんですか」

「あぁ。ただ……尾高の家には戻らねぇつもりだ。迷惑がかかるといげねぇからな。だが一目お前に会いたかった。……よい子を産めよ」

「……へぇ」

返事をしたものの、別れを告げるような兄の言い方が、千代は気にかかった。

千代の顔を見たあと、長七郎は惇忠と喜作、そして栄一を道場に集めた。

「訥庵先生は今、水戸の志士らと安藤を斬り、その後に日光山にて一橋宰相様を擁して兵を挙げ、尊攘の大義を尽くすべく動いておる」

「水戸烈公の御子息か！」惇忠は思わず声を上げた。かつて千波ヶ原で見た、幼いながらも勇ましい姿は忘れられるものではない。

「八つにして兵を従え堂々と大筒を放ち、まさに水戸の御老公の血を引く御勇姿であった。将軍世継ぎとの話もあったが、井伊大老に退けられたという。尊王の志も高く、母君も宮家の出。なるほど。幕府を正していただくにはふさわしい」

「訥庵先生の門下に一橋家の者がおり、この者を通じて一橋様に一書を差し上げることになった。ついては年が明けて一月……河野と俺たちで安藤を斃す」

長七郎の潜めた声に、昏《くら》い力がこもった。「安藤を斃す？」栄一がおうむ返しに尋ねる。

「あぁ、俺が安藤を斬り、うまくいった暁には、切腹する」

そう言って、長七郎は惇忠に笑んだ。驚いたのは、喜作と栄一だ。

「切腹？　待て、長七郎。なぜ腹を切る必要がある？」

「喜作、俺は武士になるんだ。暗殺がかなうか否かにかかわらず、襲撃後は一同自決する。万が一逃げて幕吏に捕らえられれば、それこそ一生の恥。武士の本懐を果たせば、あとは潔く死ぬのみよ」

栄一たちに何も言わせぬように、長七郎は畳みかけるように続けた。

「下手計村の一介の百姓のこの俺が、老中を斬って名を遺すのだ。これ以上何を望む？」

「……いや、それはならねぇ」惇忠は静かに、しかしぴしりと制した。

「安藤一人斬ったところで何が変わる？　井伊が死んでも横浜の港は開いた。一人殺して、急に幕府が攘夷に傾くわけがねぇんだ」

「しかし、あにぃ……」

「その暗殺は、かなうも否も、国を挙げて攘夷の志を果たす口火にはならねぇ。水戸の教えをまねただけの大橋訥庵の考えは東湖先生に遠く及ばぬのだ。きっと一橋様もその話では動かぬ」

黙り込んだ長七郎に、惇忠は膝を進めた。

「いいか、長七郎。これは無駄死にだ。暗殺に一命を懸けるのは、お前のような大丈夫《だいじょうふ》のなすことではねぇ」

「……ならばどうしろというのです？　あにぃはそうして知識ばかりを身につけ、一生動かぬおつもりですか！」

惇忠は、痛いところをえぐられたように顔をゆがめた。

「待て、長七郎。俺はお前の気持ちも分かる」

惇忠をかばうように喜作が口を挟む。

「いいや、あにぃの言うとおりだ」間髪を容れず、栄一が言った。

「安藤を動かしているのも、井伊を動かしていたのも、結局は幕府だ。幕吏が何人死のうが入れ替わろうが、何も変わらねぇ。武士は武士、百姓は百姓と決めちまってる幕府があるかぎり、中身は何も変わらねぇんだ」

ずっと胸にわだかまっていたことが、分厚い雨雲から晴れ間がのぞくようにはっきりした。

「そうだんべぇ。幕府の中は今、世襲の弊害で新しい風が通る隙間さえねぇ。いつだって頭の悪い幕吏らが己の利のために勝手にはかりごとをこねくり回し、俺たち下の者は何も知らされず、その尻拭いばかりだ。もっと……もっと根本から正さねぇと、この世は何も変わらねぇ」

栄一の意見に惇忠は力強くうなずき、弟に向き直った。

「そうだ、長七郎。この兄ももはやじっとしてはおらぬ。俺たちこそが口火となり、挙国一致し、四方応じて幕府を根元から揺るがす義挙を図るのだ」

「……どうやって？」

「考えがある。しかしそれにはどうしてもお前が必要だ。行くな、長七郎。お前のような掛けがえのない剣士を、安藤一人のために失いたくねぇんだ」

「そうだに、俺たちでともにやんべぇ、長七郎」

「そうだに。命を懸けるならそのときでいいじゃねぇか」

栄一と喜作にも引き止められ、長七郎の決意は揺らいだ。

翌早朝、長七郎は皆に見送られて道場を出た。

「この村にもすでに隠し目付が出入りしている。このまま上州に潜伏するがいい」

惇忠が言った。長七郎は、国領村にある、喜作の妻のよしの実家に潜伏することになった。

「長七郎、お千代もお前を案じておった」

背を向けた長七郎に、栄一が念を押す。

「むざむざと、命を捨てるなよ」

「……あぁ」

朝焼けの中、長七郎はそのまま後ろを振り向かずに去っていった。


年が明けた文久二（一八六二）年一月六日、訥庵が一橋慶喜宛ての上書を書いているところへ、河野がやって来た。

「そうか。尾高は戻らぬか」

「はい。しかし私は……この春を待ち望んでおりました」

河野は、恨みの込もった眼帯を取ってほほえんだ。

「やっと、この命を捧げるときが来た」

しかしこの慶喜宛ての上書は一橋家家臣によって幕府の知るところとなり、大橋訥庵は思誠塾にいるところを奉行所の役人に捕らえられた。

そして一月十五日、水戸浪士と下野の医者の息子・河野顕三による老中・安藤信正の暗殺計画も、失敗に終わった。後に言う、「坂下門外《さかしたもんがい》の変」である。

「安藤はわずかに背を斬られたのみ。逆に襲った六人は、ことごとく護衛に斬り捨てられた」

深夜、中の家の中庭にこっそりやって来た喜作が、すでに寝巻きになっていた栄一に知らせた。

「全員⁉　河野は？」

喜作が沈痛な面持ちで首を振る。

「……あにぃの言ったとおりになったな。訥庵先生は捕らえられ、幕吏はまだ残党がいると見て、はかりごとに関わった疑いのある志士を次々捕縛しているという。きっと長七郎にも疑いがかかっているんだんべぇ」

「そうか……上州に逃がしておいてよかったな」

そのとき、奥から市郎右衛門が現れた。喜作は「話は明日詳しく」と栄一に早口で言い、市郎右衛門に一礼すると足早に帰っていった。

栄一が部屋に戻ろうとしたとき、今度は伝蔵がやって来た。何やら心配そうな顔つきである。

「兄貴。作男の三太《さんた》さんが今日、長七郎さんに会ったと……」

「長七郎に？　どこでだ？」

「中山道です。深谷宿に出たとこで、編み笠かぶって。声かけたら、これから江戸に出るとこだって」

「江戸に？」栄一は血相を変えた。「……長七郎が危ねぇ！」

着替えをつかむと、栄一は伝蔵に指示した。

「伝蔵、お前は急いで尾高に知らせろ。喜作にもだ」

「へぇ。任せとけ！」

伝蔵が駆け出していくのと入れ替わりに、庭に出ていた市郎右衛門が戻ってきた。

「あいつ……村にも寄らずに江戸へ向かったというんか」

寝巻きを脱いでもどかしそうに股引を穿きながら、栄一は歯ぎしりした。じっとしていられなくなったに違いない。しかし、こんなときに江戸へ戻れば飛んで火に入る夏の虫だ。

「栄一、どうしたんだい」

ゑいと千代が、何事かと奥から出てきた。

「お千代、長七郎の熊谷《くまがや》の定宿は小松屋《こまつや》だったな」

「へぇ」

「長七郎を追いかける。昼間に見たというなら、今夜は熊谷辺りだ」

「はぁ、追いかけるって、熊谷まで四里はあるに」ゑいが目を丸くする。

「今から急げば夜明け前には着く」

「でもこんな寒《さみ》ぃ夜に……」

なおも心配するゑいを遮るように、市郎右衛門が言った。

「十分厚着して行げ」

そして栄一に歩み寄ると、千代に聞こえないよう小声で言った。

「身内から縄付きを出すわけにはいがねぇ」

「……あぁ、行ってくる！」

栄一は鉄砲の弾のように家を飛び出した。

どうか間に合ってくれ——誰もいない凍りつくような深夜の道を、栄一は白い息を吐きながら、ただひたすらに走り続けた。


（第二巻につづく）

本書は、大河ドラマ「青天を衝《つ》け」第一回〜第十回の放送台本をもとに小説化したものです。番組と内容・章題が異なることがあります。ご了承ください。

取材協力／渋沢栄一記念館（埼玉県深谷市）
参考資料／『渋沢栄一自伝　雨夜譚・青淵回顧録（抄）』角川ソフィア文庫
公益財団法人 渋沢栄一記念財団 情報資源センター 渋沢栄一デジタルアーカイブ

DTP　NOAH
校正　円水社

大森美香（おおもり・みか）
福岡県生まれ。テレビ局勤務を経て、脚本家になる。二〇〇五年「不機嫌なジーン」で第二十三回向田邦子賞を史上最年少で受賞。脚本家のほか、映画監督や小説家としても活躍。
NHKでは、連続テレビ小説「風のハルカ」「あさが来た」のほか、多数の脚本を手がける。一六年「あさが来た」で第二十四回橋田賞を受賞。一七年「眩～北斎の娘～」は文化庁芸術祭大賞や東京ドラマアウォードグランプリなどを受賞した。
大河ドラマの執筆は今回が初。

青天を衝《つ》け 一

二〇二一年一月三十日　第一刷発行

著者　作　大森美香
　　　ノベライズ　豊田美加

発行者　森永公紀
発行所　NHK出版
〒一五〇-八〇八一　東京都渋谷区宇田川町四十一-一
電話　〇五七〇-〇〇九-三二一（問い合わせ）
　　　〇五七〇-〇〇〇-三二一（注文）
ホームページ　https://www.nhk-book.co.jp
振替　〇〇一一〇-一-四九七〇一

印刷　共同印刷
製本　共同印刷

Printed in Japan
ISBN978-4-14-005716-2 C0093